永安調

YONG AN DIAO

墨寶非寶 著

下卷

目錄

第四卷　那一生，比肩而立

第二卷

那一日，終是錯嫁

第十七章　美人名劍

聖曆元年，李旦遜位於盧陵王，武皇復立盧陵王為皇太子，以皇嗣李旦為相王，赦天下。

這幾日，李隆基設了家宴款待太原王氏，我特地避了開。在屋內用過晚膳後，李清請安入內，說是王爺吩咐下來，若不願去家宴便罷了，竹苑處有貴人在等著，總要去見一見。我心裡咯登一聲，明白這貴人指的是宜平。

我獨自挑了條小徑，入了竹苑，果真見到個熟悉的身影立在曲橋上，低頭看著水面。她似是聽到聲響，抬頭看向我這處，竟是形銷骨立，痴若傀儡。

我倒吸口氣，慢慢走近她，拉起她身側手，道：「宜平。」喚了這一聲，卻不知何以為繼。

她點點頭，擠出一抹笑道：「郡主。」

我苦笑道：「如今沒有郡主了，妳叫我永安即可，若不嫌棄，就叫我聲姊姊。」

她搖頭，道：「主僕情仍在，宜平還是叫郡主自在些。」

我沒再堅持，拉著她沿著曲橋而行，相對沉默著。

待入了亭，我才轉過身，直視她，道：「我今日是來勸妳的。」

她頷首，道：「我知道，可我來不是聽勸的，只是想來見見郡主。」她低下頭，隱去了神情。「畢竟，日後見的機會更少了。」她的語氣出奇平靜，卻字字扎入心裡。

我靜了會兒，才低聲道：「其實，妳就是讓我勸，我也說不出半句，怪只怪我當初自作聰明，累妳到此地步。」

她搖頭，走到亭側，盯著池中魚戲謔歡鬧，出神了片刻，輕聲道：「福薄緣淺，宜平不怨，能換回王爺數年平安就值得。」

宴席處傳來鼓樂之聲，這處僅有蟬聲陣陣，我站在她身後，聽著樂舞歡笑，喃喃道：「會平安的。」

她自竹苑告退時，鄭重地向我行了個禮，沒有說半句話。我眼中發酸地看著她，輕聲道：「宜平，妳做的已經足夠了。我不想妳日後做綿裡金針，日日算計度日，倒寧可妳變了心，安分過完後半生，妳可明白？」這場爭鬥，連王孫貴冑都是命如草芥，何況她一個被轉贈的姬妾？李重俊在宮中素來多疑暴躁，她若是仍惦念著李成義，必難善終。

她點點頭，起身離開，我盯著她的背影，正出神時，曲橋另一側已有一個男人行來。我見他面生，衣著又極考究，便已猜到必是太原王氏的人，忙起身行了個禮，他打量著我道：「妳是王府的婢女，還是王爺的姬妾？」

我猶豫了下，道：「妾身武氏。」

他挑了下眉，沒有說話。

我不再多留，錯身走過他身側，暗自鬆了口氣，卻聽見他笑了聲，道：「很急著走嗎？若我此時為難妳，李隆基也不敢拿我如何。」

我停住腳步，他又道：「如今太子已成相王，李隆基雖還是臨淄郡王，卻大不比從前，唯有我太原王氏才能助他。夫人，妳說是嗎？」

我默了片刻，才低聲回道：「王公子，此處雖是臨淄王府，卻四處是宮中耳目，說話還是小心些好。」頓了頓，我聽他沒答話，又笑道：「妾身聞公子周身酒氣，想是喝得多了些，可要命人備茶來？」

「二夫人客氣了，無需如此麻煩，在水邊走走就好。」

倒也是個聰明人，我笑了下，頭也不回的走了。

再見此人，是在一日後，我才知他就是王寰的胞兄，王守一。

因狄公來到府上，我到宴上時，眾人正在熱鬧，正在紛紛敬酒祝狄仁傑出征大勝。叔父武三思雖笑著坐於一側，卻面色極不快，我悄然入內，尋了個不顯眼的地方落座，聽著眾人交頭接耳的議論，默不作聲。

數月前突厥可汗為女兒求親，皇上將我堂兄武延秀送往突厥，卻不想可汗震怒，揚言求的李家皇室，大周卻送去武家男兒，冒名求婚，遂起兵攻打河北。不過數十日，便已奪下數城，所到之處殺盡平民，血流成河。

此事本就是嘲諷武家，皇上卻不啟用武家人帶兵，而是讓太子李顯掛帥徵兵，狄仁傑代帥出征，也難怪叔父如此不快。

「聽聞朝廷募兵月餘不滿千人。」王守一舉杯笑道：「天下聞狄公為元帥時，應募者雲集洛陽，如今竟已逾五萬，狄公的威望真是令我們這些小輩欽佩。」

狄仁傑搖頭一笑，道：「是太子為帥，本相也不過是代帥出征而已。」

王守一爽朗一笑，看向狄仁傑身側的中年男子，道：「姚大人此次可會一同出征？」

那男人氣度軒昂，雖著儒衫，卻有著武將的銳眸。我正悄然打量他時，他已笑著回道：「姚某不才，只能在朝中遙祝狄相大敗突厥，凱旋而回了。」

坐在一側的李隆基輕挑眉，笑道：「人都說兵部侍郎姚大人胸中自有萬軍，舉凡邊防哨卡，軍營分布，士兵情況，兵器儲備都能熟記於心，即便是此番不上陣，怕也早有良策獻與狄公了，何來不才一說？」

那男人笑著搖了搖頭，舉杯示敬，一飲而盡。

我聽李隆基這麼說，才記起他前幾日曾提起過此人，兵部侍郎姚元崇，狄人傑的得意門生之一。李隆基說起此人時，曾憂心他是皇上一手提拔，不知日後是否會是李家的阻礙，卻又似乎極賞識此人，大有拉攏的想法。

難怪，今日有這一宴。

我正想著，身側冬陽已輕啊了一聲。我側頭看她，低笑道：「怎麼？」

冬陽不好意思地躬下身，低聲回道：「奴婢自幼習武，常聽人提起此人。」

我心中一動，追問：「說說看。」

她點點頭，蹲在我身側，細細說道：「此人出身吳興姚氏，自上幾代都是天下有名的武將世家，所以幼時師傅常提及一二，到姚元崇這一代，更是諸般兵器無所不通，堪稱奇才。沒想到他竟棄武從文，做了兵部侍郎。」

吳興姚氏？難怪冬陽會如此驚訝。

若論起來，怕是連李隆基他們都不及此人身分尊貴，這可是天下的正統帝胄。當年帝堯的傳位人舜，就是姚氏的始祖，姚重華。

我看他舉杯飲酒，心中漸生了個想法，笑著舉杯起身，走到李隆基身側坐下，道：「王爺，妾身想要敬姚大人一杯。」

李隆基訝然看我，見我笑意滿滿，便順水推舟，道：「敬酒總有個由頭，本王倒想先聽聽。」

他身側李成器亦側了頭，靜看著我。我點點頭，看向同樣神情詫異的姚元崇，道：「妾身幼時就曾聽聞過吳興姚氏，緣起舜帝，乃先聖先賢的後人，今日見了姚大人，自然要敬上一杯。」

吳興姚氏雖是正統帝胄，可卻是個虛名，比起在場的李家皇室、太原王氏，差之甚遠。我如此敬重的一杯酒，不敢說讓他心生感激，也起碼會讓他暢快不少。

李隆基瞭然一笑，亦舉杯道：「永安如此說，本王也要敬上一杯了。」他本就是主人，又有我這奉承話在，席間眾人自然都舉起杯，同飲了酒。

姚元崇受寵若驚地站起身，拱手對眾人回禮，又看向我二人，笑道：「若追及祖先，此宴中眾人都是世家望族，姚某怎敢如此居傲。」

我看了眼冬陽，她心領神會，忙又為我添了杯清水，我笑著看回姚元崇，道：「姚大人，其實前一句是客氣話，這一杯才是真正想要敬你的。大人聽了此話，再決定要不要喝下這酒，若是喝了，便要應了妾身一個請求，若是不喝，妾身自會退下。」

姚元崇愣了下，才尷尬一笑道：「夫人請說。」

李隆基蹙眉，盯著我的酒杯，我沒理會他，對姚元崇道：「王爺自幼習武，素來喜好結交擅武之人，常和妾身提起姚大人出自武將世家，對諸般兵器無所不通。妾身聽多了就記在了心裡，今日既然見了大人，就想厚顏見識一番。」我說完，將杯中清水一飲而盡，笑道：「不知大人這杯酒，要不要喝呢？」

此時場中皆是朝中眾臣、皇孫望族，哪個不想有當眾露臉的機會？我笑吟吟地看著他，他正躊躇時，狄仁傑已是爽朗一笑，拍了拍他的肩道：「小郡主幼時就伶牙俐齒，連本相也甘拜下風，元崇啊，已被人連著高抬了兩次，你這酒還想逃掉嗎？」

姚元崇忙舉杯飲盡，道：「恭敬不如從命。」

眾人正是酒到興頭上，聽得此話都極有興致，李隆基立刻命人清了宴廳，搬來兵器木架，笑道：「姚大人，請。」

他側頭看我，低聲道：「妳連著喝了兩杯——」

我擠了眼，低聲笑道：「是水。」

他怔了下，懶懶靠在椅子上，衝著我無奈地搖了搖頭，才又看向場中。

此時姚元崇已走到當中，掃了眼兵器架，認真挑了件趁手的，抱拳道：「姚某也有一請。」

李隆基笑著點頭，道：「大人請說。」

姚元崇恭敬道：「夫人剛才說的『諸般兵器無所不通』，確實誇大了。姚某自幼隨著家父，是練了不少兵器，但卻最喜劍。習武者，總好與人切磋，姚某早幾年就已仰慕壽春郡王的劍法，卻無緣一見。」他將目光移向李成器，抬袖道：「今日既是藉著此機會，不知能否在獻醜後，有幸見一見王爺的劍法？」

我訝然看向李成器，雖說他是能詩擅劍，卻未料到竟連姚家人都如此高看他的劍法。

他微微一笑，笑著看向我，道：「既然是夫人先為難了姚大人，本王也不好薄了大人的面子，只能順水推舟賣弄一番了。」

我迎著他的目光，亦會心一笑。

一道銀光劃過，姚元崇已躍身而起，在場中灑下漫天光影，幾個輾轉已震懾眾人，待到收劍時，狄仁傑率先喝了采，李隆基亦起身祝酒，神情格外暢快，我早已心猿意馬，看著靜坐的李成器。

姚元崇持劍恭請時，他才放下酒觴，起身走到兵器架前，隨手抽了一柄劍。我屏息看著，一顆心跳得極快，看著他憑劍而立，向姚元崇虛一拱手，劍身一震，場中立時寒氣四射，勢如天光破雲。

身隨劍動，劍如魂追，矯若驚鴻，魄似龍翔。不同於方才的震懾，那一抹身影憑燈影月色，氣魄竟如袖手搏千軍，滄海怒平川。

待到劍停人靜時，他袍角方才落下，雙手持劍抱拳，微笑著對姚元崇道：「姚大人，承讓了。」姚元崇雙目圓睜地看著他，抱拳回禮，竟是半晌也沒擠出半個字來。方才讚頌叫好的眾人此時也沒了話，面上欽佩，驚詫，亦有不解者。

我緊緊盯著他，沒來由的一陣心酸。時無英雄，他縱有文才武略，卻也只能在此時博眾人一聲喝彩，再無用處。

他將劍插在架上，回身落座，又舉杯與身側狄仁傑低聲笑談著，而姚元崇顯是被他劍法所懾，面上的客氣少了許多，與幾位王爺的言語多了些熱絡。

李隆基坐在我身側，低聲笑道：「永安，多謝妳開了局。」

我搖頭一笑，道：「我只是偶然起了這念頭，沒想到竟拋磚引玉，讓姚大人起了惺惺相惜的想法。」

他揮手，讓李清為我添了杯花茶。「不過，招納姚元崇有很多種手段，今日的絕不是上策，不是妳一貫的性情。讓我猜猜，妳當眾說的這番話，可是另有目的？」

我接過李清遞來的茶，看他笑吟吟的眸子，道：「王爺猜吧。」

他細想了想，道：「是不是因為王守一？」

我笑看他，道：「怎麼說？」

他接著道：「昨日有人告訴我，妳在竹苑見過他，我猜妳被他言語刁難過，今日才學得像個恃寵而驕的女人，在人前賣弄一番，對不對？」

果真是個人精。我咬唇一笑，低聲道：「很多年前，有人讓我學會了一件事，有些時候能讓人看到自己的算計，才會徹底讓他放下防備，若是處處無錯，才是最大的禍事。他們王家如今是你最大的倚仗，對王守一來說，一個好爭寵好露臉的蠢女人，總比一個處處謹慎的聰明寵妾好得多。」

李隆基認真聽著，靜了會兒才笑道：「此人教妳的，倒也有理，在府中的人哪個不是暗中算計著，唯有妳這樣明著招搖的，才是最不用防備的。」他掃了我一眼，微揚了嘴角。「是上官婉兒？」

我點了點頭，沒再說話。那年因為狄仁傑謀逆案，牽扯到了李成器的身家性命，我慌亂間在皇上面前下跪求情，卻沒料到，竟因此讓皇上誤以為我算計著李隆基，於是有了之後的賜婚。

一晃六年，婉兒的話仍清晰可聞，當年的衝動是隨興所致，卻換來了皇上的安心，如今的招搖是刻意而為，不知能不能換來太原王氏的輕視。

李隆基見我始終沉默著，伸手輕叩了幾下案几，道：「永安，為了換妳片刻清淨，本王只能再納寵妾了。」

李隆基說到做到，不出半月，就新納了妾劉氏，寵愛有加，甚至不惜為她另辟院子，整日歡聲笑語的，好不快活。夏至始終不動聲色，倒是冬陽日日板著張臉，杏眼時不時立起，尋常奴婢稍有錯處就是一頓訓斥，我聽著好笑卻不能勸，只能任由她去。

我算著日子，再過三天便是李隆基生辰，正和夏至商量備什麼禮時，冬陽已紅著雙眼進來，立在我身側，眼中還噙著淚珠，卻默不作聲。

我詫異地看她。「怎麼了？」她咬脣搖了搖頭，似是極委屈，估計十有八九又是因為我和人起了爭執，我看了眼夏至，她立刻上前替冬陽拭淚，我撐著頭看她，笑道：「說吧，是被劉氏院子裡的人欺負了，還是和王妃院子裡的人拌嘴了？」

冬陽撇嘴，喃喃道：「是王妃院子裡的，說昨日王爺和王妃把酒言歡，醉極舞劍。」

我嗯了聲，王寰父兄皆為武將，必是擅用兵器的，倒也和李隆基相襯。「王妃和王爺琴瑟相諧，這是好事，妳哭什麼？」

冬陽悶了片刻，低聲道：「夫人這是明知故問。」

我偏頭看她，笑了會兒，說：「他們琴瑟相諧，總好過讓我專寵，卻日日要跪地請罪的好，對嗎？」

她怔了下，糊塗地看我，道：「夫人難道不介意？」

我默了會兒，才笑道：「自然介意。」

心中人有妻妾成群，哪個人能笑對著，心中沒有半點介懷？只可惜，我介意的並非是那個與王寰舞劍，與新妾同寢的臨淄郡王。

夏至在我身側搖著扇，始終靜靜地，冬陽卻極不理解，瞅著我道：「奴婢與夏至是王爺初次出閣時，親自在坊間買回的，多年一直隨在王爺身側，說是奴婢，卻從沒人敢看低。當初跟了夫人，奴婢就明白王爺必是將夫人看得極重，才放奴婢兩人過來，可夫人過門才兩年，王爺就不再來屋中了，夫人不急嗎？我可是整日都睡不好。」

我看著她，道：「王爺是將我看得極重，那是因為我與他自幼長大，歷經許多事才平安到今日。妳們盯著的是府中一時榮辱，可若是王爺有險，王府便會一朝傾覆，又何談其他？」她緊抿脣，不敢再說話，我起身，接著道：「妳們是自幼跟著王爺的，什麼變故沒見過？難道別院下人幾句冷嘲熱諷就受不了了？」

冬陽跪下，道：「奴婢知錯了。」夏至見狀也悄然跪下。

我搖頭笑道：「真像個『爆竿』，一點就著，起來吧，隨我出府去買些物事。」

她剛站起身，就聽見門口有人咳嗽了聲，李隆基靠在門邊，環抱著雙臂，道：「都下去，今日本王要恩寵二夫人了。」

我被他嚇了一跳，想起剛才的話，頓覺尷尬。

冬陽和夏至已退了下去，他走到我身前，卻不停步，只微微笑著，看著我一步步退後躲他，直到逼到桌角了，他才算停了下來，低聲道：「永安，妳當真介意嗎？」

他如今已高我許多，微低著頭看我，竟有了些壓迫感，我鎮定了下，笑看他，道：「介意，自然介意，我是在介意劉氏入府這麼久，竟還沒懷上你的骨肉。」

他斂眸看我，聲音又壓低了幾分，近似耳語：「妳若介意此事，我可以明白告訴妳，府中女眷有與我同寢者，次日都會被賜藥。」

我驚看他，道：「為什麼？」

他默看了我會兒，才長嘆口氣，道：「若是尋常女人，不知多歡喜，妳卻只有驚恐之態。和妳說笑的——」他手撐在桌邊，接著道：「劉氏已有了身孕。」

我啞然看他，過了片刻才反應過來：「恭喜王爺了。」剛才不過隨口應對，卻真是被我說中了，我低頭想了會兒，接著道：「過三日就是你的生辰日，此番府中又有喜事，看來要好好備一份禮才好。」他始終錮在我身前，不說不笑的，我心中有些沒底，只能又玩笑道：「這次真是破財了，怕是要用上些嫁妝才夠。」

他鬆開手，笑了聲，神情漸散漫，隨口道：「連嫁妝都要用上，讓我如何與恆安王交代？過會兒我讓李清給妳拿些絹帛。」

我鬆下口氣，也不再和他爭這些細枝末節的事，避開他身前，行禮道：「謝王爺。」

他待了會兒就離開了，冬陽進來時有些詫異，我自然明白她的心思。剛才教訓雖在，可見李隆基匆匆來，又匆匆走，終是替我意難平。我吩咐夏至替我換了尋常衣衫，讓她去和李清通稟一聲，要了輛馬車，便自府門而出，向西市而去。

此時正值午市開市，街上商賈店鋪，熱鬧非常。

李隆基果真大方，我也沒怎麼客氣，反正是借花獻佛。待一切妥當後，我見冬陽、夏至似乎興致極好，便吩咐馬車載著物事回了王府，與她們一路沿著鬧市行走，聽冬陽不停說著當年在洛陽城中的舊事，竟也分外新鮮。

經她一提起，我不禁也記起十歲前在西河的日子，這麼多年來，除了和姨娘偶爾通信，再沒機會見過。

當年姨娘的女兒因染了天花夭折，她被趕出夫家，在父親舊宅中看顧著我。父王算是念了故去娘親的舊情，將她又送到潞州那個人生地不熟的地方，無人知曉她曾有過那樣的過去和天花那樣的禁忌，如今嫁了個小官作妾，生了一子，也算是老有所終了。

我正想著，忽聽得前處一陣熱鬧，似有貴人入畫樓，被攔了路。冬陽最喜湊熱鬧，跑上前聽人議論，一會兒又跑了回來，道：「是大王爺在，說是有人為他慶賀生辰，包了這畫樓。」

我愣了下，心中漸泛出些異樣，三分酸澀七分苦意，今日本是為李隆基買賀禮，卻未料竟是他的生辰日。

冬陽說完，立刻又跑上前瞧熱鬧，素來寡言的夏至卻忽然低聲道：「夫人既來了，倒不如錦上添花一番。」

我心中一跳，盯著她不說話，夏至鄭重地向我行了個禮，道：「奴婢是何福的親妹，壽春郡王的人。」我更是詫異，卻已明白她話中所指。

還未待細想，她又道：「這處畫樓是王爺的私產，夫人若有意，大可偷梁換柱獻上一曲。我自幼在此處撫琴學唱，冬陽是知道的，只消和她說是藉機為大王爺祝壽添喜，她又是個孩子性子，玩性又大，必不會多想，反而會覺有趣得很。」她見冬陽回了頭，默了片刻，待冬陽再去看熱鬧時，又低聲補了句，道：「這份賀禮，王爺必會歡喜。」

第十八章　心不繫身

我低頭想著她的話，一時拿不定主意。

相識近十年，哪怕是片刻溫情，亦是他贈於我。自從隨李隆基出閣後，在王府中整日要避諱著各種人，又礙於王寰，連尋常家宴都能避就避，我與他見面的機會越來越少，哪怕是上次狄仁傑出征前的酒宴，目光亦是交錯而過，不敢多說半句話。

李隆基的生辰，我可以大張旗鼓的置辦賀禮，而他的生辰，我卻什麼都不能做。想到此處，我才抬頭看夏至，她的話，我究竟該信幾分？

此時畫樓前人群漸散去，冬陽已回身，笑看夏至，道：「平日見妳話不多，倒是剛才和夫人一直交頭接耳的，有什麼有趣的話，非要避開我說？」

夏至抿脣一笑，柔聲道：「平日見夫人好讀書，方才正想起《釋私論》，便請教了兩句。」

她說完，看了我一眼，我心頭頓時豁然，當初那一卷《釋私論》所知人並不多，她一個婢女能輕易道出這隱祕，看來真是李成器先有了交代。

冬陽啊了一聲，悶悶道：「夫人好讀書，妳也偏就問書，是想把我悶死不成？」

夏至搖頭，輕聲道：「妳若要有趣，就和我一起勸勸夫人。今日正碰上大王爺生辰日，又是在這畫樓裡，倒不如我進去找舊人打點一二，讓夫人撿個趁手的獻上一曲，錦上添花一番。」

冬陽愣了下，瞬間明白過來，立刻兩眼放光，道：「好主意！」

印證了夏至的身分，我也放了一顆心，半推半就的被她自後門帶入。我和冬陽立在一側偏房外等著，過了片刻夏至就悄然回來，點點頭，示意我們一起上了畫樓二樓。有個半老徐娘侯在門口，見我幾人忙迎了進去，屋內入眼盡是各式樂器，應有盡有。

那半老徐娘輕笑道：「裡頭確是點了幾首常聽的曲子，我已吩咐下去了，夫人儘管挑趁手的曲子，到時就說是樂娘忽然不舒服，換了個人就好。」

夏至點點頭，笑道：「我們夫人與王爺是舊識，不過是趁此時候獻上一曲，和王爺做個玩笑，多謝余娘相助了。」

余娘連擺手，道：「這是夫人助我。今日王爺來，我是費盡心思也想不出什麼出彩的，平日那些樂娘的曲子雖是好，都是聽慣了的，與夫人這主意一比，確是落了下乘。」

夏至又與她笑著說了兩句，約莫商量好了說辭，余娘正要退下時，我忙道：「等等。」

余娘站住看我，道：「夫人還有什麼吩咐？」

我笑道：「我與王爺是舊識，我身邊這兩個也是常年跟著的，只要稍後有人問話，一聽聲音便猜到了，反倒不好。不如妳挑個伶俐的人，若有人問話，就說我不能言語，隨意替我應付著，若是逼得急了，便拿筆墨答話。」

此番既是宴請，難保席間沒有認識我的人，還是如此安排妥當些，若是有什麼麻煩，奏完一曲就告退，也不會有人知曉此事。

余娘忙陪笑道：「夫人想得周全，我這就去尋個來。」

她走後，我又笑著對夏至、冬陽道：「稍後妳二人就在外候著，若我覺得人多不妥，就暫且不露面，權當玩樂，可好？」

她兩個點點頭，冬陽立刻極有興致地看著一屋子的樂器，道：「平日從未見夫人彈什麼曲子，奴婢今日算是開眼了。」

我笑了笑，掃了眼架上的器具，挑揀了一把趁手的琵琶，拈撥子試了幾個音。姨娘當年就是藉著一手琵琶曲名揚西河，我隨著她自六歲學起，四年中也算有幾支趁手的曲子，可是在宮中這麼多年，偶爾閒下來練練，也就仍是那幾首曲子，只能說是極熟，卻並沒有多出彩。

我邊撥弄著，邊琢磨該選那首時，余娘已帶了個少女進來，草草說了兩句，便將我兩人帶入了一個閣間兒，裡外隔著珠簾，又有屏風，只聽見裡頭人聲交談，卻絕見不到客家的臉。剛才進來時，那余娘就說得明白，今日來的人不多，也就湊了兩桌而已，我聽著談笑聲大多是陌生人，也僅有李成義在，漸定了心。

待抱著琵琶坐下時，我才覺得心跳得厲害，像是要撲出心口一樣。

「隆基怎麼還沒到？」李成器忽而出聲問了一句，身側有人低低一笑，道：「聽說新入府的劉氏有了身孕，怕是美人在側，耽擱了。」李成器淡淡地嗯了一聲，沒再說什麼。

聽著他熟悉的聲音，我忽而想到了曲子，既他當日將〈廣陵散〉改成笛曲，那我就索性改為琵琶曲，此時彼時，也算是我回贈了他一曲。

我定了心神，示意那少女湊近，悄聲和她說了句話，她點點頭，直起身，道：「稟王爺，今日點的曲子只剩最後一首了，因樂娘忽然身子不舒服，不敢上來擾了王爺和各位貴客的雅興，所以另請了個新人上來，還請王爺勿要怪罪。」

李成器笑了聲，溫聲道：「無妨，這處的曲子本王早聽慣了，換個人也好。」那小姑娘忙回道：「此人要獻的曲子比較新鮮，所以先不報曲名，還請各位細聽。」

裡頭有人應了，我拈著撥片的手竟有些隱隱冒汗。

待到裡處人繼續笑談，我才深吸口氣，起了音。

長生殿上那一曲，我早已刻在心裡，此時彈奏並不算難。這一曲起，腦中滿滿的盡是殿中他長身而立，執笛的笑顏，待到手下越發流暢時，隔間外說話聲響漸淡了去，他再沒發出任何聲響。

暖風自窗口而入，撩撥著我與他之間的沉默。

長生殿上一首笛曲，唯有我懂，今日畫樓這一曲琵琶，你可聽得明白？

待尾音落下時，隔間內才有人喝了好，不停有人問著話，大意都不過是問詢我的名諱，平日在哪家畫樓奏曲。那小姑娘按照先前的說辭回了話，裡處人便紛紛感嘆著，說什麼難得一首好琴，卻是個啞女。

我正暗自笑著，李成器忽而道：「不知姑娘可會寫字？」

我心頭一跳，耳根瞬間發熱，他真的猜到了。那小姑娘忙看我，我點點頭，湊在她耳邊又說了句話，她笑著點頭，回道：「會是會的，只是這樂娘有規矩，素來只執筆應答主人，旁人從不理會。」

裡處有幾人大笑起來，有人道：「這規矩聽著怪，怕是樂娘知道今日的主人是壽春郡王，才臨時定下的吧？」

話音未落，又有人附和：「壽春郡王以笛聞名，擅音律之人自然仰慕，尤其又是少年風流，這珠簾屏風後的佳人必早已暗屬芳心了。」

此話一出，附和人更多，笑聲連連，盡是揶揄之詞。

李成器始終未出聲，待眾人說夠了，他才和氣道：「多謝姑娘這一曲〈廣陵散〉，姑娘若不嫌，就以筆墨留下姓名，他日若有緣，本王必會以樂會友。」

那小姑娘低頭看我，我點點頭，將琵琶遞給她，走到窗邊案几處。因之前的吩咐，余娘早已備下筆墨紙硯，我想了想，才提腕寫了幾個字：心不繫於身，唯念情動時。

放下筆，我盯著那幾個字，臉燙得難耐，吹乾墨才折好，遞給了那個小姑娘。她拿著紙匆匆走出珠簾，等了很久，才聽外間李成器輕嘆一聲，柔聲道：「多謝姑娘。」

我心中滿滿地，彷彿都能看到自己的笑，待那小姑娘走回來時，才向她比了個手勢。此一曲是我任意妄為，隨心所致，此時人多眼雜，也該離開了。

正是開了門時，忽聽見有人自前門進了外間，道：「大哥，我來晚了。」是李隆基，我下意識頓了腳步，他又接著道：「本想帶著永安來，她今日身子不大爽快，就託我帶了份禮。」

我暗吸口氣，呆呆地立在了門旁。

難道午後他來我房中，是要帶我來此處？可為何又改了主意？我腦中紛亂地想著，想起房中他步步緊逼，忽而冷面忽而玩笑的神情，漸猜到了什麼，剛才那片刻的歡愉早已散盡，只剩了心底的陣陣寒意。

是我一直在迴避，他與王寰完婚日說的話，並不是作假，只是我私心當了玩笑。相對兩載，有夫妻之名，卻始終不鹹不淡地遠離著，我以為他有姬妾在身側可以忘了少年情義，如今才發現錯了。

李成器沒有立刻答話，倒是旁邊人笑著說了幾句，他才笑著道：「無妨，先坐下吧。」

我魂不守舍地立在門邊，感覺有人拉了下我的衣袖，見那小姑娘不解地看我，忙對她笑了笑，快步出了房門。夏至和冬陽就守在門外，見我出來立刻對視一眼，該是也聽到了李隆基的話，沒再說什麼，隨著我快步下樓，離開了畫舫。

回到屋中時，姨母恰好在，每日這時候，她都會親自帶來進補的湯水，和我閒說上幾句，今日見我神色不好，也就沒多說，待我喝下便離開了。

我屏退所有人，獨自坐到了上燈時，才聽見門口有腳步聲。

李隆基醉了七、八分，正瞇著一雙眸子走到我身前，眼中暮色沉沉，喜怒不辨，我低頭避開他的視線，起身想要吩咐冬陽備醒酒湯時，卻覺肩上一沉，被他按回了原處。

冬陽端著熱茶，正準備進門，李隆基頭也不回地冷斥了聲：「滾出去！」她嚇了一跳，忙退了三步，李隆基又冷聲道：「吩咐所有人，都退出去，沒有本王吩咐，任何人不得靠近。」

她應了是，躬身退了出去。

待四下靜下來，他才緩緩蹲下身子，平視著我，我看著他黑瞳中倒映的燭火，想要避開他，卻被他猛地捏住下巴，動彈不得。他定定看著我，道：「今日我站在門外，聽妳彈了整首〈廣陵散〉，直到妳退出後，屋中人仍在談論這首曲子，讚口不絕。」

我被他捏得生疼，卻不肯開口，不願說也無話可說。

他靜了會兒，眼中醉意濃濃，聲音卻很輕：「妳說得對，妳我自幼相識，走過許多旁人不知的事，所以我將妳看得極重。但妳可知道當年的一旨賜婚，我有多開心？自母妃走後，又下了來俊臣的大牢，除了父親兄長，唯有妳和我走得最近。那日賜婚後，我親自和花匠學瓊花栽種之術，日日向沈秋討教食療之法，自出閣後，在這王府已住了半載，妳可知道王府內有瓊花苑？可知妳每日所食之物，均是由我親自驗過，唯恐有任何差錯，唯恐有人暗中做下手腳？」

他的心思，這多年來，也不過那夜的一句話。今時今日，他所說的每個字，都是我從未料到，也是我始終諱莫如深的。我怔怔地看著他，這雙整日懶散玩笑的眼中，有太多我不想要的東西，撲面而來，鏗然入心。

他見我不說話，又輕聲道：「永安，妳本該是我的妻，是這臨淄王府的王妃，可我眼看著妳一步步走到今日，卻什麼也不能做，我多希望妳甘心嫁的是我。若有三分機會，我絕不會讓任何女人凌駕妳之上，可妳根本不放在心上。府中女眷，妳總能小心避過，從不爭寵，從不授人以柄，就連我，妳也都是能避則避。」

我身上一陣倦意湧來，看著他眼中翻滾如濤，莫名心慌。

不知從何時起，每夜到這個時辰，我都周身發痠，使不上一點勁。本以為是貪睡所致，可對著盛怒的他竟也如此打不起精神，心中漸有了不好的感覺，我勉強搖了搖頭，連說話都覺得費力：「王爺請回吧。」

他醉到如此地步，多說無益，以他的性情，唯有到明日清醒時再談才好。

他鬆開手，站起身，手撐著案几，一字一句道：「我與大哥同日娶妻，他至今無子，妳不覺得奇怪嗎？」我喘了幾口氣，努力讓自己清醒，他又道：「大哥府上姬妾鮮少侍寢，凡入房者次日都會被賜藥，妳知道他在做什麼嗎？我知道，二哥知道，龍椅上的那個人就不會猜到嗎？」

我驀地抬頭，盯著他，眼前已是疊影重重，聽著他又道：「身為相王長子，始納妻妾已有三年，卻膝下無子，你們二人本就是犯下忌諱才會領旨受罰，皇上如此多疑，如今又能搪塞多久？」

他斂眸看我，我心中紛雜混亂，想撐臂站起來，手卻軟得使不上一點勁，正是氣悶時，他已欺身上前將我一把摟住。「永安，情起的不只妳和他，也有我。」未說完，已挑開了我的脣舌，所到之處，灼熱難耐。

我腦中瞬間一片空白，只想推開他，卻動不上半分，只能任由他步步緊逼。他眸中醉意漸深，低聲喃喃著：「永安，妳終究不忍心推開我是嗎……」

在他越來越明顯的眷戀下，心像是被人大力撕扯著，痛得難以自抑，眼前陣陣發黑，不停有淚水湧出來，感覺著他將我橫抱起，背脊落在床榻上，他一把扯下床帳，將我壓在了身下……

連著病了半月，終是在重陽節前，我才出了屋。

李隆基的壽宴，聽聞很是熱鬧，冬陽面上雖說著王妃和劉氏的賀禮，眼底卻閃爍著快樂。這半月李隆基除了陪在我榻旁，從未去過別處，端茶倒水，餵粥試菜，樣樣親力親為，府中的小人也因此微妙，待冬陽和夏至都格外不同。

無論他神采飛揚的說笑，抑或靜坐著看我，我都從未和他說過半句話。

終有一日，他靠在床邊和我說了半個時辰，見我始終不理會，猛地扯住我的手腕，將我帶得險些摔下床時，我才掙了下，低聲道：「很痛。」他驟然僵住，猛地鬆手坐到床邊，剛想說什麼，我已控制不住哭了出來。

哭聲越來越大，怎麼也止不住。

守在門外的夏至衝進來，煞白著臉看我，被李隆基冷冷瞪了一眼，無措地退了出去。他坐在我面前，不敢動一下，我任由自己哭了很久，才慢慢地抽泣著，止住了眼淚。他伸手想要替我拭淚，被我伸手擋了開。「這半月你也沒睡好，今日不用再陪著我了。」

我該怪誰？怪姨母餵我吃藥？她不過是想讓我和李隆基早些圓房少了禍事。怪李隆基酒醉亂性？他娶我入門兩年，從未待我有半分懈怠，處處忍讓，那日若非酒醉又見我毫不推擋，才做下此事。我並非聖人，卻發現該怨該怪時，沒有人真正做錯。

他又伸了手，替我擦掉眼淚。「永安，我送妳出府。」

我扯脣笑道：「送我去哪？壽春王府嗎？皇上難得鬆了戒備，太子妃卻日日盯著你們，姑姑又似友似敵，這麼多年，我們遮掩的是什麼？」

他緊繃著臉，沒有作聲。

我又道：「那日你明知道我在，知道他聽得出是我彈的琵琶曲，可你偏就進門說了那些話，就是在逼著他放手。李隆基，你不甘心，你不願放手，所以你逼他，你拿他的不忍，拿我和你的夫妻之名來逼他！」我邊說著，邊大口喘著氣，緊盯著他。

李隆基緊握拳，低聲道：「是！我是在逼他！是我不甘心，我要妳，我要妳一輩子在我身邊！可我也要他平安，今時今日，皇位上坐著的那個人還在防著我們，盯著我們，太子、姑姑也都防著我們幾兄弟，防著我父王這一脈！」他猛地站起身，控制著自己的聲音：「一步錯，步步錯，他不能再錯下去了！」

我深吸著氣，讓自己冷靜，卻覺得心頭抽痛難耐，過了很久，才苦笑道：「一步錯，步步錯，李隆基，你知道我們錯了多久嗎？自狄仁傑拜相那年起，我心中就只有他，那時你才八歲！天授三年，我就和他私訂終身；長壽二年，父王被誣謀反，我冒死去獄中見他，你又可曾知道？九年相知相識，我們之間有太多你不知道的，有太多的隱忍無奈。」我抓緊手下的錦被，一字一句道：「至親性命，天下不換。這是他親口對我說的話，也是你拿來逼他的利器！」

李隆基呆站在那裡，緊盯著我，再說不出半句話。我胸口如被火燒，心似要破腔而出，緊咬著嘴唇，直到舌中腥甜，才抹了眼睛，喃喃道：「若沒有他，我絕不會在鳳陽門出現，也絕不會和你走得如此近，你眼中的親近，都不過是我和他的情分。」

他眼中蒙著痛意，怔怔地看著我。「永安，妳我也是自幼相識，妳對我就沒有半點情分？」

我靜看著他。「有，你是他的親弟，是我一直盡力維護的人，你的平安，就是他的平安。」

他走到桌邊，灌下一杯冷茶，將茶杯握在手心許久，緩緩放下，快步出了屋子。

待他離開，夏至才匆匆入內，替我端了杯熱茶來，我看著她溫柔的眼睛，搖了搖頭。這半月李隆基在我身側寸步不離，她縱有什麼要說的，也只能遠遠看著，開不了口。

過了會兒，我才將茶杯遞給她，輕聲道：「替我給王爺帶句話。」她是李成器的人，必然有出路傳話。

她點點頭，看著我道：「夫人請說。」

我默了會兒，又苦笑著搖了搖頭，道：「妳下去吧。」

她訝然看我，欲言又止，終沒說什麼退了下去。

聖曆二年四月十八日，皇上命太子、相王、太平公主與武攸暨等為誓文，告天地於明堂，永不相負，銘之鐵卷，藏於史館。

這一月，還有件事傳遍了洛陽城，而此事恰緣起於我。

臨淄王府像是個剋子之地，先有王妃小產，月初劉氏又重蹈覆轍，當年一事尚未淡化，再添上這樁新事，傳來傳去，也就成了我善妒的結果。

「鐵卷不過死物，皇上竟想以此為牽制，讓李家、武家永不相負。」父王笑著搖頭。「妳皇祖母果真是老了，她在位這麼多年，最防的就是人心，如今卻如此輕信人心。」

我抱著永惠，她小手指著桌上的酥山，我替她夾過一塊，捏了小塊放進那小嘴中，隨口道：「拋開皇位之爭，說不定是好事。突厥起兵是藉由李家政權旁落，打著助李皇一族的旗號。這鐵卷一出，昭告天下李武永世不負，突厥可汗也就沒了名正言順的由頭，說不定會助狄仁傑一臂之力，連戰連勝。」

永惠撇嘴，眨了眨眼，我笑著又給她掰了半塊。

父王看著我們，嘆了聲，道：「妳若如此喜歡孩子，倒不如給自己添一個。」

我手頓了下，沒答話。

父王又道：「為父本以為李隆基連著納妾，對妳不大上心思，這半月來聽入耳中的，卻盡是他為妳抱怨病後臉色淺白，廣集天下胭脂；為妳生辰賀禮，親入宮討要銀匠造飾的傳聞。」

我替永惠抹去嘴角碎渣，苦笑道：「那是他極擅揣度聖意，皇祖母命李家、武家對天盟誓，永世不負，他便對我恩寵有加，豈不是正合了皇祖母的意？」

「永安。」父王放了筷，看我道：「前日皇上曾問起，是否要宮中御醫開幾個方子。臨淄郡王如此恩寵有加，妳入府三年卻始終沒動靜，連太子妃都曾明著問起，更別說背後聽不到的那些閒言碎語。」

我重複道：「太子妃？」

父王面色微沉，點了點頭。

韋氏竟然當面問起此事，究竟何意？婉兒與她也是相交深厚，莫非說了什麼？我心中一下下跳著，盯著茶杯發怔，這半年風平浪靜，竟忘了那始終不大出聲的太子和太子妃，若是他們有意做什麼，難道會牽出陳年舊事？

面上忽被人拍了下，回過神時，永惠正眯眯笑著看我，咿咿呀呀地說著：「姊姊，姊姊。」我對她笑了下，遞給身側夏至，示意她屏退下人。

待內室無人時，我才看著父王，猶豫道：「皇上可提過壽春郡王？」

父王若有所思地看我，道：「壽春郡王多年無子，難道是因妳而起？」

我心頭泛苦，相王長子無子嗣，對太子那一脈來說並非壞事，其中或是還有更多緣由，但照李隆基的話來看，與我也脫不了關係。

父王看我沉默著，搖了搖頭，嘆了口氣：「無人提起，眾人皆避諱此事。永安，妳既已嫁入臨淄王府，此事不能再想了。」

我又何嘗不知。這幾年維持的詭異關係，都不過是我和他的一念堅持，其實早已塵埃落定之事，我卻不願看清。當年一口應下狄公的話，卻未料到做時竟如此難。

忽然，門口傳來請安的聲音，我轉頭看去，李隆基正邁入門內，他邊走邊對父王笑道：「岳丈大人來了，怎麼也不遣人傳句話？」

父王忙起身，兩人相對著說了兩句，才各自落座，夏至已抱著永惠走到我身側。

李隆基打量我一眼，軟聲道：「臉色還是不好，藥喝了嗎？」

我嗯了聲，舉杯喝茶，有意避開他的話。他也沒再問，又轉頭去和父王說了些面上的話，大意不過都是遙祝狄仁傑凱旋而歸，大敗突厥什麼的。

過了會兒，父王將永惠帶走了，他掃了眼桌上菜，道：「看你們也沒吃什麼，我正餓了，夏至，去備一副新碗筷。」

夏至行禮退下，我忙叫住她，對李隆基道：「這是殘羹冷菜，怎麼能讓你吃，你若要想吃什麼，就讓下人換新菜。」

他訝然看我，過了好一會兒，才道：「妳終於肯和我說話了。」

我吩咐夏至換下殘羹冷菜，又囑咐她去要些李隆基平日愛吃的，待她出了門，才看向李隆基。「洛陽城中早已是你為博紅顏一笑的傳聞，我若不做出琴瑟相諧的樣子，豈不枉費了你一番心思。」

他伸手拿起玉筷，撥弄著眼前的魚，我看著他的側臉，眼前疊著一個個影子，七、八歲的孩童，十二、三歲的少年，到如今已身形修長，眉目內斂。他一直在變，謀權算計卻從未有半點隱瞞，自始至終都是坦白的，包括他對帝位的心思。

我開口：「你若想做太宗皇帝，我會幫你，但我不會是文德皇后，當然，也不會是皇祖母。」

他靜看了我會兒，道：「永安，妳在說什麼？」

我盯著他，道：「除非取得帝位，否則任何人坐上那個位置，你們這一脈都是最危險的。你若有心，我雖做不到運籌帷幄，卻能錦上添花。」

他眼色清澄，卻有著熠熠光彩。「妳願意留在我身邊了，是嗎？」

我點點頭，道：「是。」

他與我對視良久才道：「妳若不願——」

我打斷他道：「安排我見一次壽春郡王，我有話和他說。」

他啞然看我，過了會兒才苦笑道：「其實妳不用通過我，告訴夏至，她自然會給妳安排。」

我愣了下，他又道：「夏至是大哥的人，他放在妳身邊自然會告訴我，這也是我默許的。夏至很聰明，又是大哥的心腹，若遇到危及性命之事，總會幫到妳。」他夾了塊魚，放在嘴裡細吃著，過了片刻才吐出刺，道：「永安，這些年明著暗著，妳與大哥見面，我何曾攔過？」

我避開他的視線，看著下人們換上新菜，沒再說話。

見面的地方本在府外，我拒絕了，只說在李隆基書房就好。

當我入門時，屋內只有他一個人，臨窗而立，日光透過木窗的格子，在他身上打下斑駁錯落的光影。我靜立在門口，恍如回到了當年在大明宮那一次偶遇，若沒有那一次尋駱賓王的書卷，我不會在宜都房內遇到他，也自然不會因婉兒的忽然而至，與他一路走下來。

他聽到聲響，回頭看我，笑了下，道：「身子好了嗎？」

我點點頭，走到他身側，道：「差不多了，有沈秋的方子，怕是死人也能救回來。」

他道：「沈秋總感嘆妳對他言語刻薄，今日聽來，倒是他誤會了，沒想到妳對他竟有如此信心。」

我笑看他，道：「他連挖心剖腹的人都能救回來，我怎會對他的醫術沒信心。我以為他自來喜歡與人拌嘴，沒想到背後竟如此說我。」

他搖頭一嘆，道：「他就是這樣的性情，無需太當真。」提起當年事，那夜竟還是如此清晰。

看著塌上的人滿身鮮血，沈秋亦雙手血淋淋地將五臟歸位，縫合傷口，我卻只能立在皇祖母身側，焦心等待。一直以來，我所做的都是抱有希望，等待著相守那一日，可若要比肩而立，困難重重，我不願再做一個無能為力的人。

我抬頭看他，道：「與元氏成婚三年，府中姬妾也有不少，始終無所出，皇祖母可曾問過？」

他看看我，又去看窗外，過了會兒才道：「問過，但沒有太多話，我是相王長子，若無所出也稱不上壞事。」

此時此刻並非壞事，誰能猜到日後會如何？就像李隆基待我，當初為了拉攏太原王氏而有意冷落，如今應了鐵卷盟誓，便要立刻恩寵有加，所有一切都不過是在揣度皇上的心思。

我欲要再勸，他已笑著轉身，道：「永安，不必再說此事，若要保住父兄性命，只能拿回這天下山河，皇位之爭歷來是成王敗寇，我不希望有更多人成為這其中的牽絆。今時今日，無論妳做何選擇，我都不會說什麼，這麼多年，妳我之間有太多事情，早非尋常兒女之情。」他看了我會兒，溫聲道：「若有一日落敗，自我這處，不會再有後人夾在皇位爭鬥中，也算是幸事。若有幸取這天下，我希望是妳的孩子承繼皇位，無論孩子的父親是誰。」

我心裡一酸，看著只有兩步之遙的他，再難說出話。

他早已明白，我今日見他真正想要說的話，抑或是他早已做了選擇。無論我是接受現在的身分，抑或是堅持越走越遠的情分，他都早做了選擇。

我低頭，行禮道：「王爺既已明白，妾身就此告退了。」

年少時那一卷殘紙，他所說的不負，我已看到。我想說的，也許日後再沒有機會說出，但已不再重要，無論我站在誰身邊，歷經日後的血雨腥風，都是和他同樣的目的。保住父兄性命，拿回這天下河山。

既已執手，此生已盡。

第二卷

那一年，眉目依舊

第十九章　暗潮

久視元年，狄仁傑終是病危。

按身分，我本無資格前往探望，李隆基卻仍是遂了我的願。

待車行至相府時，已是深夜，卻仍是燈火通明。我放了車簾，看李隆基：「沈秋在？」

李隆基伸手拿起袍帔，替我仔細繫上。「是，已在此四、五個晝夜了。」他手頓了一頓，才又道：「大哥也在。」

我沒說話，只點頭。一個簡單的結，他弄了半天也沒繫好，我笑了下，拍了拍他的手，示意我自己來，他卻沒鬆手。

「永安。」他終是弄好，手指擦過我的臉。「下車吧。」

府門前，停了不少車馬，我腳才剛落地，就見另一輛馬車上也下來了一位貴人。

眼帶淺笑，舉止有度。

她再不是當年初見時險些落了茶杯的婢女，不再是賜婚時手足無措的人。

今時今日，她已是壽春王妃，抹去一切狼狽經歷，乾乾淨淨的北魏元氏，壽春王妃。

此時，她正也看到我，愣了下，才莞爾一笑。

我對她點點頭，見她始終不挪動腳步，便走過去行禮道：「妾身見過王妃。」

她點點頭，伸手拉住我，道：「既然來了，便一起進去吧。」

我笑。「王妃先請入吧。」

她疑惑地看我，我側頭看李隆基，她這才留意到不遠處的少年。

李隆基這才笑吟吟走過來，叫了句大嫂。

她忙行禮說：「原來郡王在這裡，那妾身就先一步進去了。」

「大嫂不必多禮。」

他說完，卻不期然地握住我的腕子。

元妃低頭笑，告退而入。

我看他，他也看我，就這麼僵了會兒，才低聲道：「李隆基，你娶了一個又一個，如今再做這情深意重的樣子，似乎不大妥吧。」

他低低一笑。「我待妳如何，無需做給別人看。」

我無奈，只能就這樣任由他拉著我，進了相府。據說今日險情頻傳，連皇上都親自來探看過，自然親王貴胄都不敢怠慢，一路上碰到了不少，到狄相房外時更是立了不少人，有當真痛心疾首者，亦有不過敷衍了事者。

直到父王走過來，我才抽開手腕，叫了聲父王。這一句，不少人回了頭。

當初在大明宮中常伴陛下左右，這些個王孫貴胄哪個不是待我極善，如今即便是身分一退再退，逃不過他們暗中的閒言碎語，但見面了也終要做足禮數。

就在我一一行禮時，房內已走出兩個人，立刻引得眾人圍了上去。

「各位郡王、親王，就無需在此久候了。」沈秋挽著袖子，面色早已熬得蒼白。「請都回去休息吧，若狄相緩醒，小人自會遣人去稟告。」

他就隔著我十步之遙，我卻聽得分神，只因那門邊立著的人。

整整一年，我從未出過王府，而他也從未再出現。突厥叛亂，邊境一路兵敗如山倒，陛下不得已以皇嗣李旦為帥，徵兵天下，可李旦身為皇嗣又怎會親自出兵征戰，最後這麼個力挽狂瀾的險位，就落在了他身上。

金戈鐵馬，征戰邊疆，我無法想像那連連險境。

而此刻，只看他右臂纏著白布，環繞於脖頸之上時，就已痛得喘不上氣。

他面色極沉，眼中似乎已有了血絲，只是靜立在沈秋身側。此時，元妃忽然自一側走上前，低聲詢問他是否要吃些東西，他搖頭，微微地笑了下，沒有說話。

我聽在耳中，只盯著他，不敢動上分毫。

他剛要返身而回，卻突然頓住腳步，緩緩看向了這裡。

那雙眼，清潤依舊，只蒙了層殺戮決絕後的淡然。

我眼眶一酸，險些躲開。太多的過去紛湧而至，從狄仁傑拜相到如今這病危臥床，整整十年，血雨腥風，到如今卻只能隔著眾人，在這紛擾中靜看著對方。

難以靠近，連最平實的話都不能多說。

沈秋正要轉身而回，看到他如此樣子，才順著目光看過來，似也是泛起了些苦苦的笑意。我低下頭，正要隨著眾人離開，沈秋卻先出了聲：「夫人留步。」

我僵了下，回身看他。

他大步走下臺階，先對李隆基行禮，才對我道：「狄相曾說，若是夫人來了儘管入內，他還有些話想對妳說。」

我掃過他袖口的點點血跡，默了會兒才道：「狄相如今還沒醒來，我留下也沒什麼用，還是待相爺好轉再來探望。」

沈秋緊繃著臉，壓低聲音：「這幾日極為凶險，永安妳還是留下好。」

我心頭一緊，認真看他，他又點了點頭。

既已如此，即便狄公不再緩醒，我也該留下送他最後一程。我沒再多話，徵詢地看了一眼李隆基，他只笑了笑，說：「我陪妳。」說完，先一步走上石階，對李成器道：「大哥在此已經三日了，是否要回去休息一晚？」

李成器搖頭。「今夜正是凶險難測，還是侯在此處安心。」

夜深露重，我裹緊袍帔，緊跟著進了屋子。

內室是狄公的家眷子嗣，我們幾個就在外堂相對坐著，唯有沈秋守在床前，每隔半個時辰才出來一趟，喝口水，或是低聲和李成器交談，看神色似乎始終沒有起色。

我捧著茶杯，一口口喝著，想起了很多。

狄仁傑幾番大起大落，卻均是對李家忠心不二，就連李旦重回洛陽，亦是託了這位相爺的福。不知為什麼，腦中竟記起當初李成器被囚於宮中，不惜當眾提醒狄仁傑有難的那一日。

那一日講解瓊花的句句都還清晰，他的淺笑注視，狄公的玩笑提點。

那個嘆「郡主好眼光」的老者，亦是勸散我兩人的人，彼時今時，江山依舊風雨飄搖，這個始終守護李家的人卻終是年邁病衰，怕已要走到最後了。

約莫到了後半夜，裡間忽然傳來些吵鬧，我不禁放下杯，李成器卻已經站起身，逕直走了進去。

過了會兒，沈秋才出來走到我面前——「妳怕是武家最後一個見狄公的人了。」

我起身走了兩步，才想起李隆基，還未轉身他已經先低聲開口：「我在外堂等妳。」

我頓了下，沒有回頭，直接走了進去。

內室的家眷都已退了出來，只剩我和沈秋，還有李成器。

燈燭搖曳，拖長了人的影子，我走到床邊蹲下，看狄公微微在笑著，不禁溼了眼眶。他緩緩伸出手，我立刻伸手握住了，等著他。

過了很久，他叫了一聲：「郡主。」

我努力笑。「狄公又玩笑了，永安已不再是什麼武家郡主，而是臨淄郡王的妾室。」

「本相，還記得——」他眼中亦是帶笑，卻不同於我的強裝，只是淡淡地，帶著老者的瞭然與釋然。「和郡主的幾次私下交談。」

我點頭。「永安也記得。」

他看了一眼李成器，笑著搖頭。「至今，本相仍舊認為，郡主的眼光極好。」

我心頭陣陣酸痛，不敢回頭去看他，也不敢看狄公的眼睛。

他休息了會兒，又笑著補了一句：「有句話，本相始終未曾說，李家這些皇子皇孫，壽春郡王的眼光也算是最好的。」

我沒想到，他特地要見我，只是為了說這些。不知怎麼地，臉上就已經被眼淚打溼，眼前模糊成了一片，忙用袖口擦了一下。

狄仁傑笑著搖頭，示意我靠近些，我忙又湊近。

他的聲音很輕，也有些費力：「武家與李家的爭鬥，李家男人與女人的爭鬥，尚有許多變數，郡主切記，置身事外才是最好的應對。」我點頭，他才笑著鬆開我的手，對李成器道：「當初郡主為我二人講過瓊花之法，老朽至今仍舊記得清楚，郡王可還記得。」
這話，唯有我三人聽得懂。
不論這話是提點李成器記得我當日相助，抑或是別的什麼，這為天下、為李家耗盡一生的賢相，此時只不過是個看著我二人自幼成長，到如今感慨萬千的老者而已。
心頭一時亦苦亦酸，我終是回頭看他。
他只靜看著我，過了好一會兒，才對狄仁傑道：「本王不會忘，亦不敢忘。」
我一動不動地看著他，眼淚止不住地掉，一年前笑著相對的勇氣盡數打碎。
他金戈鐵馬的那些日子，我從未有一日安枕，卻不能問任何人他的消息，今時今日，他安然回返，立在我面前，我亦不敢走上前一步，看一眼他的傷口。
狄公咳了兩聲，沈秋忙上前探看。
他笑著擺手，對我道：「夜深露重，郡主早些回去休息吧，日後若不嫌就多來本相府上走一走，陪我這老人家弈棋品茶，也不枉忘年相交的情誼。」
我含淚點頭，笑著說：「永安告退了。」
而這句話，也成了我和狄公的最後一句話。
久視元年，狄仁傑病故，舉國同悲。連皇上亦拒朝數日，連連悲嘆狄公一去，朝堂空也。

近初夏時，臨淄王府終於迎來一樁大喜事，李隆基長子降世，賜名嗣直。劉氏小產後始終鬱鬱，自從再懷上孩子，就整日不出院子，直到嗣直出世才算是喜笑顏開，鬆了口氣。

我也終於鬆了口氣，善妒的名聲好歹淡化了些。

滿月酒辦得熱鬧，唯獨太原王氏一族未有人露面，李隆基也算是會處事，立刻將嗣直送入王妃的院子，由她親自撫養。

冬陽絮絮叨叨，每日都說此事，直說得我頭昏腦脹寫不下字，才放筆看她。「去要些茶點來。」

她啊了聲：「不說我都忘了，該吃些東西了。」

我挑眉看她。「不是我吃，是我要去送給郡王吃。」

她一時沒反應過來，直到夏至捅了她一下，才算是回過神，忙不迭出去拿了不少精細的點心，泡了壺上好的茶。我看著足夠三、四人吃的滿滿幾碟子點心，哭笑不得，只吩咐她跟我去，讓夏至留下收拾筆墨。

進書房時，李隆基正靠在椅子上，兩隻腳蹺著，定定出神。

「郡王。」我站在門口叫了他一聲，他這才回過頭，似是迷惑了一下，旋即站起身，大步走來。「怎麼，出什麼事了？」我啞然看他，抿脣不說話，他立刻抓了我的腕子，急道：「倒是說啊。」

「我餓了。」我嘆了口氣。「猜著你也餓了，就想湊在一處吃些東西。」

他驀地愣住，眼中似惑，似驚，到最後不過都化在那一雙瀲灩的眼中，不笑不語。

我伸手在他眼前晃了晃。「怎麼了？」

他依舊不說話，只是抓著我腕間的手一路滑下來，用手分開我的五指，交叉著握在了一起。想是一直在窗口吹風，手指冰涼涼的，凍得我想抽手，他卻執拗地這麼握著，眼睛定定地看著我。

我無奈，只能隨他站在門口，過了好一會兒，他才猶豫道：「永安，妳是要走了嗎？」

沒想到等了半天，竟蹦出這麼句話，我低頭笑，不禁笑出聲，到最後竟然笑得肚子發疼，笑出了滿眼的淚。

他究竟帶著如何忍讓的心思，才能在此時仍有如此想法？

待笑夠了，我才抹了下笑出的眼淚。「你要我走到哪兒去？」

他愕然看我，過了很久才喃喃道：「那妳——」兩個字就卡住，想必也不知道自己真正想說的是什麼。

我抽出手，從一旁冬陽手裡接過茶點。「你不是說，我每日所食之物均由你親自驗過，唯恐有任何差錯，唯恐有人暗中做下手腳？如此麻煩，倒不如一起吃得好。」

他這才如夢驚醒，忙一手接過我手中的東西，一手仍舊五指糾纏著不肯鬆開，直到把我拉到桌旁坐下，依舊是老樣子，怔怔地看著我。
我又抽手，這次倒是很輕鬆，輕易就放了手。
倒茶，吃點心，直到吃得七、八分飽了，我才放下筷子看他。「不吃嗎？」
他搖頭，笑得晃眼。「我看妳吃。」
我笑。「不怕有人暗中下手腳？」
他愣了下，揚起一抹笑來，也不說話，只伸手把面前的點心都拿起來，每一塊都咬小半口，然後放在空置的玉碟裡，繼續咬下一塊，不一會兒就堆了小半盤。
隨後，他便伸手把那玉碟推到我面前，又親自替我添了杯茶。
一切行雲流水，毫不做作。
我只默看著，不發一言。今日做的，不過是一年前便已應下的，好好留在他身邊。
狄相彌留之際所說的，盤旋我心中月餘，他仍是放心不下李家，仍是顧慮我的身分為李顯這一脈子嗣帶來弊端，所以才輕描淡寫，要讓李成器記住的是我的恩，而非我的情。
只是他讓我置身事外的話，我又如何做得到？不論李隆基與我之間有多少事情，自我踏入臨淄王府起，便已是定數，一損俱損一榮俱榮，更何況還有我的妹妹永惠，還有他的兄弟手足。

……

我凝神看他，過了很久才問：「你怨過我嗎？」恍惚著，似有個聲音撞進耳中，那年那夜也曾有人攬我入懷，問我可曾怨。

此時我問的是苦澀，彼時他怕也是如此心境，無能無力，滿腹虧欠。

李隆基眼色清澄，似笑非笑。「相識這麼多年，卻換不來妳認真看我一眼，我該怨的是自己無能，對妳何來怨恨？」

我沒料到他如此答，默了片刻，才笑。「從我認識你起，你就是不肯認錯服軟的人，怎麼今日變了個人？」

他仍舊笑得懶散，語氣卻柔了下來：「我在妳面前似乎……始終在認錯。」還未等我接話，他又道：「妳今日既不再避，那我也不再放手。無論勝負，或生或死我都會帶著妳。除了——」他頓了下，看了一眼玉碟。「即便是最後一刻，我也絕不會讓妳死在我之前。」

他背對著窗口，神情半明半暗的，看不分明。

我望著他的眼睛，心中隱隱觸動，嘴邊的笑竟難以為繼，只能低頭掩去尷尬，隨口打趣：「真是天意，當初在鳳陽門誤打誤撞，竟救了個大貴人。」

他似在笑。「若要認真算起來，妳才是我的貴人。」

我手動了下，想要去拿茶杯，卻被他伸手握住。抬頭時，他已伸出另一隻手，輕拭了下我的唇角。「看來這迎春糕做的不錯，妳都吃得忘形了。」他側頭，對外頭接著道：「李清，讓膳房去領賞。」
李清在外問詢是賞哪個，他倒是爽快，只說盡賞。
才剛吃完點心，他便又坐不住，吩咐人備馬，要帶我出去走走。
我忙搖頭，只說自己想去看看父王，他這才放我離去。
直到回了自己院子，冬陽才嗤嗤地笑出聲：「郡王對夫人，真是疼到骨子裡了。」
我笑了笑，強壓住心底無措，吩咐她去準備出府。
她應了聲，笑吟吟就去了。
進屋時，夏至正收整著架子上的書。我看她一卷卷翻看著，忽然想起幼時在婉兒房中亦是如此，拿起什麼都要偷看兩眼，掩不住的探究心思。那時的婉兒，對我來說美豔不可方物，又有滿腹才學，自然對她所讀的書都有些好奇，也因此跟著她讀了不少旁人讀不到的。
我正出神著，冬陽已經折返，說車備好了。我正要進房換衣裳，她忽然走到夏至身側，拿起一卷書道：「這就是妳說要請教的《釋私論》？」
我回了神，見夏至有些發愣，忙笑道：「拿來我看看。」
沒想到夏至一年前在畫樓搪塞的話，這小丫頭竟然還記得。
冬陽拿著那卷書，遞到我面前，笑道：「這是夫人親手抄的？」

我嗯了一聲，沒有反駁。我與李成器的字本就相像，若非是研習較深的人，草草看著也分不出差別。

她翻了翻，極有興趣道：「夫人可能借我看幾日？」

我看了她一眼，猶豫著要不要答應時，夏至已靜悄悄地走過來，道：「若要借，也該是我先才是。」

冬陽撇嘴看她，道：「剛才看那麼多書妳都不開口，偏我說要看了，妳來搶了。」

夏至無奈地看她，道：「若不是我，妳還知道什麼是《釋私論》？難得見到全本，自然要讓我先看。」

冬陽將書卷遞給她，沒好氣地道：「好，給妳，看完記得拿給我。」

我看著她兩個，笑道：「我還沒答應，妳們就爭上了？」

我這一說，冬陽再不敢說什麼，擠眉弄眼地笑了下，進屋去給我拿替換的衣裳。

夏至拿著那卷書，對我道：「奴婢粗看也難懂，倒不如放在夫人這處，夫人有閒時講解一、兩句便好。」

我沒說話，接過書，看她也走進去時，才低頭去看那卷書。

因常年放在底層，摸著還有些潮氣。我隨手將書攤開，放在窗邊，讓陽光晒散多年的溼氣，正是有陣風吹過，書連著翻了數頁，瑟瑟作響。

到茶樓，姨娘已經先到了一步。

房內僅有她和一個中年人，看起來眉目開闊，很是富態。我讓夏至守在門外，才進了房，姨娘低聲和他說了句話，他立刻就躬身拜了一拜。「夫人。」

我笑著點頭。「不必多禮。」說完，便坐在了姨娘身側。

他立刻眼明手快地添了杯茶，復又立在一側，不再說話。

姨娘笑著看我說：「當年的舉國首富，永安可曾聽過？」

我點頭。「鄒家鼎盛時，連李家、武家都不及，又怎會沒聽過。」

姨娘繼續道：「我娘家與鄒家多少有點關係，他們被抄家時還曾收留過一、兩人，這位便是鄒家的遠房親眷，王元寶。」

姨娘說的話，其實早在幾日前和我提過。但當著此人的面，總要做得足道一些，我佯裝訝然地看了他一眼，沒說話。

姨娘繼續道：「話說得遠了，只是想起鄒家不禁唏噓，世事無常，當年天下首富，到如今竟沒了幾個後人。餘下的我就不多說了，只是念在舊情，帶他來見妳，幫得到幫不到的，只能由妳權衡了。」

我笑著點頭，這才認真看他，他立刻就躬身行了個大禮，言簡意賅地說了來意。約莫不過是他的小兒子在去年從軍，與突厥戰事時臨陣脫逃，因大勝而免去一死，卻是活罪難逃，已判發配。

待他說完，我已明白姨娘的意思。

她知道我與李成器的關係，而此次戰事便是掛了皇嗣的名，卻由李成器出征，他若能說句話那便是生路。其實這種事，父王也能說得上話，只可惜事關鄒家……堂堂首富落得如此田地，期間便宜了多少王公貴胄，如今自然是避開得好。

我猶豫著，看他指間老繭，隨口問了一句：「當年鄒家生意，你可有插足？」

他倒頗為鎮定，不緊不慢地回了一句：「小人自幼跟著鄒老爺，耳濡目染，也算小有所成。」

自鄒家落敗，一時湧出不少富貴商賈。我忽然想起，連張易之那樣得聖寵的人都不忘拉攏商賈，甚至引蜀商宋霸子等十數人入宮陪陛下小賭消遣，說是小賭，誰又不清楚這其中的私下交易？

鄒家當年富甲天下，定會有不同尋常的地方，與其四處拉攏已富貴的人，倒不如手裡握些實在東西好。念及至此，忽地萌出個心思。

我復又看了他一眼，略想了想。「姨娘，此事連父王都要避嫌，我只能說試一試。」

這件事放在心裡，反覆琢磨了十數天。

如今李家、武家尚未分曉，李家就已經內鬥連連，縱然李隆基待我再好，他能在區區十七歲就能有如此算計，又何談之後。我承認自己有私心，怕父王親妹日後涉險，也怕他真不顧手足情義……

窗外春日正好，甚至都有了些悶熱。

夏至在我旁邊沖茶，我盯了她許久，才道：「夏至，年前永惠高燒不退，我去白馬寺燒香也算是顯了靈，不如趁著這幾日天氣好，去還個願吧？」

她替我添了杯，道：「需要先告知老王爺和王妃嗎？」

我笑。「不用，自己去輕便些。」

我說完，靜看了她會兒，才輕聲道：「我想見壽春郡王，妳可方便傳話？」

她神色未變，把茶壺放在手側。「不是很方便，需要幾日安排。」

我點頭，沒再說什麼。

這件事過了三日，才算定下。

車一路出府，才行了不久就被攔下來，夏至下去問過後，回到車上臉色極不快。「是洛陽令在清道，說是今日宴客，凡過往車輛均要避讓。」

我想了半天，也不知道如今洛陽令是何人，倒是冬陽接了話：「張昌宗的胞弟，張昌儀。」

我恍然。「原來是他，那就等一等吧。」

自狄公辭世後，二張勢焰更勝往昔，連李顯一脈都退避三舍，更何況是李隆基兄弟幾個。李成器大勝突厥的功勞，也盡數被打壓下來，倒不如他一個面首的胞弟威風。

想到此處，我隨意挑起車簾，掃了一眼。正看到數匹馬飛奔而來，毫不顧忌路旁百姓。

真是禍國殃民。

我正要放下車簾，忽聽見嘶鳴陣陣，有匹馬不知怎地受了驚，前蹄高揚，連著踢翻了三、四個百姓，眼看就要踏向一個小童，卻忽然人仰馬翻，摔出了數丈。

我正驚愕，就看見煙塵中，有個人扶起被撞的小童。看著身形姿態分外眼熟，待他轉過身才恍然，原來是姚元崇。那一路疾馳的人都下了馬，忙不迭扶起被摔的人，一面替他探看傷勢，一面大喊著誰人如此大膽。

「夫人，那不是姚大人嗎？」冬陽也湊過來看，聲音還頗有些緊張。

我點頭。「正是妳一直推崇的姚大人。」

冬陽不好意思地笑笑。「夫人怎麼還記得當年比劍的事呢？」

我默了片刻，才低聲道：「吳興姚氏的劍法出眾，有幸看過，又怎會說忘就忘。」

她應了聲，隨口道：「不過說起來那日，倒是壽春郡王讓奴婢開眼了。」

我笑了笑，沒再答話。

這幾句話的工夫，張昌儀已經搖晃著爬起來，揮手讓人拿下姚元崇。

冬陽見此，又開始緊張，我看她神色不禁取笑：「怕什麼，姚元崇如今官運正盛，狄公辭世前力推此人為相，怕是不日就要高升了，一個洛陽令還不敢拿他如何的。」

冬陽點點頭，繼續偷看。

我倒是沒再繼續看下去，拿起書卷，只等著路通了好出城。豈料，才翻過一頁，冬陽又啊了聲，忙回頭道：「夫人，姚大人要闖大禍了……」我疑惑地看她，她說不出話，一個勁兒指車外。

車簾再被掀開時，我才明白是什麼讓她嚇成這樣。

不過一會兒工夫，那正氣凌然的姚大人就已經橫劍，直架在了張昌儀脖頸旁，看著神情，似是要為民除害的架勢。我倒吸口氣，忙扔下書，下了馬車。

府裡車夫猛地見我露面，嚇了一跳，低聲道：「夫人快進去吧，怕是要見血了。」就是要見血才跑下來的！

我來不及解釋，提起裙子就叫了句姚大人，姚元崇手頓了頓，看向這處，認了會兒才道：「夫人。」

好在他還認得我。

此時圍觀的人都已經退出十數步，張昌儀的隨從也不敢妄動，只虎視眈眈地，聽見我這處出聲，立刻都灼灼地看過來，凶神惡煞甚為駭人。

我定了定神，從人群中穿過，恭敬行禮道：「姚大人，洛陽城中人多馬多，這種事情一日總有個幾次，大人何須為此動氣？」

他微蹙眉，想要說什麼，我立刻又道：「說起來此事也怪郡王，非要邀洛陽令入府飲酒，張大人這才騎得急了些。」刻意說重了洛陽令三字，唯恐他不明白，說完，便伸手按住了劍鋒。

手指才碰上，就覺刺痛，真是柄利劍。

好在沒有見血，沒見血萬事好說。

那劍鋒下的張昌儀早已面色煞白，這才約莫猜出自己得罪了誰。

「張大人。」我笑著看他。「受驚了。」

他呆呆地看我，我又笑。「妾是臨淄郡王府裡的，大人若沒有印象，可聽過永惠郡主？那是妾的胞妹。」無論如何，我終是武家人，他聽到總會有所顧忌。

果不出所料，他怔怔地看我，支吾片刻才道：「永安郡主？」

我沒答話，再看姚元崇，他倒也沒再堅持，抽回劍道：「原來是張大人，唐突了。」

他也算機靈，明白自己雖不怕姚元崇，卻也暫時惹不起他，只整了整衣衫，對他躬身道：「原來是姚大人，誤會誤會，我兄弟素來仰慕姚大人，今日一見倒也別有……意境。」他訕訕笑，接著道：「身為男兒就當如姚大人，有怒極揮劍的意氣，改日張某定到府上拜會——」

既已是誤會，兩人自然都推就著寒暄了幾句，張昌儀這才上馬而去。

我看他遠去的背影，對姚元崇抱歉一笑。「姚大人，抱歉。」

他搖頭一笑，道：「是姚某該說多謝才是，若不是夫人點破，怕將是一場大禍。」

我這才覺得手指痛意上湧，又怕讓他見了再說什麼抱歉的話，忙將手收回袖中，輕聲道：「狄公之後，李姓皇族就要仰仗大人了，所謂十年一劍，終歸會有大人出劍那一日，但絕非是在這小小洛陽城中。」

他眼中訝然一閃而逝，隨即是逐漸瞭然的笑意。

不知怎地，我總覺這笑似曾相識，像極了過世的狄公。

因路上耽擱，到白馬寺已近午時。

上香還願後，夏至藉口讓我小憩，將我帶入事先安排的獨院。院子很清淨，大半被樹影遮了，正中還有口極深的井，我在井邊看了兩眼，幽深幽深的，有些駭人，正收回視線時，身後已走近了人。

「郡王。」我看著腳下的影子，瞭然轉身。

他的視線落在我手上。「傷得深嗎？」

我搖頭，笑道：「就是不小心割了個口子。」

他只是笑，過了會兒才嘆道：「姚元崇是習武之人，手上的兵刃何其鋒利，妳竟真就敢徒手去擋。」
我抬頭看他，詫異道：「郡王也看到了？」
他頷首，道：「沒想到妳比我搶先了一步。」
我不解。「郡王既是看到了，為何不現身？」他的臉面，總比我要好用不少。
他倒似不在意，只道：「姚元崇面有貴相，若能記下今日事，日後或許能在危難時幫到妳。」
我一時恍惚，過了會兒才笑笑道：「多謝大哥。」
這是我初次這麼叫他，他似乎早料到一樣，面色平靜如常，只笑著轉言道：「妳如此急著找我，又避開隆基，可是碰到什麼難事，需要我做什麼？」
我見他直接問，就沒再猶豫，從我姨娘和當年首富鄒家的關係，一直講到十幾日前見了鄒家親眷，還有王元寶所託之事。
他始終靜聽著，直到我停下來，才道：「此事要辦起來並不難，妳為何要瞞著隆基？」
我苦笑著看他。「算是我為日後的武家，留條後路。」
他沉吟片刻，才道：「以他待妳的心思，日後定不會為難妳的家人。」
我直視他，認真道：「人心難測，海水難量。」
他亦看我，漆黑幽深的眼睛中，望不到半分情緒，過了很久才開口：「若是我插手，妳不怕我納他為己用？」

我笑。「縱是人心難測，也總有要搏一搏的時候，那麼多年來，除了父王，我只敢盡信你。」

他沉默不語。

我又道：「而且此事我來求你，也是將脈門交在你手上，若是我日後以此為難李隆基，你可以斷我後路來幫他。」

他仍舊不說話，我漸有些摸不準他的意思，只能靜候著。

不知是不是寺廟的緣故，那些飛鳥竟不怕人，就在我二人不遠處落下，三、兩隻湊在一起啄食。我側頭看著，忽然有些羨慕這些飛禽走獸的自在。

他終究嘆了口氣。「我只怕他日後知道，才真會對妳起疑心。」

他所說的，也是我所想到的，我雖未有害他的心思，卻仍存了防他的念頭。

「救人容易，若是想要掌控商路，妳即便有心也難盡力。」他靜看著我，道：「我會幫妳救人，也會助妳與恆安王重整鄒家商路。倘父王有幸登上皇位，在那之前，隆基若察覺此事，妳只管推脫乾淨，在那之後，隆基若有為難妳家人時，即便我無力相助，妳也有所倚仗。」

他就如此說著，到最後，真正入耳的卻是那句「即便我無力相助」。

我一時發不出聲，只覺心酸上湧，這麼多年走過來，皇權咫尺的是非他早已清楚，雖不及我坦然說出人心難測，竟也是做好了準備。

第二十章　暗鬥

盛夏時，皇上忽然下了一道旨意，改控鶴監為奉宸府，常日於殿內設曲宴，頻繁召武李兩家與張昌宗、張易之飲酒作樂，完全不顧君臣上下的禮數。

李隆基日日酒醉歸來，都會在府內再大肆熱鬧一番，唯恐外人不知他的縱情酒色。他倒是有自知，從不傳我過去陪著，倒是每每醉得深了，才來我這處倒頭就睡。這一日我替他收整好了，他還強撐著，睡眼惺忪，酒意濃郁地看著我。

我莫名地看他。「怎麼了？」

他忽然抓住我的腕子，拉我坐下。「我記得妳這半年來，從未入宮過。」

我嗯了聲，依舊不解。「究竟怎麼了？」

他手撐著頭，側躺在床上笑了半天，才道：「張昌宗今日和皇祖母說，後日要見見曾在宮中極受寵的永安郡主。」

我愣了下。「他怎會提起我？」

他似笑非笑。「所以我才來問妳，怎麼和這種人攪在了一起？」

我聽他語氣怪，再看他很是不快的神色，不禁嘆氣。「你是問我，還是來審我？我縱有天大的膽子，也不敢和皇祖母爭。」

他挑眉。「本王是怕有人來搶妳。」

我啞然。「你還真當我傾國傾城了？在宮裡的，哪個不是國色天姿？」

他意外地默了會兒，才用食指輕劃著我的手背，低聲道：「在我眼裡，妳就是當年染了酒刺的模樣，也勝過萬千佳人。」

我笑了笑，沒說話，想要讓他早睡時，他卻忽然又道：「何況，能讓當年名傳天下的永平郡王傾心十載的人，又怎是那些宮裡人可比的。」

我驀地一驚，他卻再沒看我，閉上眼，過了許久，也沒再出聲。

我呆坐在床邊，也不知他是沉睡過去，抑或是不願再說話，終是開口道：「時過境遷，天下已再沒有什麼永平郡王了。」

說完，才起身吹熄燈燭，替他蓋上了錦被。

張昌宗如今一句話，可算是半道聖旨。

自隨李隆基搬出宮後，我就沒再入宮，這一日晨起竟然就開始下雨，雨勢還越來越大。倘若是平常，我定在屋中待著不肯出去，可既是訂了今日，即便下了冰也要去，絕無他法。

入奉宸府時，皇上還未到，倒是張氏兩兄弟被眾人眾星拱月一般，在其中很是得意。我才剛落座，就有個碧青色的身影閃過來。「永安。」

是婉兒。

我方才對她笑，她就扣住我的腕子，對李隆基道：「人我帶走了，無妨吧？臨淄郡王？」

李隆基哭笑不得，連連拱手。「婉兒姑娘要帶的人，本王怎敢留。」

婉兒嗤嗤地笑著，低聲道：「其實郡王的膽子，似乎比天大大呢。」

李隆基倒不大在意，亦低聲道：「婉兒姑娘的膽子，也似乎有些駭人，天子的心頭好，也敢妄自動了念頭？」

我聽著婉兒的前半句，琢磨不出意思，可李隆基的話，卻極為明顯……心底不禁蒙了層涼意，不動聲色地看了眼婉兒，她默了一默，抓緊我的腕子。「告退了，郡王。」話音未落，已拉著我急往外走。

雷雨陣陣，終是阻了她的腳步，她停下來，看著簷上落下的雨簾。

我亦沒出聲，此事嚴重，縱再有心思也不敢妄自開口。

默了片刻，我才開口：「想見我的，是姊姊吧？」

她沒有反駁，只牽著我入了偏殿，讓我坐下後，才道：「也是，也不是。」

我不解，她又道：「妳忘了，那日在洛陽城中妳化解過一場干戈？」

我這才恍然，先前沒記起，是因為那場干戈，我其實只為了姚元崇，而不是那個飛揚跋扈的洛陽令。沒想到傳入有心人耳中，卻成了別的目的。如此也好，張昌宗是太平姑姑的人，婉兒的心思，還有那深不可測的太平公主，能對此時如此理解，只有好，沒有壞。

大殿內傳來陣陣歡笑祝酒，這裡卻格外安靜。

「永安。」婉兒細看我。「妳不過雙十年華，尚算是最好的年紀，為何眼神卻像是當初心灰意冷的我？」

我笑，隨口敷衍：「是昨夜沒睡好。」

她明白我不願深說，嘆了口氣。「當年妳有什麼，總是先和我說，如今見了面，反而不知說什麼了。」

我被她說得有些愧疚，忙把話轉到別處，和她說了些雜七雜八的趣事。她縱受寵，也不過是被困在這太初宮中，難出宮走動，聽我說到有趣處，立刻笑得歡，漸漸地也化解了剛才的尷尬。

正說到興起，外頭已有人傳話，說皇上來了。

我和婉兒忙起身折返，入殿時，眾人正在行禮。我剛要俯身行禮時，皇上已出聲道：「永安，來。奉宸府中無君臣之禮，妳們也都落座吧。」我抬頭，她正側臥下來，二張兄弟已分坐左右，亦笑著看我。

眾人謝恩，紛紛落座。左側是朝臣明俊，右側則是李武兩家人。

一室香薰，絲竹陣陣，果真愜意非常。

我掛了抹笑，走過去，被她拉著坐在一側。「妳怎麼都不入宮請安了？難道還在怪皇祖母當年削了妳的封號？」

我忙搖頭，道：「皇祖母不宣，永安怎敢擅入。」

皇上笑著看我，又去看李隆基。「永安雖沒了封號，卻仍是我最屬意的姪孫兒，隆基你可不能薄待她。」

李隆基起身回話：「孫兒不敢。」

皇上淡淡地嗯了聲：「你如今有了長子，又有妻妾在側，也該讓永安給朕抱個重孫了。」

李隆基沒回話，只低頭笑，似乎真紅了耳根。或許是這奉宸府中素來如此，身邊人竟然不顧聖駕，紛紛低聲笑著附和，亦是豔羨地看他。

我這麼看著，只覺無奈，旁人看著他娶了我真是福氣，可得陛下如此看重叮囑，可落在我這處，卻是一道道無形威壓。

其實，既已決定安心留下，便對此事多少想過。

但如今李家、武家局勢不明，他們兄弟幾個又要去奪皇位，讓我如何敢留血脈？難道一出世就如他們兄弟幾個，自幼如履薄冰？更何況，身上同時有武家、李家鮮血的孩子，怕是自處更難。

正是一片歡笑時，叔父武三思忽然舉起酒觴，笑道：「陛下這可就是偏心了，臨淄郡王不過十七，便已有長子，壽春郡王卻至今膝下無子，理應更加催促才是。」

我驟然一驚，抬頭去看。

叔父舉著酒觴，說完對身側李成器一笑，當真是笑意暖暖，卻綿裡藏針。

李成器只微微地笑了笑，並未接話。

氣氛一時有了些微妙，連李隆基都坐下，看了李成器一眼。

皇上亦但笑不語，我怕人多眼雜發覺，忙垂眼，從身後宮婢手中接過茶，遞給了她。手穩，笑暖，唯恐有半分差錯。

忽然，始終不大開口的父王出了聲音：「梁王啊，這就是你的不是了，府中無子嗣應該多多納妾，哪裡有催促男人的說法。」話中故意帶了些隱晦的暗示，極委婉地點破了俗禮。

武三思哈哈一笑，忙道：「正是正是，酒喝得多了，難免說錯話，還請郡王莫怪。」

李成器似不大在意，搖頭一笑。

皇上這才笑了兩聲：「改日從宮裡挑些伶俐的，再賜給壽春王府，也算是戰功嘉賞。」

李成器這才起身：「謝皇祖母。」

我暗自苦笑，這麼一來二去的，怕是日後傳出去倒成了壽春郡王身患隱疾，難出子嗣了。想到這兒，不禁草草掃了他一眼，他正落座，恰好接了我的視線，像是明白我所想，笑著搖了搖頭，亦是無奈。

酒到歡暢處，果真如李隆基往日嘲諷所說，皇上又去命二張輪流身披羽衣，乘木鶴於殿中吹笙，稱什麼仿似王子晉的道骨風姿，真是荒誕可笑之極。

我看著頭痛，便藉故走出大殿，抱臂在門口怔怔出神。

過了會兒，只見皇祖母走出來，忙行禮時，才發現她眼中怒氣極盛，不禁心中一沉，只覺得要出事。「永安。」皇祖母未帶任何宮婢，只看見我，頓了下道：「隨朕來。」

我不敢耽擱，七上八下地跟著她走到偏殿處，隱隱聽著裡處似有男女低語，不禁暗驚，今日如此熱鬧，竟也有宮人敢在此顛鸞倒鳳？偷看了一眼皇祖母，她似乎早已知情，伸手從一側木架上抽出金刀，快步繞過屏風。

我忙跟上去，卻在看到眼前景象時，轟的一聲，腦中一片空白。

是婉兒和張昌宗。

婉兒像是受了大驚嚇，瑟瑟地拉過衣衫，遮住身子。張昌宗已經撲通一聲跪了下來，肩膀也嚇得不停抖動，兩人都已不敢出聲。

「上官婉兒，妳可知罪？」皇上已面色發白，舉刀而向。

晃目的刀光冰冷懾人，我不敢再立，撲通一聲跪在了皇上身側。腦中早亂作一團，卻直覺此事蹊蹺非常，即便婉兒與張昌宗當真偷歡，即便有人故意陷害走漏風聲，也絕不該發生在今日！

以婉兒的心思，怎會在酒宴如此熱鬧時，在隨時會被撞見的地方做下此事？

念及至此，我猛抬頭看，婉兒依舊面色驚恐……卻有了些別的味道。

還未待再細想，婉兒忽然驚呼一聲，被皇祖母揮出的金刀劃破額頭，一道血流猩紅刺目地滑過了鼻側。我看著心魂聚散，皇祖母卻怒極而笑。「好，好，不愧是朕的寵臣，天子之刃，這大周敢躲的，也只有妳了，婉兒。」

「奴婢不敢。」婉兒連連叩頭，聲音砰砰入耳，地面漸磕出了深紅血印。

一瞬間，我腦中不停閃過的，是當年在大明宮中，她教我避禍與我閒聊，當年我為李成器跪地求情時，她匆匆而來將我帶走，當年我心急如焚時，她不惜冒死將我帶入天牢……此事縱是再有蹊蹺，此時此刻卻已是生死關頭。

想到此處，手指不覺已緊扣地面，我緩緩地挪了下膝蓋。正要起身求情，殿內又闖入了一個人影，不由分說地跪了下來。「孫兒請皇祖母息怒！」是李隆基……他沒有看我，只是立刻以頭抵地，接著道：「此事必然大有蹊蹺，還請皇祖母先審再殺。」

說完，才抬起頭，目光掃過我的眼睛，帶了十分告誡。

我咬脣看他，亦緩緩搖頭。

他不該進來，撞見這等場面，等於是撞破了天威，必是九死一生。

皇上面上陰晴不明，只低聲道：「隆基，你退下。」

李隆基搖頭，跪著前行兩步，直到與我並肩，才又一叩首道：「上官姑娘和永安情如姊妹，皇祖母若要斬殺婉兒，永安必會相阻，那便是欺君犯上的死罪，孫兒不敢退，亦不能退。」

我聽得心中泛苦，只能垂頭靜默。

看到婉兒那一刻，我就已經明白，皇上帶我入內是因為方才殿中李成器的事，想要藉婉兒的死為我立下規矩，卻不想李隆基竟然闖入，讓這一切變得更加尷尬難堪。

此時不僅是婉兒，連我和他也命懸一線，生死難測了。

那處婉兒始終沒再抬頭，張昌宗卻煞白了臉，呆呆地僵坐在一側，別說是跪，連動都不敢。

不知過了多久，皇上才垂了手，對婉兒道：「朕給妳活命的機會，說吧。」她說完，仍沒有挪動半步，就那麼神色晦暗地看著婉兒。

婉兒這才抬起頭，與皇上對視良久後，一字一句地道：「今日是他被廢之日，陛下可記得？」

皇上回視她良久，周身的怒氣竟漸漸地，散了七、八分。「妳就是為此？」

婉兒點了點頭，又忽然搖頭，過了片刻卻笑起來。「陛下能為男寵廢了君臣之禮，日日在此笙歌漫舞，婉兒為何不能以此報復？為了陛下的大業，婉兒親手擬就他的廢詔，立誓終身不嫁，追隨陛下至今，實在不忍，也不想再看陛下如此荒廢朝政。」

皇上眼中漸沉，不發一言。

她繼續道：「陛下可知，如今朝中傳了個笑話，洛陽令一句話，滿朝蕭姓的官員都加封進爵。就因為有個蕭姓小吏向張昌儀獻銀買官，可糊塗的張昌儀卻酒醉忘了那人名諱，最後竟給滿朝蕭姓的官吏都加了封。」她笑意更深。「一個小小的洛陽令，倒比當年狄公的權勢還要大。大周到此，陛下讓婉兒如何對得起當年那一旨廢詔？臨淄郡王與永安之情深厚，婉兒與陛下親子的情，就當真不如此嗎？」

她一句句逼問，倒似是把一樁淫亂宮諱的死罪，說成了處心積慮的死薦。

我越聽越是心驚，越聽越是覺得此中極有深意。

「好了。」皇祖母打斷她。「妳總能讓朕想起妳的祖父。」

婉兒仍是笑，輕聲道：「陛下不說，婉兒反倒忘記了。這眾多對不起的人中，還有婉兒的祖父。當年他因反陛下而招殺身之禍，婉兒卻背負天下詬病，在陛下身側這麼多年，如今再多一樁男女私情，也算不得什麼。」

她說完，反而挺直了背脊，由跪轉為了跪坐。

那雙烏黑的眼睛就這麼盯著皇上，再不說半個字。

四周變得異常安靜，唯有陣陣雨聲，敲打著所有的心神。

「隆基。」皇祖母忽然開了口。「替朕收好這刀。」李隆基忙起身接刀，皇上才對婉兒道：「妳又一次勝了朕，可還有事要奏？」

婉兒搖頭。「陛下只要重拾朝政，留下婉兒此命，日後當奏的，絕不會漠視不理。」

皇祖母嘆了口氣：「還記得當年，朕初見妳時說的話嗎？」

「命先留下，或許日後可用。」

此話一出，李隆基和我才敢叩頭謝罪。

他轉身將刀放回到架上，與我陪著皇祖母向外走去，像是尋常祖孫相伴一樣，沒有半分異常。

直到出了殿門，才見十步之外候著幾個宮婢、內侍，神色有些緊張。他們看到皇上現身，忙齊齊跪下道：「陛下，恆國公方才跌傷，正在殿中醫治。」

我看了李隆基一眼，他亦看向我，笑得頗有意味。

皇上淡淡地點了下頭。「他們兩個倒是連著心。」

回去的路上，我拿著書，不說話，他坐在我身側也不說話。直到快到王府，他才幽幽地嘆了口氣。「難怪古人常說，英雄難闖美人關，本王又為妳搏了一命。」

我未看他。「你肯說了？」

當時的境況，他能恰到好處地闖進來，怎麼會是巧合？

他鬆下身子，拿下我手中的書。「縱再有算計，妳可信我真是搏命去救妳？」

我這才抬眼看他。「怎麼是救我？」

他笑吟吟道：「我若不闖進去，妳怕是早已護著她了。」我不置可否，他接著道：「婉兒這麼聰明，怎麼會需要妳去救？妳看，一樁宮諱祕事成了她忠心不二的謀算。」

我示意他繼續說，他偏就賣了關子，笑而不語。

直到我又去拿書時，他才算是怕了，忙道：「好了，我都告訴妳，但是妳要答應我個條件。」

我笑。「說吧。」話說完，他卻不急不忙地伸手，雙手自我腰後攬住，緩緩拉到了面前，很近地盯著我的眼睛：「生下妳我的孩子。」

我身子一僵，沒說出話。他仍舊一眨不眨地盯著我，眼中帶了些期盼，細細碎碎地還摻雜了些別的什麼，我不敢再深看，只垂眼道：「現在還不是時候。」

他愣了下。「那妳打算什麼時候？」

我認真想了想。「或許等李家拿回帝位，或許要更久之後。」

他沉默著，收緊手臂，不說話。

我剛想再解釋，他才忽然一笑，放開手。「一切隨妳。」

「我不想孩子像你一樣，自幼膽顫心驚，不知明日是生是死。」

他只是笑，不接話，像是忽然不再關心這個話題，反而接著說今日的事：

「妳可知道婉兒如今是誰的人？」

我看他無意再聽，只能作罷，搖了搖頭。

「太子李顯。」他話音帶了些嘲諷。「真不知道她如此聰明，怎麼就選了那麼個廢人。妳應該知道，二張兄弟是姑姑的人，她卻有意接近，姑姑發現了自然不能如何，張昌宗現在正得勢，她不會為了除掉婉兒而毀了這枚棋。」

「所以是你，對嗎？」我看著他。

他搖頭。「我只是在找機會，能除掉兩個更好，若是只能取一人的命，也穩賺不賠。不過，今日的事現在看來，是婉兒先發覺了，有意這麼做，斷了我的念頭。」他笑嘆：「可惜了，又被她搶了先機。」

我一動不動看著他，心中已然冰冷。

他卻似乎不大在意，像是在與人隨意對弈，說著可惜了一局棋而已。

他的眉眼太過漂亮，像極了生母。可那雙眼睛，卻在不知不覺變得不再晶亮透徹，十七歲的一個郡王，竟可做到此處。在宮裡那些日子，或明或暗，婉兒究竟幫過李家多少次？化解過多少次他的危難？他不是不知道……

待到入府時，下人忽然來說嗣直又不舒服了，他看了我一眼，我點點頭，他這才提步要走，我卻再忍不住叫了一聲，輕聲道：「答應我一件事。」他疑惑地看我，我接著道：「日後無論如何，若你如願了，答應我，要留下婉兒的性命。」

婉兒雖受寵至今，卻只是靠著皇上多年的寵愛，無論是今日隨著陛下，或是日後當真就跟了李顯，終究沒有家族倚靠，也無實權在手……或許她等不到最後就已身首異處，或許是我自己先保不住性命。

我所求的，也只是李隆基能有幸得償所願時，她若還活著，就讓她繼續活下去。

李隆基眼中未有任何異樣，只是直勾勾地看著我，過了片刻，才忽然笑起來。「好，今日妳肯定累了，快些回去。」

我對他笑了笑。「郡王快去吧。」

他笑著點頭，伸手輕撫了下我的臉。「今晚我就不去妳那裡了。」說完，才轉身直奔劉氏的院子。

我一路回了自己的院子，卻始終有些不安。

當年在宮中我曾問過李成器，若是日後我為武家人求他，他可會答應，他不過說了「我會」兩個字，我便已信心滿滿。可換到今日的李隆基，為何就讓我始終難以心安？

第二十一章　深情

接連數日，李隆基都再沒來看我。

不光是冬陽，連夏至都有些惴惴不安，看著外頭終露了晴空，便勸道：「這些天下雨，夫人都在屋子裡坐著，今日難得有好天氣，何不出去走走？」

我知道她的擔心，想著出去走走也不錯。正好李成器那件事已辦妥，王元寶已和胡商談好，先從飯鋪酒肆入手。我不知李成器是如何和他談的，總之他是服服貼貼，甘願承諾日後王家生意無論做到多大，均是三七分利，怕是已看透當年鄒家落敗的根源，終知道要歸附朝堂權貴。

「妳去讓人準備吧。」我說完，又覺不妥。「算了，不用準備了，去和郡王通稟一聲，就說我出去隨便走走。」夏至應下聲，立刻出了門，我則換了件尋常衣衫，盡量顯得像是尋常婦人。

行到時，正見王元寶在裡處招呼著，我立在門外看了會兒，光看他待客人的言談和他低聲教訓下人的神態，那句自幼跟著鄒老爺，應該不是虛言。想到這兒，才算是暗鬆口氣，連帶感嘆老天待我不薄，平白送來這麼個人。

我邊想著，邊走了進去，立刻有人上來招呼，夏至應付了兩句，他立刻留意到了這處，忙走過來招呼：「這位夫人看著面色不俗，可需要小人安排個清淨處？」

我頷首，笑道：「多謝。」此話說完，再沒有多餘交流，他立刻讓個機靈的將我們帶到二樓臨窗空位，既清淨又敞亮。

「這裡真不錯。」冬陽見我落了座，便四處打量了兩眼。「夫人是如何知道的？」

我隨口敷衍：「是姨娘告訴我的。」

她哦了聲：「倒是想起來了，夫人提過，永惠的生母是有些胡人血統的。」

我點頭，夏至已走上來，說是已定了菜。

我倒有些好奇，正要問她有些什麼時，樓梯處似是又要上來人，我看剛才為我領路的人先露了頭，亦不停說「夫人當心腳下」，不禁有些好奇。看過去時，那幾個貴人也走了上來，竟是元月和曾與我有過一面之緣的大小崔氏。

我愣了下，站起來行禮道：「王妃。」

同樣地，她也帶了幾分驚異，連那大小崔氏也不禁呆住，看了我一會兒，小崔氏才先道：「今日倒是巧了，自宮中搬出來，還從未見過夫人呢。」

我哭笑不得，真不知她是真傻還是佯裝，剛才一見面就提那日的事。

元月若有所思地看我。「夫人怎也知道此處？」

我笑。「隨便出來走走，恰好就進來了。」

她似乎不大相信，但也並未再追問，只說：「既然見了故人，倒不如湊做一桌，可好？」這話說完，倒是大小崔氏先有了些不情願的神色。

那引路的見我們相識，立刻笑吟吟告退，留了我們幾個相對站著。她目光柔和，徵詢地看著我，眼底卻摻了些猜測。許是知道此處與李成器有關，或本就清楚李成器是王元寶的靠山，總之此刻，我應該已經成了這幾個女人的眼中釘。

差別只是大小崔氏嫉恨的是當年亭中受罰，而她，怕是會想得更多一些。

大家各懷著心思，我正猶豫要不要點頭時，袖口忽然被冬陽扯了下，不禁莫名地看她。冬陽噘了噘嘴，冷瞥了一眼大小崔氏，我才恍然記起來，那年在宮中被趕出亭子時，她也在。

「怎麼？夫人還在等人？」元月忽然打破局面，笑著追問。

算了，終歸是逃不過。

我暗嘆口氣，搖頭道：「只有我一人，王妃若不介意，就一道坐吧。」

話音未落，冬陽卻忽然低聲道：「上趟見了大小兩位夫人，說是夫人階品不及，便被趕出了亭子淋雨，今日該不會又要夫人立著陪吃吧？」

聽著像是和我請示，可這聲音卻足夠讓所有人聽清。

我頭痛地看她。「壽春王妃在，怎麼這麼沒規矩？」

大小崔氏已有些微怒，被元月掃了一眼後，立刻乖順垂頭，不敢多話。

元月只笑著伸手拉住我，道：「說起來，我與夫人還是多年故人，今日就不講規矩了。」說完，立刻牽著我先落了座。

直到她坐妥當了，那兩人才雙雙坐了下來。

只這麼看著，我便已明白，她已再不復往昔的柔弱無措了。

如今壽春王府女眷十數，她雖是正妃，卻不過出自落魄的北魏元氏，竟能讓大小崔氏如此服貼……看來畢竟是李成器的正妃，又是自幼相識，雖未有子嗣也定是琴瑟和諧，才能讓這等望族女眷如此聽話。

想到此處，心裡只是木木的，低聲吩咐夏至為她們幾個倒茶。

元月聽夏至說已定了菜，倒也沒挑剔，就說隨便再添幾個，然後很自然地看向我，笑道：「我還不知道夫人見過崔氏姊妹，聽起來似乎有過什麼誤會？」

我笑著解釋：「其實沒什麼，正如王妃所說，只是一場誤會而已。過去了這麼久就不必再說了。」

大小崔氏冷冷看我，不發一言，元月見我不說，便轉頭問小崔氏：「說吧，妳們是如何得罪了武夫人？」

我剛想再拿話岔開，小崔氏已經開了口：「當初我們姊妹初入宮，並不認得夫人，一日遇了暴雨，正躲進亭子時見幾個宮婢擠在裡處，亭子又小，只能讓她們出去撐傘避一避……後來郡王也為此事讓我們當眾罰了跪。」

元月嗯了聲，小崔氏立刻沒再說，舉杯喝茶。

她這才又看我。「沒想到過了這麼久，我才知道此事，讓夫人受委屈了。」她目光雖柔和，卻也蒙了層冷意，一句話很明顯地咬在了前半句。

從冬陽說錯話起，我就已料到她會問，只能搖頭笑。「沒什麼。」

好在元月顧及著大小崔氏在，也沒再多說什麼，只笑著岔開話題，和我閒聊起李隆基的幼子，間或詢問我可有了什麼喜脈。

這段日子真是奇了，無論是誰都會提起此事。

我只能隨口敷衍說身子不好，正在進補，或許明後年會有好消息。夏至蹙眉在一側聽著，倒是冬陽很著急地補充：「郡王也為此事說了幾次，真是急壞了呢。」我悶悶地看了她一眼，這孩子還真是怕我吃虧，生怕別人誤會我不受寵。

元月倒覺她有趣，只笑著點頭附和：「當年在宮中，臨淄郡王就把妳家夫人當作寶，如今看來，怕是更甚往昔了。」

冬陽還要再接話，我告誡地看了她一眼，她這才乖乖閉了嘴。

本是一次隨興出行，卻未料到，最後與他的幾個女眷共處了一個多時辰。算起來，這還是我初次如此吃飯。這麼多年仗著李隆基的偏寵，似乎除了他以外，真沒再有府裡女眷與我共食過。

我拿著茶杯，眼睛不覺飄向了熱鬧的路面。

回到府中，李清似是已侯了很久，見我露面，立刻面露喜色。「夫人可是回來了。」

我詫異地看他。「出什麼事了？」

他笑著搖頭。「郡王的事，小人不敢隨便說，夫人只管去後院馬廄就是了。」

我見他神色，估計不會是壞事，才鬆了口氣。「下次有什麼事，最好先說『夫人啊，大喜事』，或是『夫人啊，大事不好了』——」我看他不解，才眨了眨眼，接著道：「免得你每次一緊張，搞得我都以為是府裡出了事，遇到喜事也喜不起來了。」

他這才恍然明白我在開玩笑，立刻躬身賠罪。

我吩咐冬陽回去，讓夏至陪我去李隆基那處。待到穿過一條小徑，四下無人時，夏至才忽然憂心地看我。「夫人若是不願，不如先回房歇歇。」

我看了她一眼。「怎麼忽然這麼說？」

夏至默了很久，才繼續道：「夫人從酒樓起，就一直在笑，笑到了現在。」

一句話，如同利刃，驟然割斷了心頭緊繃的弦。

我頓了下腳步，兩隻手揉了揉臉，緩解著僵硬的笑容。「笑不好嗎？」她沒敢作聲，我繼續道：「沒關係，我只是不習慣而已。下次多和府裡的女眷來往走動，自然就習慣了。」她欲言又止地看我，我卻沒再給她機會，快步穿過小徑。

到馬廄處時，李隆基正無趣地走來走去，聽見聲響才猛地抬頭，大步來握住我的腕子，往馬廄裡走。「還以為妳會回來陪我用午膳，害我空等。」

我快步跟著他，險些摔跤，他這才慢下來，還未待我跟上腳步，就覺身子一輕，已被他橫抱在胸前。「這樣就不怕摔了。」

他的手臂很緊，壓得我有些喘不上氣，只聽著自己的心怦怦急跳。

夏至在不遠處早驚愣住，我掃了她一眼，低聲對李隆基道：「夏至還在呢。」

他笑看我，漆黑的眸子瞇成了一條線。「怎麼？本王寵妳，不能讓旁人看嗎？」

我一時啞住，記起夏至的身分，沒敢說什麼。

進了馬廄，他才把我輕放下來，指著一匹周體雪白的馬。「這是送妳的。」

馬兒正低頭食草，聽見聲響，抬頭看了我們一眼。盈水漆黑的眼睛，竟像能看出其中言語，我不禁一愣，喃喃道：「好漂亮。」

他笑。「若論起來，此馬也算是馬中皇族後裔了，出自太宗皇帝那處。」

他停住，看我，我明白他有考驗的意思，不禁走過去，試著摸了下牠。「莫非你說牠是太宗『十驥』之一，騰霜白？或是皎雪驄的後裔？」

他笑著點頭，馬兒已蹭了蹭我的手，我想了會兒，才說：「如此名貴的馬，還是送給王妃吧。她自幼習武，定是愛馬之人，我連騎馬都不太會，豈不是浪費？」

馬兒在我手心蹭著，癢得我不禁笑起來。

李隆基彎起眼，走到我身後，將我環抱住，低聲道：「永安，妳能不能驕縱一次。」溫熱的氣息蔓延在脖頸後，他的手心卻灼熱，隔著薄衫，依舊燙得我有些心慌。

我試著想掙開，他卻又收緊了手臂，開始細細碎碎地用唇輕碰著，從耳根到臉頰，再到最後徹底將我身子扳過來，深深地吻住了我。熾熱地掠奪著所有的理智，那漆黑的眼睛離得太近，像是步步緊逼，卻又帶著十分的溫柔……

那一剎那，我覺得心酸，只緩緩閉上眼，試著去回應。

不過是淺顯的一個念頭，就換來他徹底地沉陷。

不知過了多久，終是喘不上氣來，我推了下他，他這才就勢鬆開。一寸寸地摩挲著，輕蹭著我的臉。「回房，好不好。」我臉上一燙，推開他，繼續回頭去逗馬，他在我身後笑了兩聲，開始只是很輕的，最後卻越笑越大，終於感嘆地道：「永安，我們成親幾年了？」

我沒回頭。「有兩年多了。」

他默了片刻，才接著道：「是兩年七個月。」

我嗯了聲：「差不多。」

他又笑了聲，隱隱有了幾分調笑：「那怎麼還像個剛出嫁的新婦？」他平日極少說這種話，我聽著，耳根又不自覺地熱了起來，決定不再理他。

「永安。」他又貼近我。「回房好不好。」

我被他弄得大窘，終於轉身瞪他。「郡王今日很閒嗎？」

他乖順地點頭。「很閒。」

我哭笑不得地看他。「不需要去劉氏那兒嗎？」

他輕淺地笑，眼角微微彎成個漂亮的弧度。「不去，今日哪兒都不去，妳去哪裡，我就跟到哪裡。」

我實在難應對，正尷尬時，馬廄外有人說了句話。

「妾見過郡王。」一轉眼，王寰就走了進來。

我忙躬身行禮。「王妃。」兩個人就這麼相對著，李隆基沒答話，她不敢起身，我亦不敢起身。

正僵持時，李隆基忽然一把拉起我，直接攬到懷裡。「起來吧。」他力氣奇大，我根本掙不開，只能眼看著王寰起身，很淡地掃了我一眼。

「妾打擾郡王雅興了。」她收回視線，道：「還請——」

李隆基半笑不笑道：「夏至應該就在馬廄不遠處，妳可看見了？」

王寰神色一僵。「看到了。」

李隆基繼續道：「這次便罷了，日後見到夏至、冬陽在，就避開些，也就不用如此賠罪了。」

「郡王的意思是，妾日後見到兩個奴婢，也要躬身迴避嗎？」王寰本就生得英氣，如今微怒起來，更添了幾分逼人氣魄。

我看得心中暗驚，扯了下李隆基的衣袖，他卻不為所動，只笑了聲：「本王正是此意。」

王寰緊咬脣，眼中由怒轉悲，由悲轉哀，終是躬身道：「妾知道了，郡王無事，妾就告退了。」她說完，也不等李隆基答話，立刻就離開了馬廄。

我看她背影消失，才轉頭看李隆基。「太原王氏——」

「好了。」李隆基厲聲打斷我。我愣了下，側頭不再說話，過了會兒他才柔了聲音：「永安，我並非有意要凶妳。」我嗯了聲，他又道：「王守一最近提出要娶我妹妹，父王已經准了，我若再不壓一壓她，怕是日後真會欺到妳。」

此事我多少也知道些，可聽他這麼直白，才恍然他剛才為何如此衝動。念及至此，不禁認真地看了他一眼。「為何不這麼想，不同於皇祖母的賜婚，這是王氏甘願提出的聯姻，正是太原王氏對你的扶持。」

他也認真看我，背著日光，眼中沉得有些滲人。「我已不再是當初那個三郎了，需要妳為保我去跪她。」他一言，牽起的是當初王寰小產的舊事，我一時有些恍惚，想起了很多。

正是出神時，他忽然又道：「不要再想了。」我怔怔看他，不明白他的意思，他苦笑，似乎想說很多，卻終是眸色轉柔，輕聲道：「總之，什麼都別想了。」

我沒想到，他贈馬的事，還有後話。

不過兩三日後，他就興匆匆帶上我，說是要去馬場。我本以為他不過是興起，待到了才發覺，竟已有不少人，原來是安樂郡主玩性大起，早訂下的日子。李隆基到時，那邊已是歡聲笑語，不過草草行禮招呼後，便都鬧作了一團。

李顯一脈顯和我沒什麼交情，當年我隨在皇祖母身側時，他們尚都在外，除了永泰……我掃了眼，忽然想起李隆基說，永泰已有了身孕，難怪今日並未露面。正是看到李重俊那處時，心頭才是一跳，伴著的竟不是王妃，而是宜平。

「來。」李重俊正攬過她的肩。「去給幾位郡王添酒。」

宜平臉色泛白，似乎是在猶豫，安樂郡主已經側頭笑了聲：「今日是來賽馬的，又不是來吃酒的，差不多就可以了，三哥。」

她生得真是好，又比身側人多添了隨興，此時笑起來，連我也看得暗暗驚豔。

只不過，更讓人驚豔的，卻是她眼中的嘲笑，對李重俊的嘲笑。倒是他們的大哥李重潤只是笑，似是看不懂一般。

李重俊瞥了她一眼，對宜平道：「算起來都是妳的舊識，怕什麼？」說完，還輕拍了下她的臉。「敬得好，今日便留住妳那處。」

宜平臉又白了幾分，終究不敢忤逆，起身開始一一為每人添酒。

他的意思，在場人無人不明，可又都佯裝不知。

唯有安樂郡主揚眉看著，李成義臉色暗沉地低頭喝酒。宜平很快就走到他那處，只一雙眼盯著他手中的酒觴，緩緩地添了滿杯，自始至終不敢抬頭，李成義卻直直地看著她，杯舉得很穩。

直到酒有些溢了，他才道：「多謝。」言罷，一飲而盡，手中卻仍有剛才溢出的酒液。

我看著有些於心不忍，若是當年不撮合他們，何來這情債，又何來如今尷尬局面？

「別看了。」李隆基忽然夾了一塊青糕，遞到我口邊，輕聲道：「若真論錯也是我兄弟無能，與妳沒有半點關係。」

我盯著那青糕，搖了搖頭，沒說話也沒張口。

李隆基就這麼看著我，舉著筷，也不再說話。

我知道他又犯了脾氣，正不知如何是好時，安樂郡主忽然又笑起來。「我今日算是看透了，本是想著幾位哥哥來陪我騎馬，到最後卻成了展現恩愛的戲碼。我可是常聽人說永安當初是皇祖母心尖上的人，如今是臨淄郡王的心頭肉，碰不得，得罪不得。我想著郡王風流的名聲那麼大，怎麼會是真的？眼下看，倒有些意思了。」

李隆基這才側頭，斜看她一眼，哈哈一笑道：「還真讓裹兒妳說對了，永安就是要寵才行。」他說完，用手把筷上的青糕拿下，放在嘴邊咬了小半口。「凡是她吃的，必要我先試才肯入口。」
說完，又將手伸到我嘴邊。
他的目光依舊帶笑，卻蒙著冷意。
「多謝郡王。」我終於張口，整個吃了下去。
然後換來的，是眾人的取笑豔羨，我自倒了杯酒，還未待他阻攔，就一口喝了下去，將口裡的糕點混著酒水，盡數吞入腹中。火辣的酒水一路燙灼著，一直燒到了腹中，血脈，像是順著血流進了心房。
自始至終，我都沒有看李成義身側。
我知道李隆基是有意做給他看，也知道他一定看到、聽到了。
李隆基詫異地看我，過了會兒，才把茶遞給我。「對不起。」
我笑。「多謝郡王。」他很輕地嗯了聲，開始和眾人一起玩笑，未有江山社稷，未有佳人美酒，看來他們這一干皇孫，真是早已習慣這樣的生活。
胃裡仍舊火辣辣的，喝了口茶也不見緩和，我又呆了會兒，覺得不舒服，就和他說了兩句，獨自離了席。
正是夏末秋初，天高雲淡。
我走到不遠樹林旁，站在陰涼下，靠著樹幹開始仰頭看天。過了會兒，剛才飲酒談笑的眾人都已經走出來，各自牽了馬，似是真要賽上一場。十幾個人站定，應該是商量著如何賽法。

我隨便看了兩眼，就見李隆基上了馬，緊接著是太子幾個子嗣，李隆基似是在對李成器說什麼，然後眾人又開始附和，終將李成器也逼上了馬。

不用想，也能猜到他們是用的什麼藉口，約莫不過是壽春郡王自幼極擅馬術，又在年前帶過兵，相較這些郡王們算是最出眾了，這種賽馬的玩樂自然不能少了他。怕又是李隆基挑的話頭。

我想到此處，只覺得累。

又去看碧空如洗，不願再去看什麼賽馬。

「郡主。」身側忽然有人喚了聲，是宜平。我回頭看：「這兩年，過得好嗎？」她走近了，想要行禮，被我一把拉住胳膊，讓她也靠在了樹邊。「行禮還沒行夠嗎？隨便些，也不要再叫我郡主了。」

她嗯了聲：「郡王待……妳真是好。」

我不願再用自己的事擾亂她的心情，只淡淡地嗯了聲：「他自幼都待我不錯，妳是知道的。」

她又道：「壽春郡王……」

我怔了下，看她。「妳怎麼提到他？」宜平自我賜婚起，便被送到了李成義那處，按理說應該不清楚我和李成器的事才對。

她沒有猶豫，只輕聲道：「是李重俊一日酒醉，提起的，問我當初是否知道此事，我初聽著也嚇了一跳，只說不知，後來細想起來，卻覺得後怕。」她神色添了些愧疚，又道：「只是沒有任何機會傳話給妳。」

若是李重俊……婉兒，或是永泰倒都有可能。

我無畏地笑了笑。「這件事，皇祖母都清楚，早已過去了。」即便是天下皆知又如何？早已不重要了。我看了看她，才道：「記得當初我曾說過，不要再留意這些，好好跟著李重俊，是恩寵或是冷淡，只要平安過完後半生，就已經是福氣了。」

她沉默著，忽然將頭搭在我肩膀上，很小的一個動作，我卻像是被壓了千斤重，她的怨、恨、不甘，還有不捨盡數湧出，不用說，便已清晰可見。

就這樣相對良久，賽馬的眾人像是折返回來。我看李隆基在豔陽下的笑臉，晃目得懾人，約莫猜到他是勝了。他下了馬，似乎在詢問什麼，忽然就向我這處看來，估計真是在找我。

我低聲對宜平道：「回去吧。」

她這才直了身子，行禮告退，臨走才終於道：「日後郡主若有用得到的地方，宜平定會全力以赴。」

我搖頭。「去吧。」

傻丫頭，妳無權無勢，若當真有用得到的地方，豈不是推妳去死？

果真，她才走出十數步，李隆基就甩了韁繩，大步而來。

我整理下心情，笑吟吟地看著他，待到身前時正要詢問他是不是勝了，他卻驟然散了笑意，一雙眼中盡是暗沉莫測，風捲雲湧。我不解地看他，他卻直到捏住我的腕子，才開了口：「本王勝了。」

我更是不解。「那你這滿臉怒意的，是做給誰看？」

「我勝了，是大哥有意謙讓的。」他聲音更加低沉下來：「有意讓的，妳懂嗎？」

我深吸口氣，他終究還是繞不過去這個心結，無論我如何做，李成器如何做，他都會計較會多疑……想到這兒，終是迎了他的目光。「我懂，不懂的是你。」

他看李隆基為難我，也深知他要賽馬是義氣之爭，所以他讓了。為血脈兄弟，為讓我和李隆基的關係緩和，可卻不過換來李隆基的憤恨……倘若不讓呢？怕李隆基又會有另一番猜想，猜想他的大哥不甘不願，對我仍有奢求……

我忽然有些懷疑，我如此委曲求全，遷就李隆基，可是錯了？

他被我問得一窒，又近了半步。「這麼多年我做的，從沒人去看，我不需要任何人謙讓，我能拿到任何我想要的，為何妳就什麼都看不到？」

「李隆基，你有能力去爭，就是因為有人一讓再讓。」我緩和了一下呼吸，努力讓自己冷靜。「你若是父王的長子，依你的性子，你以為你能安然活到今日嗎？當日落下天牢，為何被用刑的是你大哥，不是你？因為他是皇嗣長子。當初，為何你能被賜婚娶武家人，而他只能娶個荒唐的北魏元氏？因為他是皇嗣長子。」我看著他的眼睛，終是吞下了最後一句話。

為何我跪在皇祖母面前，在她已勘破一切時，仍舊要咬定不願嫁給李成器。因為他是長子，少年成名，李家舊臣都盯著、指望著的皇嗣長子。

我不敢留下任何口實，讓皇上有除掉他的藉口，哪怕只是分毫懷疑，這些李成器能明白，他卻不會明白。

面前的這雙眼，只看到自己想要的，可能願意看看別人要的是什麼？

他一動不動，只握緊我的腕子，我努力笑著，輕聲道：「你爭，就是皇孫義氣，他爭，就是謀反之念。只能說造化弄人，若太子能早些入宮，你、我、他，又何必走到今日這步？」我忽覺可笑，天子賜婚，哪有對錯之分？又嘆氣道：「不過，若是太子在位，或許那時我早被賜給了李重俊，用來壓制他的大哥李重潤……」

李隆基默了片刻，才慢慢說出了一句話：「永安，一直以來，妳只看到我的心機，可曾想過大哥能護著我兄弟到今日，也有他的謀算？」

我心底一沉，未料到他竟有此問，不禁嘲笑道：「我只知道，他絕不會謀算到骨肉兄弟，而你，卻有膽量和任何人搶。」說完，扯開他的手，慢慢地說了最後的話：「皇權咫尺，沒有人是乾淨的，我從未想過你的心機有何錯處，也從未覺得他一塵不染。就如同我自己也是如此，若讓我捨命救婉兒，我能做到，但真有一日，要在至親和她之間做抉擇，我最後只能捨掉她。」

遠處仍是歡聲笑語，這處卻如冷寂若冰。

我不想再說，提裙要走時，卻又被他繞到了身前。「如果有一日，我和他……」

我看了他一眼。「不用再問了，我只求你們都能平安。」說完，立刻毫不猶豫地繞過他，離開了樹蔭處。

雖是夏末，午後的豔陽仍舊晃目。我用一隻手遮在額頭上，想要快步走到人群熱鬧中，讓自己冷靜下來，卻不想竟被他追上，拉著我就往馬場走。不遠處三三兩兩的，仍有人在散落閒聊，我不敢掙扎太大，引起別人注意，只能盡量跟著他的腳步。

直到馬椿處，他才停下來。「上馬。」我詫異地看他，不明白他想做什麼，他又道：「我費盡心力為妳尋得此馬，這些天，妳可曾去看過一眼？」我一時啞住，他又道：「妳愛讀書對弈，我也未曾荒廢此道，可妳從嫁給我，可曾與我評書對弈？妳知他懂他，甚至連字跡都如他一般，可我呢，妳用過心嗎？」

那匹馬像是有了感應，不停地想要靠近我，卻礙於韁繩所限，只能原地踩踏著。

「我買這匹馬給妳，不過是想妳能像府中其他姬妾一樣，讓我傳授馬術，讓我日夜陪妳。我只想讓妳知道，我也是自幼精通馬術，讓妳知道，天下間並非只有我大哥才會騎馬——」他越說越急，又逼近兩步。「所以我不願意他讓我，妳懂嗎？」

我想退開此處，卻不知為何，馬群中忽然有了些異動，四周的馬都有點躁動不安。他卻仍舊不管不顧，拽著我往那匹白馬處走。

烈日的烤灼，還有馬的濃烈氣味，都刺得我睜不開眼。

四周的躁動越發明顯，我直覺蹊蹺，想要甩開他，讓他離開這裡。「我們先出去。」可這個動作卻換來他更加的堅持，他抿脣不語，手上力道大得驚人。

「隆基。」忽然，身後傳來李成器的聲音：「放開她。」

我身子一僵，想要轉頭看時，李隆基已經抱起我，將我扔上了馬。

他用了十分的力氣，這一摔下，腹部立刻被撞得生疼，眼前視線卻豁然開朗。李成器和李成義就站在馬群外看著我們，我只覺遠近都是刺目的陽光，刺得眼眶發熱。

為什麼怎麼做都不夠？都是錯？

兩人背後是廣闊的馬場，天地間，卻像只有背脊挺直的他，就那樣站著。

因為馬群的躁動，我看不清他的臉，卻知道他在看著我。

「隆基，不要胡鬧了。」李成義聲音厲了幾分。「現在是什麼時候？有多少雙眼睛盯著？你一個不小心，便是大禍！」

李隆基邊解繩子，邊道：「怎麼，連我教永安騎馬也會惹禍嗎？」話音未落，繩子已徹底鬆開。

我正想說什麼時，身下的馬卻忽然揚起前蹄，一陣淒厲的嘶鳴，震得耳中嗡嗡作響。

眼前只剩下碧空晃目，我下意識地閉上眼，手緊緊地抓著鬃毛，感覺身子經不住地後仰著，耳邊盡是嘶鳴和馬蹄聲，最後終是再抓不住，被狠狠地摔了出去。

一時間，天旋地轉的，我被人猛地抱住，落到地上翻滾了數下。

巨大的眩暈感，充斥著每一寸神經，我只知道自己落了地，卻分不清是誰救了我。

「永安！」忽然有人在耳邊叫我。「不要睜眼。」

是李成器。他的聲音很堅定，只是短短幾個字，卻落在了心底最深處，讓我漸漸鎮定下來。

我依照他的話沒有睜眼，只覺得身子緊貼著地面，而他就壓在我上邊，緊緊地抱著我。耳邊的馬蹄聲如雷，遠處有人在不停叫喚，一切都亂得可怕，我就這樣縮在他懷裡，很快感覺到有很重的踩踏聲，從他身上傳來隱隱的壓迫感……

整個馬群都亂了！

此念一起，我立刻明白了此時的凶險，開始聲音發抖地叫他的名字：「成器，成器……」

「別怕。」他柔聲安慰著我，聲音卻像是在很遠的地方，幾乎淹沒在馬蹄聲中。

一下下的踩踏，像是一刀刀剜心。

我根本不怕自己如何，怕的是他為護著我命喪此處……

他沒再出聲，我也不敢問，只覺得時間停在這裡，消磨著所有理智。

過了很久，馬群才漸漸安靜下來，直到外頭有安樂郡主高聲喝令的聲音傳入，我這才有了些真實感，臉上已滿是淚，嗚咽地喚他：「成器。」

他低低地嗯了聲：「我沒什麼，別哭了。」

我不敢動，生怕拉扯他的傷口，只覺得有人把他扶起來，仍舊不敢去看他身上的傷是否嚴重，直到宜平扶起我。「郡主。」

我恍若未聞，眼淚止不住地掉，眾人不敢挪動他，幾個御醫都臉色發白地蹲在旁邊查驗傷口，李隆基和李成義一瞬紅了眼眶，怔怔地看著。

我示意宜平放手，腿有些發虛軟，一步步走過去，這樣短的距離，竟像是隔了千山萬水。

外側圍著的郡王都讓了開，李隆基想要說什麼，我淡淡地看了他一眼，他才退後兩步，將我讓到了最前面。很快就有內侍拉了一圈帷幔，只留了李隆基和李成義，還有幾個御醫和我。

他上身已被脫下，盡是縱橫的經年舊傷，還有不少很深的新傷。我只這麼掃了一眼，就不敢再繼續看下去，只將視線移到他臉上，太熟悉的臉，從微蹙的眉心，到鼻梁，再到泛白的唇。

我伸手，握住他在一側的手。

他微微顫了下手臂，並沒有睜眼，只緩緩反手輕握住我的手。

這麼一個細微的動作，巨大的悲傷感已是一湧而上，一寸寸地啃肉蝕骨，痛入心扉。如果十年前我沒有擅自將手放在他手上，又何來這麼多牽絆，這麼多的無能為力。

御醫很快做了些處理，立刻和李成義、李隆基走出帷幕，回稟著傷勢，獨留我和他在，我也只是這樣看著他，不敢動也不說話。

他才睜眼看我，眸中蒙了層暖意。「再哭下去也好，或許能把臉上的泥都沖掉。」

我怔了下，立刻明白他說的是什麼，勉強擠出笑來。「很難看？」

他輕搖頭，很淡地笑了下。

「突厥一戰，看起來很辛苦。」我輕聲嘆了句。

「是場苦戰，卻也酣暢淋漓。」

我知他所謂酣暢淋漓，是與皇位之爭相較，心中亦被牽起無奈。

這場隱藏在宮牆內外，朝堂上下的戰爭，人人是敵人，處處是暗劍，究竟何時才能到頭？

相對靜了會兒，他才微微笑著。「出去吧，替我把隆基叫進來。」

我嗯了聲，起身出去叫李隆基。到帳外時，李隆基仍舊眼中發紅著不說話，只遞給我一方錦帕，示意我擦乾淨臉，這才獨自走了進去。

我站在外邊，過了會兒，也沒聽見裡邊有什麼動靜，很不安地看了眼李成義。

他低聲道：「不必擔心，隆基就是年少氣盛，對大哥還是很服貼的。」

我也不願多說，只輕聲問：「郡王傷勢可嚴重？」

李成義搖頭苦笑。「比上陣殺敵還傷得重，他若不是一心護妳，這些馬絕難傷他分毫。」

我被他說得更是心傷，不敢再回想剛才的事，只草草擦了幾下臉，想讓他進去看看，卻不好再開口說。他看我神色就已瞭然，猶豫了下，還是走了進去。

此時，我才留意到宜平始終守在一側，看著他的背影出神。

我走過去，拍了拍她的手臂。「走吧，幫我弄些水，洗乾淨臉。」她明白我的意思，只低低嗯了聲，跟我離開了帷帳處。

第二十二章　終是緣淺

宜平端著水，手始終有些發抖。水面一波蕩著一波，漣漪相疊，看得我莫名心慌，過了會兒，我才澀聲道：「把水放下吧，我自己來。」她看看我，本想再說什麼，我已經伸手接過銅盆，放在了一側。

不過草草洗過，水就已混濁不堪，她剛想端起去倒掉，我已經握住她的腕子。「妳還想著他嗎？」

她怔了下，抿脣一笑。「忘不掉，也不想忘。」

我看她的眉眼，想起剛才李成義舉杯的神情，更是心酸上湧。「會不會太難為自己了。」

這句話，問的是她，又何嘗不是在問我自己？

「是很難，有時也想著，就像郡主所說的就這麼算了，可最後才發現，忘掉了才是不值，我怎麼能為了李重俊這樣的人，就忘掉了他？」她反握住我的手腕。「我不及郡主滿腹才學，說不出什麼有道理的話，只想著，來人世走一回，既然能讓我遇到他，相守那麼幾年，也就足夠了。」

我看著她，想起李成義剛才舉杯時的神情，想說些什麼，到最後還是盡數嚥了回去，只輕聲道：「快去吧，待得久了，李重俊肯定不會有好話。」

她苦笑道：「他虎視眈眈，不就盼著能捉到什麼？」

我搖頭，拍了拍她的手。「去吧。」

回王府的馬車上，我總是不停想著宜平的話，讓自己分神分心，不去想馬下那一幕，不去想李成器的傷勢。

李隆基始終坐在我身邊，不言不語，直到下了車，跟著我走了三、四步，才忽然停下道：「妳早些休息，不要多想。」

我沒回頭，也沒停下，一路走到屋子裡才覺腿軟得發抖，扶著門撐著。

冬陽本在外堂等著，看我這樣子立刻白了臉，跑上前道：「夫人這是怎麼了？」

我搖頭，心跳得越來越慢，像是隨時都會昏倒，不敢開口也不敢動。她見我如此，更急了，伸手想要架住我，卻被夏至低聲喝止：「不要動夫人，去倒杯茶。」

冬陽膽顫心驚地看我，又看她。「要不要……先將夫人扶進去？」

夏至搖頭，冬陽看她篤定，也不敢耽擱，立刻去倒了杯茶，我看在眼裡，聽在耳裡，卻覺得一切都和我毫無關係，只怔怔地看著一人高的燈燭，眼前一陣清明，一陣虛白。

夏至接過冬陽的茶，忽然跪了下來，冬陽被她一嚇，也立刻跪了下來。「夫人，無論今日發生任何事，也請先喝下此茶。」

我輕搖頭，靠著門框，緩緩坐到了地上，沉默了很久才啞聲道：「都下去吧。」

那杯茶近在咫尺，她咬脣看我，像是端著一杯救命藥。

我不說話，她也不動。

我再難多說一句話，只想這麼靜坐一會兒，想想從前與婉兒整日嬉笑怒罵，想想皇姑祖母曾攬我入懷的慈愛，想想初入大明宮的欣喜之情。

李家、武家，我為了這之間的利害關係，日夜難安了十年，卻看不到半分希望。從前年少懵懂，只念著嫁給那個玉笛橫吹的永平郡王，然後一步步走進其中，再難抽身。那皇位與我究竟有何關係？身受聖寵的武家貴女，本該日夜歡歌，然後再擇個如意郎君，帶著如山嫁妝，去享那舉案齊眉的福氣，不是嗎？

從大明宮到太初宮，凡是用了真心的女子，有幾個得了善終？

太平親眼見薛紹冤死獄中，婉兒親手擬下李賢的廢詔，就連小小的一個婢女宜平，也是先落胎，再被人轉贈。太平忘了，婉兒忘了，而我怎麼能忘？

我低頭看手，因為今日墜馬，從手心到手臂都有了些細傷，深深淺淺的很是駭人，眼前一幕幕疊加的，卻都是他身上的錯綜傷痕……

有一種感情，不死無休。

我和他終是太不幸，繞不過，也忘不掉。

如果世上再無永安，他也會少些負累，而我也不必再整日提心吊膽，過得如此辛苦……想到這兒，眼前已陣陣發黑。

忽然覺得很累，累得只想一睡不醒。

忽然，砰的一聲碎響，夏至竟然把茶杯摔碎，散了一地。

我這才扭過頭，茫然地看她。她的脣有些異樣的紅，竟已被自己咬破，她未看我，倒是先看冬陽。「妳退下，我有話和夫人說。」冬陽平日本就是聽她的多，此時見她如此模樣，再看看我，竟真就退出屋子，守在了門外。

夏至見再無外人，才開口道：「郡主，奴婢不知今日發生了什麼，讓郡主如此眼若死灰。奴婢只知道，既然走到了今日，那就一定要繼續走下去，只有活著，才能看到真正的盛世永安。」

真正的盛世永安？

我看著她，過了很久才道：「這話……是他教過妳的吧？」

她直直看著我。「奴婢跟了郡主這麼久，眼見郡主化解一段段危難，卻未料真會有這麼一日，與郡王所言一般無二。」

「一般無二？」我苦笑著看她。「他竟猜到了我會有撐不下去的時候，那他可曾告訴妳，我若有一日不在了，妳當如何自處？」

夏至抿脣看了我半晌，才道：「我兄妹二人是誓死追隨郡王的，奴婢既已受命跟隨郡主，那就是生死相隨，無論陰陽兩界。」

又是一個生死相隨。

我看著她，呆了半晌才道：「為什麼，妳會選擇誓死追隨壽春郡王。」其實算起來，除卻我與他寥寥無幾的相見，除卻他和狄公、和張九齡的情誼，他對我來說幾乎只是世人傳聞的那些話。

夏至在我身邊已有兩年，我卻從未問過她一句關於李成器的話。早忘了有多少次的欲言又止，只怕隨便一、兩句，就能讓自己記起他，記起過去的很多事。

我靜靜地看著她，她猶豫了很久才輕聲道：「奴婢的親生父母都死在武家人手裡，是郡王遣人救下，才算是留了性命。」

我看她眼中明顯的哀情，重嘆口氣。「抱歉。」

她苦笑。「雖不算是血債血償，但武承嗣已死，此恩怨也算清了。奴婢雖讀書不多，卻也並未糊塗到嫉恨天下所有的武家人。」

她雖如此說，但武承嗣畢竟是我叔父。

我沒再繼續問，仍是心頭陣痛著。她既不知情，那就不必再平白添上一個人來憂心他，我看著她，疲累道：「多謝妳一杯茶捽醒我。」她似是鬆了口氣，剛要伸手扶我，又被我揮手擋住。「今晚，能不能陪我坐在這裡？」

她詫異地看我，默了片刻才點點頭，起身出門，似是交代了冬陽幾句話，冬陽立刻去關上了院子的門，落上鎖。兩個人一左一右地立著陪我，我就這樣坐在門邊出神，腦中乾乾淨淨的，沒有任何念頭。

不知過了多久，夏至去煮了茶來，遞給我。

我才剛伸手接過，就聽到院門被猛地敲響，很是用力。我懶得理會，她們兩個就也不動，直到院子裡一些婢女被驚醒跑出來，見我們都不理會，也無人敢上前開門。

一時間，整個院子就這麼立了不少人，卻安靜得滲人。

那邊兒似乎更急了，終於不顧禮節開口，大叫著夫人、夫人，我聽著是李清的聲音，算是緩了口氣過來，示意夏至去打發掉。

夏至這才走到門邊，對外頭低聲道：「夫人已經睡下了，有什麼事明日再說吧。」

李清聽到聲音，立刻道：「要出大事了，快去請夫人出來吧！」

夏至回頭看了我一眼，我搖頭，什麼也不想管，她這才又道：「夫人今日真的不舒服——」

話未說完，李清已經急得又拍門。「郡王要拿劍斬殺王妃，夫人再不去就真的來不及了！」

我心中一驚，李隆基又在做什麼？竟然真敢去動王家人？

夏至也被嚇了一跳，又回頭看我，我看著院裡下人的眼神，再看冬陽已無血色的臉，終是扯了扯冬陽的袖口。「扶我起來。」王寰若真是死了，李隆基還不知道有什麼禍事，這一府的人也必會被他牽連……

我忽然想笑，笑自己這時候還去多管閒事。

可他終也和我自幼相識，縱是我明日即死，也不願今日任由他去生生找死。

夏至見我起身，忙去拉開門。

院外唯有李清一個，早已狼狽不堪，看樣子是私自跑來尋我的。他一見我露面，立刻撲通一聲跪了下來，剛想開口，我已擺手。「你步子快，先去拚死攔著，我立刻就過去。」他聽我說完，也顧不上回話，立刻大步跑走。

我坐了大半夜，身子都已痠麻得不行，腿更是生疼。

冬陽用力扶著我走到大門時，我才有了些緩和，可又覺得心莫名跳得厲害，夏至挑著燈籠走到我身側，立刻低呼：「夫人可是染了病？剛才還好好的，現在怎麼就滿臉都是紅疹了？」

我怔了下，這才明白過來。

今日我喝過酒。

「沒什麼，快走吧。」我說完，便示意冬陽扶著我快走，此時也顧不得什麼酒疹了，只盼著他能清醒些，讓我能來得及趕到。

剛才進門，就看到跪了一地的人，無論是李隆基那處的，還是王寰這院子的，都嚇得臉色蒼白，瑟縮著身子，連大氣都不敢出。

李隆基坐在椅子上，一把劍就架在王寰肩上，緊貼著脖頸，分明已有了血跡。我倒吸口氣，正要上前，忽然被冬陽拉了一下，我看她神色，才注意到李清已被傷了手臂，垂頭跪在一側，頓時明白了她的意思。

李清剛才還沒傷，如今這樣顯是因為勸阻，被李隆基傷到了。

他是李隆基的心腹，竟也被傷了，看來李隆基今日的確是真下了殺心。

我對冬陽搖了下頭，才開口：「都下去吧。」

眾人聽我這麼說，有鬆口氣的，也有緊張的，都猶豫著，直到李清定定看了我一眼，叩頭退下時，才都紛紛跟隨著，退了個乾淨。

不過片刻，屋內就只剩了他們兩個，還有我一個外人。

我走過去，對王寰行禮道：「王妃受驚了。」

王寰雖目色僵滯，看到我仍是有了些反應，沒出聲，緩緩挪開了目光。我這才又看李隆基。「郡王這是酒喝多了？」

他看我。「永安，妳是不是又在暗罵我不知好歹，衝動任性？」

我笑了下。「永安不敢。」

他定定地看我。「今日的事，我不想牽扯妳。」

我笑。「王妃為尊，既然郡王要拿她性命，永安又豈能苟活？」

他怔了下，自脣邊溢出一抹苦笑，眸中分明沉了下來，過了半晌才道：「如果我說，今日是她害的妳，害的大哥呢？」

我愣了下，待驀然反應過來，心猛地一抽，徹骨刺痛已滿布全身。該來的終歸會來，或許當年我在太初宮那一跪，就註定要被她刻在心裡。可笑的是，我竟然還以為自己能攔住、能化解，到最後都不過報應在身上，還連累了李成器。

她不看我，倒是看李隆基。「是我，又如何？」

李隆基晃悠悠地起了身。「王寰，妳當真以為我不敢殺妳？」

王寰淡看他。「殺又如何？不殺又如何？當初大婚日，你把我丟在喜房，匆匆離去，我就知道註定這一生，都要屈居在武永安之下。或是更久之前，當年在三陽宮中聽你對她說日後不管娶何望族，都不會讓她受分毫委屈時，我就已經認命了——」她頓了下，神色漸有了些恍惚。「我一讓再讓，你一逼再逼，身為王妃卻終身不能再有骨肉，在這王府中我還有何地位？」

李隆基抿脣不語，手上漸添了些力氣。「我知道我虧欠妳很多，當初大婚日，我就曾很清楚地告訴妳，這世間妳可以打任何人的主意，唯獨我的父兄、永安，妳不能動他們分毫，否則不論妳是太原王氏，還是什麼人，都是個死字。」

她只是笑，不躲不閃，任由劍鋒又劃深了一分。「請郡王動手吧，折騰這麼久，耽擱郡王休息了。」

李隆基眼中分明是殺氣，那劍就差稍許，便是咽喉之處……

可他終是猶豫了。

我分明在這室內，眼前卻是李成器的傷和今日那一幕。心裡忽然有個聲音在嘲笑著，這天下恩怨糾葛，誰能真正說得清對錯，即便爭了對錯又有何用？一日夫妻百日恩，該化解的終會化解，該了結的終會了結。

當年我的自作聰明，保得他一時，卻難算到如今的結局。

他若有帝王命，就絕不會揮劍斬下去；他若是命短之人，就算我再做什麼，也不過是枉然。

念及至此，我索性狠了心，躬身道：「郡王請三思，永安告退了。」說完，我轉身就向門口走去，還未走出兩三步，就覺得眼前發黑，沒了任何知覺……

再醒時，已是在自己房內。

因為久睡的原因，剛才睜開眼，眼前都像是蒙了層薄霧。像是有人在遠處說著醒了醒了，然後就有人湊過來看，朦朧中像是沈秋的臉，對著我苦笑了下。

我閉上眼，過了片刻，才又睜開。「你怎麼來了？」

沈秋神色無奈。「說實話，老朋友見面本應該高興，可我這身分，卻又讓人高興不起來。」

我不禁笑了下。「是啊，這麼多年，凡是見到你，都沒什麼好事。」

他端起一碗藥，示意夏至把我扶起來，這才遞給我，抱怨道：「我是濟世救人的醫者，怎麼落在妳口裡卻如此不堪？」

或許是這幾日心情的反覆，難得見到老友，心裡總是有些暖意。

我看著那藥碗，緩緩地笑了下。「怎麼，不是你先說的嗎？看到你，的確都不會有什麼喜事。我不過是昏倒了，卻讓你來，光是想想就覺得很嚇人了。」

他嘆了口氣，晃了晃頭。「永安啊永安，記得當年我和妳說，酒疹可大可小，萬萬不能掉以輕心嗎？」

我哦了聲，這才明白這藥是為了什麼。

「不過，還好……」他意味深長看我。「妳這次倒是保住了一條人命。」

我知他說的是王寰，只小口喝著藥，直到喝了大半碗了才道：「一日夫妻百日恩，李隆基不會說殺就殺的。」

他看著我，欲言又止。

我看了他一眼，把碗遞給夏至，靠在了床頭。「說吧，你為何會來？臨淄王府雖然落魄了些，卻還有自己的醫師，何必勞動宮內的沈大人？」

他不過沉默了一會兒，我就已經覺得頭昏沉沉的，一陣陣刺痛。

「李隆基這次把事情鬧大了，惹怒了太原王氏。」沈秋輕描淡寫地看我。「聖上已經下了旨，召妳入宮。」

我做了數種猜想，卻未料到是這句，怔忡了片刻才輕聲道：「死詔，還是活詔？」驚動了皇上，那就絕不簡單。

我能想到的，也不過是，死詔與活詔的區別。

死詔，那就是以我的命，壓下此事。

活詔，那就是要我入宮，遠離臨淄王府。

這兩者之間，能左右的只有皇上，更簡單地說，是皇上對我是否還恩寵依舊。我問完，看沈秋的神色，竟分不出是好是壞，不禁苦笑道：「眼下我命懸一線，你倒是坦然得很，死活也給句話，讓我能安心睡一覺。」

他緩緩搖頭。「猜不透，不知道。」

我瞭然，或許是因為剛才的藥，腦子漸有些不清楚了，只低聲道：「李隆基是不是又入宮了？」

他又搖頭。「妳皇祖母既然下了這樣的旨意，又怎會讓他輕易入宮？」

我嗯了聲，他索性拉了椅子坐下，仔細打量我。「永安，妳怎麼就如此坦然？」

我看了他一眼，頭昏得厲害，索性閉眼靠著。「生生死死的，我也算是和皇上耗了很多年了，都是她一念間的事情，多想無益。」

說話間，夏至已退了出去，獨留我兩個相對。

他笑。「盛世永安，妳不想看了？」

明晃晃的燭火，映著他的笑顏，我詫異地看他。「你怎麼也知道這句話？」

他靠著椅背，低聲道：「妳說呢？」

我沒說話，他又道：「我大哥失了聖寵，已遠離喧囂浮塵，我偏就留在這宮中，還不是被他這四個字騙的。」

沈秋口中的那個他，唯有李成器。

這一句話，忽然讓我想起了韶華閣那個夏夜。

當初我不過是誤打誤撞，撞破了皇祖母和沈南蓼的私情，可為何李成器也會在韶華閣外偷看？或是，為了別的什麼？這麼多年來，我竟沒有機會去問他。

「看妳眉頭深鎖，該不是又想些勞神的事？」沈秋低聲打斷我。

我抬眼看他，猶豫了下——「當初你大哥，也是李成器的人？」

他愣了下，忽而又笑。「永安，妳這輩子是不是心裡只有他了？自己都性命攸關了，卻還惦記著這些瑣碎事。」

我啞然看他，竟還是……頭次有人如此問。

過了會兒，我才很輕地點了下頭。「是，那天馬場之後，我才算徹底明白，我與他這輩子只能是不死無休了。」

他回味著我這話，低聲重複著那四個字——不死無休，到最後才長嘆一聲，起身道：「風流天下，天下風流，這世間唯有李成器敢擔得起這四個字，可誰能想到，他這『風流』二字，不過也只是為妳一人。」

我猶豫了下，才問出了一直想問的：「他傷勢如何了？」

這是頭次，我希望他可以昏睡數日不醒，別再蹚入這場渾水。

沈秋似是看穿了我，搖頭笑道：「很清醒，如果妳需要，我可以如妳所願，讓他睡上兩三日。」

我嗯了聲：「那就仰仗你了。」

他挑眉。「他若是插手，最多死你們兩個，我要真敢讓他錯過時機，怕是要跟著他一塊給妳陪葬了，這買賣不划算，實在不划算。」

我被他弄得一時哭笑不得，倒是消散了心中不少鬱結。

「永安。」他忽然正了神色。「這麼多年過來，他早非當日任人擺布的永平郡王，妳只管入宮去，餘下的交給我們。」

說完，未給我任何說話的機會，便喚了夏至入內，對我恭恭敬敬地行了個禮。「夫人這病算無大礙了，日後切忌再貪杯買醉。聖上有旨，夫人一旦轉醒，需即刻入宮面聖，不得耽擱。」他說完，才撫著額頭低笑。「壞了，外頭有婉兒候著，怎麼這旨意先一步被我說了。」

我實在難消受他的玩笑，揮了揮手。「沈太醫，有命再會。」

他眼中閃過些暗沉，這才又一躬身，退出了門外。

夏至見我下床，忙伺候我刷牙洗臉，待坐到銅鏡前梳頭時，她才輕聲道：「夫人？」

我嗯了聲，沈秋說婉兒就在門外，可為何一直不露面？她見我神色恍惚，又叫了我一聲，我這才看她。「怎麼了？」

「夫人這次入宮……穿什麼好？」她臉色發白，似是很緊張。

我想了想，才道：「當初隨義淨大師抄經時，有幾套素淨的衣裳，隨便挑一套吧。」

從院內到府門口，都是宮內的人。

因是奉旨獨自入宮，我沒帶任何婢女，獨自出了王府。此時正是掌燈時辰，臨淄王府門前，卻不復往日熱鬧，僅有一輛馬車候著，婉兒就站在車下，一看見我的臉，就很明顯地蹙了下眉。「妳這『紅顏禍水』當得，也太寒磣了些。」

我知道她說的是我的臉色，無奈地笑了笑，掃過她額間的紅梅。「這疤還能好嗎？」自婉兒用此妝面遮擋傷痕起，宮內外便有不少女眷熱衷追捧著，描下這梅花妝，美則美矣，可誰又能猜到這背後的種種？

她搖頭，扶著我上車，待合了門才道：「那日，多謝妳。」

我笑。「一切全憑姊姊自己化解，那日若沒有我現身，說不定更容易些。」

她拉住我的手，握了很久才說：「我是謝妳心裡還有我，那日妳為我的一跪，怕是這宮裡再無人能做了。」

她額間的嫣紅，很美，也很刺目。

她曾經說的那些過往，年少時聽來不過是唏噓，現在再想起來，卻已經感同身受。不過生死起伏數年，我已如此心力憔悴，她自祖父死後在宮中這麼多年，獨自撐到今日，又是怎樣的苦楚？

「當初姊姊為我做的，我從沒忘記過。」我反手握住她的手，終於說出了心底話：「太子太過懦弱，即便有一日拿得天下，也必然是交到韋氏手中，她又豈會容得下姊姊這樣的女子？妳可想清楚了？」

我的立場，她再清楚不過。

心有李成器，身嫁李隆基，這一世都只能是相王這一脈的人。可她偏偏選擇了太子，我不想和這樣聰明的人為敵，更不願有刀兵相見那一日，憑她的才能和聖寵，若能依附李成器這處，自然最好，即便不願依附，若能置身之外也好過他日為敵。

她定定看我，過了很久，才嘆了口氣。「就因為太子一脈陰盛陽衰，才有我的存身之處，妳懂嗎？永安。妳想想，如今對皇位虎視眈眈的這些人，哪個不是有自己的倚仗？相王有幾個爭氣的兒子，太平本就手掌重權，我對於他們是可有可無的，唯有太子那處，我還有存在的價值。」

她說的這些，我不是沒有想過，可……我還想再勸，她已經搖頭，岔開了話題：「好了，如今妳是入宮領罪，應該先憂心自己才對，竟還分神管我的事。」

她伸手拍了拍我的臉頰，笑道：「別怕，我會為妳求情的。」

車仍舊搖晃著，向著太初宮的方向而去。

我看著她認真的神情，竟一時說不出話。

相對著沉默了很久，我才道：「這件事，妳不要攪進來，否則在太子那處會很難交代。」沈秋說是太原王氏鬧到皇上面前，可這背後究竟有誰在推波助瀾，誰又能說得清楚？

太子？叔父武三思？抑或是太平公主？

婉兒嘆了口氣，幽幽道：「不知道為什麼，或許是看妳自幼走到現在，護著護著就成習慣了，若是我無能為力也就罷了，如今我在妳皇祖母那裡還能說上兩句話，難道就真讓我這麼看著妳死？」

我搖頭。「或許是置之死地而後生呢？或許是皇祖母就是要看看，哪個會為我說話呢？或許——」

她笑著打斷我。「永安，妳就別或許了，我答應妳，到了宮裡看時機說話。其實太平也在，我還摸不準她想做什麼。」

到了殿門外，有幾個面生的宮婢在候著，見到婉兒立刻躬身道：「陛下有旨，要武夫人獨自入殿。」

婉兒怔了下，沒料到竟有這樣的旨意，回頭看我。

我對著她點了下頭。「姊姊回去休息吧。」

她抓了下我的腕子。「無論如何，到最後先保住自己。」

我又點了點頭，這才跟著其中一個宮婢入了門。

入殿時，太平正告退，不過匆匆掃了我一眼，卻像是有很多意味。

我還不及多想，皇上已經靠在塌上，對我招了招手。「永安，不必跪了，直接到朕身邊來。」

我應了是，忙走過去，跪坐在一側，苦笑道：「永安又給皇祖母惹禍了。」

她拉起我的手，很慢地掃過我臂上的傷口。「朕雖在宮中，卻並未耳聾眼花，王寰做過什麼，說過什麼，朕都已經聽說了。」

我低下頭。「既然皇祖母已經知道，那永安就不再說什麼了，一切只聽皇祖母的安排。」

當初在這裡一跪再跪，都是為了李成器，今夜這件事和他沒有絲毫關係，我忽然只覺輕鬆，不想再去費盡心力爭辯。死詔，活詔，都不過是天子一念罷了。

意外地，她沉默了很久，才忽然問了句：「這傷處理過了嗎？」

我嗯了聲：「都已經處理過了。」

她微微一笑。「女人最怕就是受皮外傷，沈秋師承孫思邈，那倔老頭最擅養護之道，日後讓他好好給妳醫治，免得留下什麼傷疤。」

那句「日後」，很是隨意，我卻聽得有些恍惚。

難道就這麼輕易逃脫，真就能如此容易？

她手微用力，示意我起身坐到身側，我忙站起身，虛坐在了她身側。這樣的姿勢，如此的神色，倒真像是當年在大明宮的情景。皇祖母每每想起少年事，都會拉著我的手，讓我這樣靠著她，聽她慢慢地說。

說她入宮前是如何，入宮後是如何。

那些在外人口中的血雨腥風，皇權爭奪，從她口中講出來卻是大明宮中的風光旖旎，長安城的熱鬧非常。哪怕是那段在感業寺的日子，她都把剃度出家講得風輕雲淡，甚至偶爾還會笑著說自己當時都嫌自己醜。

或許因為我是武家人，又是年幼入宮，她當年對我的確很特別。

如果沒有遇到李成器，我與李隆基的賜婚，又何嘗不是她真正的恩寵？

「成器能為妳做到如此，朕的確沒有料到。」她嘆了口氣。「朕當初以為，隆基如此看重妳，才是妳最好的歸宿，現在看來，或許錯了。」

我心猛地一跳，不敢說話，只定定看著她。

「皇祖母當初逼妳完婚，是不想看到他們兄弟兩個為妳相爭。」她看著我，繼續道：「隆基待妳的心思，朕看得明白，他的脾性，朕也非常清楚。他很像太宗皇帝，卻更感情用事。成器更像是朕的兒子章懷太子，卻用情更深，沒想到這兩個都在心裡放了妳，何其有幸，又何其不幸。」

我勉強笑了下。「若早知皇祖母看透了一切，永安當日也無需演下那場戲，落得今日的地步了。」既然她已點破一切，我又何必再強裝下去。

她倒是有些意外，很深地看了我一眼。「永安，妳是頭次這樣和皇祖母說話，可真是抱著必死的心了？」

我搖頭，苦笑道：「永安只是想到，我雖不知皇祖母的苦心，可卻也費盡心力走到今日，很簡單地想要讓他們活得平安。可剛才聽到皇祖母的話，才算是真正明白，我所做的一切都不過是場笑話，一直努力的也不過是自己一廂情願罷了，如果早知今日，我倒不如當初如婉兒一樣立誓不嫁，落得清淨。」

她搖頭一笑。「妳不是婉兒，妳也做不了婉兒。」

我頷首。「是，永安不是婉兒。」

她仍舊笑吟吟地看著我，眼中卻多添了幾分複雜。「妳若是婉兒，今日就不會見到朕，而是直接被賜死在臨淄王府了。朕身邊只需要一個婉兒，可忘情斷義，可心胸如男子，也可從善如流，討朕歡心。」

我沉默下來，心中卻想起了太平姑姑。

這些婉兒能做到，太平又何嘗沒有做到？婉兒可眼見李賢客死異鄉，太平可眼見駙馬薛紹冤死獄中，然後……仍舊歌舞升平，繼續笑著活下去。不同的是，婉兒縱有傲人才氣，卻仍要依附於人，而太平卻是天生貴女，活得更快意隨興。

無論是她們哪一個，都算是女子中的異數，如同眼前的皇祖母一樣。

而我，哪一個都做不到。

那日李成器將我護在身下，我就知道，他今日能為我拚了命，日後他面臨生死大難時，我也絕不會袖手不理。所以，婉兒和太平如此女子，必會青史留名，而我只求能和他一起看到盛世永安，便已知足。

她看著我，似乎是在想著什麼，我明白話到此處，也該是決斷之時了，便起身為她添了杯茶，端到她面前，跪下道：「皇祖母說了這麼久，也乏了，先吃些茶潤潤喉吧。」她接過茶杯，並未叫我起身，我也就這樣垂頭跪著，看著地面出神。

「妳可知道太平剛才來是為什麼？」

我想了想，回道：「應該是為永安說情。」

沈秋的話，沒有十分把握絕不會如此肯定。如今太子是最正統的繼位人，婉兒和武三思都已明著暗著站在了那一邊，如果太平姑姑想要做什麼，能幫他的只有李成器這處，對她來說，結盟總好過各自為政。

皇上淡淡地嗯了聲：「的確，我這女兒難得肯為什麼人開口，如今卻為了妳來說情，倒真是讓朕意外，不過細想想也就清楚了，她終究是李家人。永安，妳可有何要求朕的？」

我愣了下，沒想到皇上忽然這麼問。

過了會兒，才搖頭道：「永安沒有。」

「抬起頭看朕。」

我抬頭看她，她才又接著道：「朕不想要妳的命，但要安撫太原王氏，還要安撫朕的幾個皇孫，也要讓太子那處安心，讓妳叔父武三思安心，更要讓朕的女兒安心，妳說說看，朕該如何做？」

第二十三章　此生不負

前兩句並不難理解，可這後兩句，卻包含著諸多利害關係。

安撫幾個皇孫，指的是我和李成器、李隆基之間的糾葛，我若不死，此結難解；安撫太子，指的是他們推波助瀾此事，我若不死，他們恐會日夜難安；安撫叔父，應該說的就是安撫武家人，我若被賜死，恐會牽連甚廣；安撫太平……或許，只是她身為一個母親，難以拒絕女兒難得的懇求。

我沉吟片刻，才道：「永安想不到。」

「妳不是想不到，是不敢說。」皇上笑著看我。「怕因為妳的話，連累了什麼人？」

我搖頭。「永安的確想不到。」

她深看我。「為何妳不怕？」

我苦笑。「怕，但無能為力。」

她嘆了口氣。「妳在隆基身邊這麼多年，始終未有子嗣，如今看來倒是福氣了，永安，告訴皇祖母，妳真是有意如此嗎？」

我搖頭，道：「並非如皇祖母想的，我也曾想過，為他留下些血脈，可這麼多年眼見著皇權紛爭的慘烈，永安不願自己的孩子陷入這樣的輪迴，如此而已。」

她盯著我，似是想辨清此話的真假，到最後終是闔了眼，重重地嘆了口氣。「朕給妳的是死詔，會讓妳離開臨淄王府，以安撫太原王氏。」她聲音帶了些疲累，終是做了決定：「所謂死詔，是因為朕不能，也不願成全妳，因為隆基和成器都看妳極重，就當是朕的私心，把妳當作太子和太平的一枚棋，留在宮中長住吧。」

這話中每個字都極為沉緩有力，我望著她的臉，竟有一瞬的恍惚，驚愕、心酸、釋然如潮而過，到最後只剩了滿眼淚水，重重地叩了一個頭。「永安叩謝皇姑祖母聖恩。」

這一叩首，於面前天子而言，不過是「皇祖母」和「皇姑祖母」的差別，可就是這一字之差，那困住我七年的賜婚，終是過去了。

聖旨是如何到的臨淄王府，李隆基究竟是何反應，我都毫不知情，除卻夏至與冬陽入宮隨侍，臨淄王府似乎再和我沒半點關係。無論是婉兒，還是其他人，都像是被封了口，隻字不提他的事。

像是我從未出過宮，只是當初那個武家貴女。

我遵照旨意，留在宮中繼續抄經。如今義淨大師已遷出宮，在洛陽城中寺院譯經，雁塔更是冷清了不少，其實當初義淨大師在的時候，雁塔也很清淨，但我每抄得累了，總能上七樓與大師閒聊兩句，如今倒只剩了我自己。

夏至與冬陽起初還不大習慣，尤其是冬陽，終日眼睛哭得紅腫，只覺得我這輩子再不能回臨淄王府，算是斷了女人一生的幸福。可日子久了也就漸漸好了些，反而因為跟著我自在，於這宮中玩耍得不亦樂乎。

這日我抄得腰痠背疼，才驚覺已經過了午膳時辰。正是餓得飢腸轆轆時，冬陽已經端了飯來，意外的添了些魚。

我詫異地看她。「怎麼會有新鮮的魚？」

皇上復開屠禁，這洛陽城中可是一魚難求，除卻皇上偶有賞賜，宮中無人能有幸吃到新鮮的水物。今日皇上並不在宮中，怎會有魚？

冬陽眨了眨眼。「郡王送來的。」

我愣了下，看她笑得開心，立刻明白她說的是李隆基，心中難免有了些愧疚，只執筷吃了小半口。「我不大愛吃魚，妳和夏至一起吃吧。」

冬陽神色暗了下。「郡王的心意，奴婢不敢吃。」

她終究是李隆基身邊的人，雖然跟著我，卻仍是心向著他。我不忍說什麼，只說胃口不好，便隨口吃了幾樣別的，放了筷繼續抄經。

夏至見此，立刻讓冬陽都收了下去。冬陽很是不快，直到端了茶上來，才終是忍不住道：「郡王三天兩頭遣人送東西，夫人難道就不掛念郡王嗎？」

我手頓了頓，沒抬頭。「這話也就是在我面前說，日後不許再提了。」

她立刻紅了眼。「郡王……」

我放下筆，認真看她。「當日入宮，我就對妳二人說過聖上的旨意，我與郡王已再無可能，妳若想要回王府，我可以放妳回去——」

話未說完，她就已經撲通跪了下來，眼淚汪汪道：「奴婢當初對郡王發過誓，此生誓死隨著夫人，自跟了夫人，也絕不敢有什麼二心，只是奴婢不忍見郡王如此……」

我默看著她，不知如何說才好。

她又接著道：「如今那道聖旨已有數月，可郡王卻至今沒有寫下休書，郡王的心思，難道夫人不明白嗎？」

我仍舊沒回答，於她而言，這些都是情深意重。

可對我來說，卻是負累重重。

到最後，還是夏至將她拉起來，搖了搖頭，帶著她出了房門。

我坐在椅子上，看著窗外寒冬的日頭，想起那夜婉兒見我安然而出時，所說的那句話：「永安，一切都會好起來的。」她那雙眼睛裡有太多東西，或許是說給我聽，或許也是她給自己的信心。

很多事，或許真的會好起來。

當初狄公為了屠禁令，不惜在重重危機下向皇上進言，希望可以取消這禁令，讓江南的百姓繼續捕魚，維持生計。彼時他在殿上說那番話的時候，我何嘗不是一身冷汗，為他和李成器憂心忡忡？

而如今斯人已去，屠禁令也已解除，一切都已經過去了。

坐了良久，終難再靜心抄書。索性就走下樓，一路到湖邊散心，轉眼已是深冬，湖邊的樹都只剩了灰突突的枯枝，沒了什麼景致，我走了大半圈，才挑了個地方坐下，盯著湖面上薄薄的一層冰發呆。

正是手腳冰涼，準備起身而回時，卻聽見身後有小孩子的哭聲。

下意識回頭，才看到李隆基在不遠處，一身紫色錦袍，外罩著件玄色袍帔，更襯得臉色蒼白，而那雙眼就如此一眨不眨地盯著我，像是看了很久。

嗣直被劉氏抱著，在不遠處大哭，像是受了什麼驚嚇。

我錯開視線，走過去行禮。「臨淄郡王。」

他仍舊盯著我，不肯說一句話。

自那日入宮，已是由深夏至初冬，數月未見。這這個月他私下遞來了十幾封書信，我都分毫未動地放在書案上，那些他想說的我都清楚，而我心裡究竟想的是什麼，他也明白。曾被婚約桎梏，也曾試著去接受那太過強烈的深情，然而終是過去了。

劉氏看了我一眼，似乎很是不快。我見他始終不說話，也不想再待下去，索性又行禮道：「永安告退了。」說完便轉身，豈料才走了兩步就被被他一把抓住了胳膊。

「永安。」

我停下看他，他猶豫著看我，相對沉默了片刻，我才先開了口：「湖邊太冷，還是帶嗣直回去吧。」

他眼睛有些發紅，終是開了口：「我很想妳。」

我笑了笑：「隆基，當初皇姑祖母的賜婚，造就了一場不得已的緣分，如今也是皇姑祖母的一道聖旨，讓你我各歸其位。多謝你過去兩年用心待我，少年情分我不會忘，但我的心思你明白，這一生我心裡只裝得下一個人，無論是否能相守，也只有他一個人而已。」

他手抓得很緊，我對他搖了搖頭，抿唇不再說話。

過了很久，他才終於放開手。「這麼多年，我在妳眼裡，都不過是個錯字。」他轉過身，大步走向劉氏，將嗣直緊緊抱在了懷裡。「永安，只要是妳想要的，我都會給妳，包括那紙休書。昨日我已經遵旨，休書已在妳父王手中，希望這次我沒有做錯。」

他說完，再沒看我一眼，大步離開了湖邊。

我看著他的背影，終是鬆了口氣，他不過十八歲的年紀，日後還會有很多女人和子嗣，還有他想要奪下的江山。

總會忘記的。

我又獨自站了會兒，才慢悠悠地走回了雁塔。

上到三層時，意外沒有聽到冬陽嘰嘰喳喳的聲音，不禁有些奇怪，左右打量了幾眼，這小丫頭又去哪裡折騰了？門是敞開的，我回過頭正要邁入時，卻猛地停了下來。

李成器就站在窗邊，隨手翻著我抄的經書，眼中浮著一層很淺的笑意。過了會兒，他似乎察覺到了什麼，側過頭看我，目光暖如春日。我不敢動，也不敢出聲，只這麼出神地看著他，生怕一眨眼他就不見了。

他也就這麼靜靜地看著我，直到有風吹入，亂了那桌上的紙，他才伸手把那些紙一一理好，我看著他的一舉一動，這才恍惚著走過去，站到他面前，張了張口，卻不知道該說什麼。

他理好最後一張紙，轉過身，很溫柔地看著我，向我伸出了兩隻手。

我怔怔看著他，心跳得越來越慢，不過是三、四步的距離，卻像是隔著千萬年。那個懷抱究竟有多麼溫暖，我早已記不起來，或是從來都不敢去回憶，那些在天牢、在曲江，甚至是初遇時在韶華閣外，他是如何堅定地擁我入懷……

眼前轉瞬模糊成了一片，竟已是淚滿面，那漆黑溫柔的眼，依舊專注地看著我。

直到我撲到他懷裡，緊緊地抱住他，哽咽出聲時，他才緊緊回抱住我，很低很低地說了句：「永安，我一直在等妳。」

他對我說……永安，我一直在等妳。

過了很久，我才敢仰頭去看他。

那雙眼睛太熟悉，竟蒙了層很淡的水光，微微泛著紅。相識十年，除卻他母妃下落不明那日，即便是在天牢之內，他亦是平靜淡然。而現在……我只覺得心頭發脹。

張口想要說什麼，他已經伸手替我擦去了臉上的淚。「對妳來說，現在最好的選擇是遠離爭鬥，最好挑個時機與妳父王遠離皇權。」

我驟然沉了心，反握住他的手，剛想說話，又被他止住。「我明白妳要說的，聽我說完。」

我定定地看著他，生怕他說出什麼放我遠離的話，正心痛漸起時，他卻忽然低下頭，就如此猝不及防地抵上我的唇，很溫柔，卻並未有任何猶豫。

太過久遠的感覺，卻輕易就掀起了最心底的柔軟。

我闔上眼，任由自己的心，迎了上去。

他一時靜住，轉瞬就徹底探入，那出乎意料的掠奪，吞噬著所有的理智。一寸寸從唇舌到心底，像是如何都不夠，就這樣輾轉著，直到他一路從唇吻到耳根、脖頸，我已經控制不住地發抖著，抓緊他的衣襟，顫抖著叫他：「成器，不能在這裡。」

他摟住我的腰，很慢，很慢地停了下來。

仍是留戀著，輕吻著我的臉，像是對孩童一般的耐心和寵愛。

然後，他才在我耳邊輕嘆了一聲，很輕地說了句話：「若稱帝，江山與共；若落敗，生死不棄。」

簡單的話，短短一十二個字，他總是如此簡單地給我許諾……從當初那十六個字，到如今越來越少，卻越來越重。

我盯著他，一時是哭，一時又是笑，過了很久才喘著氣看他。

「李成器，你是有意留到最後說嗎？」剛才他那句最好的選擇，連同那突如其來的擁吻都像是最後的訣別，讓我幾乎陷入絕望，可現在……我瞪著他，直到他笑出聲，才又道：「你是故意的！」

他一把抱起我，坐到了塌上，這才低頭看我，微微笑著說：「我的確是故意的，只不過想給妳最後一次機會，讓妳離開這裡。」

我伏在他的胸口，聽著他的心跳，竟然也有些亂，過了會兒才低聲道：「可你根本沒給我說話的機會。」

他道：「是，因為我後悔了。」

他就在這裡，抱著我，隔絕了初冬的所有冷寒，擁著我坐著。「這麼多年妳如何想，如何做，沒人比我更清楚。抱歉，永安，那些話並非是我本心。」

我嗯了聲，只覺得心跳得越來越慢，這遲來的幸福，太讓人不敢置信。「你這些話，很像是當年狄公辭世前所說的，他也勸我不要再去插手。」

他神色有些黯下來，略帶苦笑。「狄公那夜的話，我也記得。」

我明白他記的是那句當年瓊花之恩，想起他那夜眼中閃過的絕望，還有那句不敢忘，心沒來由地刺痛著，緩緩坐直了身子看他。「我好像從沒對你說過什麼，似乎有很多話要說，你想聽嗎？」

他笑著看我。「洗耳恭聽。」

從始至終，都是他在說。

從龍門上的那場大雪起，都是他先開口，留我驚慌失措的應對。或是更早些，從狄公拜相宴起，是他的那句詩讓我無以為對，一步步走下來……我摟住他的脖頸，伏在他肩上，臉很燙很燙，似乎只有這樣避開他的眼睛，我才敢說出那麼多年想說的話。

「其實，我很小的時候就聽過你。」我努力讓自己的聲音平靜，可似乎還是有些發澀：「先生總提起永平郡王的大名，你的字，你的才氣，還有你擅通音律，在皇上登基時的那首笛曲。一個少年能獲得如此多讚譽，我很好奇，究竟你是什麼模樣？可真如先生所說的一樣，眉目如畫，讓人過目不忘？」

他似乎是在笑，我越發不好意思，可仍是繼續說了下去：「只是沒想到，竟是在那樣的地方見到你，還……還看到了那樣的情景。」

水波瀲灩的湖邊，滿是春色的景象，我就這樣被他緊壓在胸前，捂著嘴，現在想想還真是有趣。

他語音帶笑：「那夜我本也是路過，妳的確太過莽撞了。」

我不好意思地嗯了聲：「其實，我就是一時念起，沒想到能撞上這麼尷尬的事。」

他笑著把我從肩上拉下來，垂頭看我。「永安，看著我說。」

我啞然看他，只覺得指尖都有些發燙，低聲喃喃道：「看著你，我說不出。」

他低頭碰了碰我的額頭。

「這些話我會牢記一輩子，不光是每個字，包括妳的臉妳的眼睛，我都要看得一清二楚。」

我窘得說不出話，今日的他太不一樣，還是我從沒有機會看到這樣的他？腦中不禁閃過那日在酒樓中的畫面，溫婉的妻，嬌俏的妾，不知不覺間，我們之間已經有了那麼多人。

我猶豫著，終是問了出來：「你平日……也是如此和你那些妻妾說話的嗎？」

他搖頭，握著我的手，一雙眼像是望進了心底，不留任何餘地。「她們都來得太晚，我縱有萬般心思，也只能給一個人。」他湊近我的耳朵，柔聲道：「吾妻，永安。」

耳邊的溫熱，他的話，融成了一片水光。

我眼前再看不清任何，臉上卻又溫熱地，被淚染了滿面。

究竟是怎麼了，今天明明是該開心的。

可流的淚卻比過去任何時候都多，止也止不住，越是想要控制，越是哽咽地出了聲。

他似乎有些心疼地摟緊我，低聲哄著，很多很多話灌入耳中，卻更是催出了眼淚，到最後終是無奈地嘆了口氣。

「永安，妳讓我很挫敗。」

我不解地看他，他這才笑著說：「每次我試著勸妳，都徒勞無功，反而讓妳越哭越厲害——」他頓了頓，又接著道：「還好這裡沒有外人，否則堂堂一個李家皇孫竟然如此懼內，豈不讓人笑話。」

我臉熱了下，窘得說不出話，憋了半天才說：「我話還沒說完呢。」

他笑。「妳是要把日後數十年的話，都放在今天說嗎？」

我心虛地瞪了他一眼。「你若不想聽，我就不說了。」

他很淡地嗯了聲，若有所思道：「說到哪裡了？那夜我抱妳？」

我哭笑不得。「你聽還是不聽？」

他這才點頭。「聽。」

我暗鬆口氣，認真想了想。「然後是狄公拜相宴，我看到你，嚇了一跳，才知道原來你就是永平郡王。」

他接話道：「如果不是我，妳以為是誰？」

我想起那夜輾轉反側的猜想，不禁笑了聲。「你生得那麼好看，我以為你是……皇姑祖母的……」

這回倒換他哭笑不得了，搖頭長嘆。「那時候我才不過十五歲的年紀，妳倒真敢去想。」

我臉熱了下，倒有了些疑問。「你為什麼會對我說那句話？」

他佯裝不懂，柔聲問：「什麼話？」

我氣得掙了下，想起身，他卻輕易就箍住我。「我當時在想，這個武家小郡主，先是偷看皇祖母，又很大膽地隨我離席，究竟是想做什麼呢？」

他眼中盡是細碎的光，還帶著幾分調笑，我低聲嘟囔著：「不過是想感謝你的救命之恩罷了。」

這樣的午後，這樣的相處。

這麼多年，我甚至連想都不敢想。似乎從與他相識起，就看著他一路起伏到今日，屢屢深陷危機，卻又都逢凶化吉。

對他，我只想著「平安」二字，習慣了不奢求，不強求……因為窗戶開著，四處有些涼，我自然地往他懷裡又擠了一下。

他摟緊我。「永安，現在我雖與姑姑有了些往來，皇祖母也已默認了妳我的關係，只是他們都知道，妳是我的心結，所以絕不會輕易放妳出宮。」

我嗯了聲。「我知道，皇姑祖母在下旨時，就說得很清楚，她不會成全你和我。不過這幾個月我早就想通了，比起當初任人宰割，你已能讓太平為你入宮面聖，一切都在好轉，不是嗎？」

他眉頭似乎輕蹙了下，卻在看我時，又漸漸舒展開。「是，一切都會好起來的，我們要回長安了。」

我詫異地看他。「回長安？」

他頷首。「很快，昨日皇祖母已賜宅於長安興慶坊，讓我們先一步回長安。」

我有些恍惚，長安呵，很多年沒有回去了。

直到他替我將一縷髮捋到耳後，我才想起來問：「那我呢？」

他微微一笑。「妳也回去。」

我心中一喜，不敢置信地看著他。「真的？」

他點頭，似笑非笑地看著我，過了很久才說：「眼下太子已定，李家尚未穩拿天下前，李姓皇族都還是一家人。他們既認定妳能拴住我，何不讓他們徹底安了心？」

我一時沒明白他的意思，追問道：「你想如何做？」

他攬住我的腰，忽然就壓倒在塌上，很近地看著我眼睛。我被他嚇了一跳，只能按著他的手，輕喘口氣：「你怎麼又……」話說到一半，竟不知如何往下說，心跳得幾乎要破腔而出。

他倒是不急，貼著我耳邊道：「妳不是想問我怎麼做嗎？」

明明近在咫尺，卻又像是隔得很遠，我眼前只剩了他，彷彿聽到他在低聲說著醉臥溫柔鄉，然後，就徹底湮滅在了那雙溫柔的眼中，再也聽不到任何聲音。

第二十四章　蜚短流長

久視二年，正月初三，成州現佛跡。

聖上大喜過望，改元大足。

因這徵兆，李成器口中的「回長安」被拖延至三月，還沒有任何動靜。

我在宮中身分微妙，竟意外不受束縛，皇上越發喜歡和我閒話往昔，我看著她依舊嬌豔的容顏，卻能從那片刻黯淡中看到其他。

她終究是失去了很多。

堅持了自己想要的無上至尊，放棄的究竟有多少？

我自幼所聽說的，在宮中所見的，都不過是她登上皇位後的點滴。而那之前真正的血雨腥風，卻無人敢提起。就連婉兒這樣的人，也不過只偶爾提起李賢罷了。

若稱帝，江山與共；若落敗，生死不棄。

這句話太簡單，可這其間，這之後，要死多少人才夠？

「縣主。」夏至替我合上窗。「今年真是奇了，三月天竟然又降了雪。」

我看這外邊越積越厚的雪，才發現自己太過悲傷感秋了。「是啊，柳樹都抽綠了，竟然還下這麼大的雪。」雖說是瑞雪兆豐年，可若是時辰不對，總覺會有什麼事發生。

我從窗邊走回來，隨手收整著雜亂的書案。「冬陽的病怎麼樣了？」自從李成器在雁塔見我，我便沒再繼續抄經，他那日實在……我低頭，只覺臉有些發燙。

夏至忙接過我手中的物事，替我擺回原位。「還在病著，不知是不是天氣的緣故，總不見好。」

是因為什麼，其實我很清楚。

我吩咐她準備今夜伴駕的衣裳，獨自去了掖庭。才繞過花舍，就見個小內侍迎面而來，我叫住他：「永安縣主的宮婢，是住在哪處？」

那內侍忙行禮。「此處房間多，還是讓小的帶路吧。」

我怕遇見什麼閒雜的人，反倒不好，索性點頭讓他先行。

跟著他七轉八轉的，總算到了地方，他這才行禮告退。我剛想叩門，就聽見裡邊有人哭罵，不禁心頭一緊，立刻推門而入。

因外有大雪，屋內光線很暗，在搖曳燈火中，有個男人正立在床邊，衣衫凌亂，隨我入內，他顯被嚇了一跳，立刻目瞪口呆地轉頭看我。「妳，妳是何人，膽敢擅闖掖庭？」

我正吃驚時，冬陽已從床上滾落下來，重重叩頭，哽咽地說不出話。

擅闖掖庭？

我冷下臉，盯著那男人。「穿好衣裳，跪下回話。」他愣怔地看著我，直到冬陽又叩頭喚了聲縣主，這才猛地反應過來，匆忙拽住敞開的衣裳，撲通一聲跪了下來。「小的見過永安縣主。」

我走過去，伸手抱起冬陽，替她理好衣衫。

那男人就跪在地上，不敢抬頭也不敢再出聲，直到我坐在椅子上，才跪爬著過來，又叩頭道：「小的口出狂言頂撞縣主，請縣主責罰。」我依舊沒出聲，看著冬陽縮在床邊，更是心疼，他忙又重重叩了幾個頭。「請縣主責罰。」

我這才看他。「告訴我官職名諱。」他肩膀抖了下，才低聲道：「小的掖庭令張子楚。」掖庭令？竟然是宮中內侍……像是一口氣堵在了胸口，我半天也沒說出話來，到最後才輕吐口氣：「下去。」

他抬頭看我，捉摸不定我的想法。「縣主……」

我冷冷看他。「下去！宮中刑罰萬千，我雖是個小小的縣主，卻也絕不會『虧待』你，現在我不想看到你，下去！」

他眼中是什麼，我不願再看。

直到他徹底退下去，我才走到床邊坐下，拉起冬陽握緊的拳頭。「他雖是統管整個掖庭的人，妳卻也不是沒有依靠，為什麼不告訴我？」看今天的態勢，絕非是初次，以冬陽的性情，為何會一直隱忍？

她低頭不說話，我握緊她的手，心抽痛著繼續道：「妳若不願說就罷了，我會安排妳住在我身邊，不用再回來。」頓了下，我又接著道：「妳放心，他不會有什麼好結果，這麼多年在宮裡，我雖沒能力保全自己，卻不是沒能力讓人生不如死。」

手背上忽然有些溫熱，她又哭了起來，我伸手抱住她，肩膀漸被她哭得溼透，才聽見她很低聲說：「是奴婢自己……自己想要在宮中立足。」

我驚愕地推開她，盯著她的眼睛。「為什麼？妳跟我這麼久，我何時苛責過妳？如果想要什麼都可以告訴我，為什麼要自己立足？」她咬脣看我，我更是心沉。「究竟是為什麼？」

屋內很冷，或許是因為下著雪，肩上淚轉瞬變涼。

她過了很久才說：「為了郡王，奴婢不像縣主，自降生就有武家的姓氏，也不像婉兒姑娘，有無盡才氣，陛下寵愛。但奴婢知道郡王想要什麼，只想盡些薄力。」

我不敢置信地看著她。她口中能叫出郡王的只有一個，李隆基。究竟是什麼時候開始，她可以為李隆基做這麼大的犧牲？腦中飛快而過的，盡是她整日笑著、愁著、隱忍著，勸說我用心待李隆基……

我伸手，擦乾她又新落下的淚，她自幼在李隆基身邊長大，雖是婢女的身分，想必也是用了心，用了情的。

「這宮內不是妳簡單的一個念頭，就可以摸透走順的，妳剛才也說，我自降生起就帶著武家姓氏，可算是身分尊貴，可妳卻從沒見過，我曾有多少次在皇上面前下跪求生。」我只覺得胸口憋悶，默了會兒才又道：「妳若有心，我放妳回臨淄王府。我雖在他面前已不能開口，但他不是個不解風情的，妳的心思他總會明白。」

她含淚看我，忽而一笑。「縣主錯了，臨淄王府美女如雲，我不想只在一個院子裡，終日等著郡王偶爾記起我，看我一眼，我想幫他，幫他拿到他想要的。」

我看著她，這笑意才像是冬陽，即便是寒冬熬人，卻總有陽光及身。當初給她這個名字的人，是不是也看到了她真正的性情？

「妳的名字，是李隆基給的？」

她眼中暖暖的，點頭。「是，是郡王初次見我，賜的名字。」

「好好歇著吧。」我終是坐不下去，站起身。「妳的事我會好好想想，記住我的話，不要妄動，否則極可能適得其反。」我說完，對她安撫一笑，剛想離開，她忽然喚了我一聲縣主，我回頭看她。

「縣主和壽春郡王，可是……可是真如宮人說的那樣？」她眼中掛著期盼，像是在等我搖頭。

對於宮中傳聞，夏至也會偶爾對我說上兩句，話語不堪至極，或許這正是她病倒的原因，自己心中一直憧憬的人被人如此辜負，多少會不甘吧？

我轉過頭，不再看她。「是，也不是。我和壽春郡王開始得太早，真正知道內情的人極少，有些話妳不適合聽，我也不會說。好好養病。」

話說完，身後再沒什麼聲音。

我這才拉開門走了出去，這場雪來得太急，宮中不少人都還是身著春日薄衫，草草用袍帔裹著身子，我一路走回去，遠遠就見夏至跑來，躬身道：「婉兒姑娘來了，說是陛下傳一眾皇孫賞雪，傳縣主去伴駕。」

入奉宸府時，一側候著的兩個小內侍忙上前拂雪，我有些心不在焉地想著冬陽的事。她心性太強，若是留在宮中，總有一日會引來殺身之禍，可是……這件事究竟如何做，才是最好的？

「姊姊。」身後忽然有人出聲，我扭頭看，竟是永泰郡主李仙蕙。她周身藕色衣裙，青色袍帔外也是落滿了雪，正對著我走過來。「姊姊，我今日入宮就想著或許能見到妳，沒想到真如願了。」她邊說，邊興奮地跑了兩步，拉住我的手。

兩年未見，她眉眼已盡數長開，雖不及安樂公主裹兒那般天姿，卻也是漂亮得晃人眼。尤其難得的是，她笑起來還是那麼清澄澄，不帶半分心機。

我笑著伸手捏她的臉。「都快做人家娘親了，不能再這麼跑了。」她紅了臉，吐舌頭道：「我還覺得自己很小呢，都是延基……」她說完，臉已是紅到了耳根。

我不禁笑。「好了好了，我知道了。」

初入宮，她還是個小姑娘，整日纏著李成器，甚至會悄悄問我是不是哥哥最好看。轉眼間已經快做人母了，想想就覺得有趣。

我暗嘆口氣，低聲道：「妳看我不過是雙十年歲，怎麼看著妳這樣子，總覺得自己是要到不惑之年了？」

她咬著嘴角，笑出聲，不再理會我的調侃，扣著我的腕子就入了殿。因突降雪，殿內又添了火盆，四下盡是衣香鬢影，好不熱鬧。

我剛一進殿，眾人就忽然停了聲音，皆是往這處看。我有些愕然，正覺得蹊蹺時，才掃見李氏皇族那一處，待看到王寰和元月，才恍然一笑，原來今日不只是皇子皇孫，武家諸王，這些王妃正室都已來了。

仙蕙看著架勢，又見皇上未在殿內，立刻冷下臉。「諸位郡王、親王，可是被大雪凍到了，怎麼都不會說話了？」她如今是武家媳婦，又是太子親女，說出這種話自然更添了尷尬。

倒是婉兒先掩口笑，搭腔道：「小郡主這是孕氣大了，快落座吧。」

她說完，又持觴敬了武三思一杯，武三思立刻笑出聲。「本王還以為只有府裡那些女子是這樣，看來世間女子皆如此，皆如此啊。」

他說完，一仰而盡，殿內眾人也隨著相繼笑起來，各自將目光散了開。

我握著她的腕子，示意她隨我落座，無奈地道：「這裡都是大妳不少的人，怎麼這麼莽撞？」

仙蕙氣鼓鼓地看我。「他們都看妳，別以為我不知道是為什麼，還不是因為成器哥哥只肯與妳日日私會，卻不肯娶妳。」

我詫異地看她，明明是極不堪的「私會」二字，怎麼落到她嘴裡就讓人想笑？她這一句話，倒像是一劑良藥，將冬陽的事淡化了不少，我笑道：「妳是聽誰說的？」

她哼了聲：「當然是大哥和延基，他們兩個日日飲酒，總能說起此事。」

我搖頭笑，看了李成器一眼。

他亦在看我，眼中有幾分憂心，直到我看向他才有了些緩和，淡淡地笑了笑。

我抿脣笑，這才收回視線，看向仙蕙。「那些人說的話，妳就當是聽著有趣，不用太記在心裡，知道嗎？」

她恨恨地看我，頗有點兒怒其不爭的意思。「那年姊姊為了他，甘願嫁給隆基哥哥，如今終是能再回宮了，為何還要忍？我看就是他如今妻妾成群了，把姊姊的深情厚意全忘了。」

我被她說得是啞口無言，哭笑不得。「我記得當年妳可是最喜歡這個哥哥的。」

仙蕙氣得喝了口茶。「我最喜歡的是姊姊。」

我一時有些觸動，只覺得心頭暖融融的。「好了，總會嫁的，不急在這一時。」

她瞪大眼看我。「我都要有孩兒了，姊姊竟然還不急。」

我決定不和她再爭論下去，這其中紛亂複雜，她最好不清楚，若是聽說了還不知道能做出什麼來。

想到這兒，忽然想起她剛才提到的話。「妳大哥和武延基整日在一處？」

仙蕙笑著點頭。「大哥和三哥、裹兒姊姊說不到一處，反而和延基熟一些，他們整日就湊在一起，說些有趣的事給我聽。」

我看她喜孜孜的，心中總覺不妥。

李重俊和安樂郡主的心機，絕非尋常，說不到一處絕非是好事。

多年前龍門山她耳語的話，驀然闖入腦中，我試探著問她：「當年妳大哥的酒醉亂語，如今可曾再提過？」

仙蕙愣了下，想了想才說：「姊姊罵我極凶的那次？」我點頭，有些緊張地盯著她，她猶豫了下，才輕聲說：「有說的，不只是大哥和延基，如今宮內外人人都說著流言蜚語，說皇祖母怕是要把天下給張姓人了。」

我驟然一驚，猛地拽緊她的手，估計臉色不是很好看，她嚇得有些發懵，只怔怔看我，不敢再說話。過了好一會兒，我才嘆了口氣，肅聲道：「為了你們的性命，還有妳腹中的孩子，找機會提醒他們兩個，這種話可以有千萬百姓說，但身為皇族，他們絕不能說半個字。」

她茫然看我，我又低聲道：「明白沒有？」

她這才點頭，輕聲喃喃道：「知道了。」

我仍是有些擔心地看她，但除了告誡，什麼也做不了。只希望那兩個大男人可以管住自己的口舌，切勿惹來殺身之禍。想到這兒，才覺得有些口渴，端起茶抿了小半口，又去看了一眼李成器，他似乎察覺到我臉色變化，有些猜測地盯著我。

我苦笑著搖頭，他若是知道這個妹妹如何說他，也不知會是何反應。估計如我一般，只能苦笑作罷了。

宴席過半，眾人皆有些微醺。

皇上仍未露面。奉宸府本就有明旨，盡廢君臣之禮，武三思頻頻和婉兒談笑風生，引得眾人都有些忘形，我有一搭沒一搭看著，終是坐得有些腰疼，趁著無人留意走到殿外。

玉石階上，有十數個內侍在掃著雪，生怕聖上來了踩了雪，降罪砍頭。

一個老的在低聲教訓著，剛才轉過身，就有個小內侍齜牙咧嘴地揮著拳頭，我看得樂出聲，真是孩子心性，看得讓人心境大好。

我趁著四下無人，索性沿著石階走下去，一路進了桃園。

這幾日婉兒總誇著桃花開了，如何如何好看，讓我有閒了就來走走。沒想到今日倒是有了機會，滿園子的桃樹，都鋪了層三月雪，倒是意外增了不少色。

這大雪天，園子裡沒有人。

雪地上也沒有任何印記，踩在上邊，不過片刻就溼透了鞋。

「妳再這樣走下去，怕是衣裳都要溼透了。」身後忽然有人說話，我心頭微顫著，沒回頭，只提著裙角繼續走下去。

「無妨，有你在，萬事都不會怕了。」直到走出了十幾步，我才想回頭看看他在哪，卻忽覺得腰上一緊，眼前從滿園雪景，一路落入了那漆黑含笑的眼中。

他用袍帔把我整個裹住。「我抱著妳走。」

心跳得厲害，我默了好一會兒，才低聲道：「這種地方，你也不怕被人看見。」

他沒說話，直到走進一個石亭才將我放下來，替我擦去髮上的落雪，溫聲道：「剛才看妳臉色不太好，是不是仙蕙說了什麼？」

說了什麼？這些話我起先聽著還想爭辯，如今卻只覺可笑。

生生死死過來，若還計較這些閒言碎語，那倒真是白活了。

我腦子裡一會兒是冬陽，一會兒又是仙蕙，不知該從何處說起。

他倒是不急，嘴角浮著笑意，看著我，直到把我看得不好意思了，才嘆了口氣。「說吧，若是不知從何說起，那就一句句慢慢說。」

我抬頭看他，想了想才說：「算了，你整日要想的事情太多，還是別用這些事來擾你心煩了。」

他微微笑著。「剛才似乎有人說過，有我在，萬事都不再怕了。」

我笑嘆著看他。「我不想用這種瑣碎事煩你，你倒是要自尋麻煩了？」

他亦低頭看我。「若不能為妳解憂，又何談日後娶妳為妻？」

他一句話，讓我才又壓下的心又亂起來，我側過頭去看雪落桃園，想了想才道：「有兩件事，都與你我有些關係。」冬至的事，也非我兩人可以處理，我終究還是提起了仙蕙的那句話。「你知道……如今你我兩個，時常在宮中相見，又從不避諱外人，宮內外已有蜚短流長，不堪入耳的話。」

我努力想讓自己措辭好些，可說出來卻仍覺刺耳，不禁暗暗苦笑。終究還是介懷，不知是為了今日冬陽的事，還是因為方才在殿內看到了元月……他沒有立刻說話，只伸手摟住我，過了許久，才柔聲道：「永安，妳這句話，讓我如何敢離開洛陽？」

我不解地看他。「你要離開洛陽？皇上已經降旨讓你回長安了？」

他搖頭。「突厥自上次兵敗，始終深居漠北，卻自年初起頻繁出兵驚擾百姓，皇上已有意命父王掛帥，統燕趙秦隴諸軍痛擊。」

相王掛帥，誰都明白那只是對朝臣百姓的說辭。

李成器曾打敗突厥，如今再來犯，又是父王掛帥，領兵出征的自然是他。

我心慌意亂地看他。「已經下旨了？」

他溫和一笑。「還沒有降旨，也就是這幾日的事了。」

我禁不住抓緊他的袖口，想要讓自己鎮定，可眼前盡是他曾斷臂的模樣，心中早是亂作一團，他看我如此，又將我摟得緊了些。「別多想，突厥經上次一戰，已元氣大傷，暫還不成氣候。」

我搖頭，沒說話，努力讓自己靜心。

可偏就越來越不安，他忽然輕聲道：「永安，抬頭看我。」

我順著他的話，抬頭看他。

「當日上戰場，我的確了無牽掛，只想一展少年抱負。而今日已完全不同了，我有妳，就一定會平安回來。」

太近的距離，他的眼睛專注而堅定，彷彿只有我，我緊盯著他，很慢地點了下頭。「好，我等你回來。」

我知道日後一定會是血染江山，這之前他要有自己的勢力，自己的心腹兵士。

這些沒有人能夠給他，只有他自己去拿回來。

或許太平之所以肯與他結盟，就是因為當年突厥那一戰，他做了什麼，拿到了什麼。我想到他手纏白布的樣子，又有些難過，低聲道：「當初，你是如何受的傷？」沒想到過了這麼久我才有機會問一問，更沒想到的是，當我終於能開口問的時候，他又要離開洛陽，征戰幽燕。

他平靜地道：「那是關鍵一戰，之前所派遣的武將非逃即降，交到我手上的兵將早沒了士氣，我身為李氏皇孫，若也是退縮不前，此戰必敗。是以，說是被突厥人傷了，倒不如說是有意而為。」

我聽得心驚膽顫，到最後一句更是大驚看他。「你有意斷臂？」

他淡淡笑著。「是，唯有將帥捨命，才能讓那樣的兵激起男兒熱血。」

我心一下下抽痛著，伸手握住他曾傷了的手臂。「大周有你，何其有幸；李家有你，何其有幸。」

而我又何其有幸，能得你深情不移，得你生死相許。

我摟著他的腰，仰起頭看著他。

他似是不解，低頭認真地看我，我這才深吸口氣，踮起腳尖，在他脣上親了下。「不論外人如何說，你明白我的。」

他深看著我，清潤的雪，嫣紅的桃色，都彷彿融在那雙漆黑專注的眼中……

那日皇上始終沒來，不過是賜宴了事。

婉兒坐在我房裡，凍得手腳冰冷，不停搓著我的手。一整個晚上，我稍微熱些，她就立刻湊過來把我冰得發抖，到最後，我只能哭笑不得地起身，挑燈看書。

她靠在我身邊，隨口道：「妳知道那天妳皇姑祖母為何沒出現嗎？」我搖頭，朝堂宮中的事，若非她和李成器偶爾提及，我根本沒有機會瞭解。她打了個哈欠，笑道：「那日降雪，宰相蘇味道率百官恭賀，硬是被殿中侍御史王求禮攔住，說要是三月雪算瑞雪，那臘月驚雷難道還是祥瑞之兆了？還指著蘇味道說他是諂媚小人，笑死我了。」

我詫異地看她。「所以皇姑祖母先說要賞雪，後來又氣得沒來？」

她抱著我的手臂，點頭道：「本是件皆大歡喜的事，偏就被那個迂腐的王求禮攪合了。」

我嗯了聲，也覺得那人真是不會挑時候說話。

婉兒又嘆了口氣。「再說，突厥出兵的事，聖上本就已經夠煩心的了，我們都想著這麼一熱鬧，賞雪能好些，算盤全白打了。」我聽她說突厥出兵，想起李成器說的話，有些難過，沒吱聲。她等了我會兒，似乎察覺到不對，仰起頭看我。「怎麼了？」

我隨口應付：「沒什麼。」

她眨了下眼睛，立刻笑出來。「是在為相王掛帥的事憂心？」我實在瞞不過她，也不想再瞞，很慢地點了下頭。她兩手抱住我一隻手臂，坐直了身子，很輕地貼著我的耳朵道：「告訴我，妳和他有沒有……」

我嚇了一跳，險些把她推開，只覺得耳根已熱了起來。

她看我不說話，嗤嗤地笑了兩聲。「風流天下的李成器，竟然能忍到今日？」我沒說話，被她說得心有些發虛，隨手翻著書，卻根本就再看不進去一個字。她盯了我會兒，才又問道：「還是妳根本就沒想好？」

我不解地看她，她抿脣笑。「好了，當我沒問這句話。我看著你們走到今天，妳是什麼人我還不知道嗎？估計日後他即使要死，妳也會毫不猶豫地陪著的。」

我心頭一跳，不知該為這句話歡喜還是憂心。「我只希望他平安。」

她深嘆口氣，沒再繼續說下去，反倒又趴在我肩上，繼續道：「不說那些日後不開心的，告訴我，為什麼現在還沒有過？」

我被她問得啞口無言，默了好一會兒，才說：「不知道，或許是我自己的問題。」不是沒有機會，也不是沒有感情，但他像是能看出我的心思，始終沒有強求過。

我正出神，婉兒已經伸手在我眼前晃了晃。「永安，身為皇族貴女，怎能如此做人？」

我好笑地看她。「皇族貴女，該如何才好？」

她輕揚脣角。「這宮中，上至妳皇姑祖母、太平，下至眾多宮婢，哪個不是盡享其中之樂？」

我被她一時噎住。卻是實情，可終是難繞過心中那道深溝，我也不清楚還在計較什麼，這宮中有很多人，都是再嫁為婦……

她拿下我手中的書，認真看我。「永安，告訴我妳的心結在哪裡？」

我渾身不自在，不明白她為何一直追著說此事，她把書放在手邊，握住我的手。「妳自幼長在宮中，有沒有母親在身邊，有些話我不問、妳不說，可能這一輩子都沒人能解開妳的心結。」

熏香意濃，我看著她如水的眼，只覺得感動滿滿。「我真不知道，或許就是因為李隆基。我總想把最好的，都給李成器，可終究是給老天捉弄了。」

她鬆了口氣，笑道：「果真如我所料，卻又比我想得簡單。妳既有這個心結，又怕宮中那些閒言碎語，才會這樣。」

我索性走下地，光著腳跑去吹滅了燈，又立刻鑽到了錦被裡。

她被我的腳冰得不行，哭笑不得。「我好心開導妳，妳竟然還如此待我。」

我笑得得意。「妳害我一夜未睡，總算能討回來了。」

她認輸。「好好，說到哪裡了？」

我悶聲道：「好吧，坦誠些說，我真的對那些閒言碎語不大在意，整日走在刀尖上的人，誰還會在乎那些傷不了人命的話。」

她莫名靜了會兒，才有意長嘆口氣。「妳如此說我就徹底安心了。妳說，李成器算起來還是我日後的宿敵，怎麼我連他這種事都要插一腳？三月雪果真不是什麼祥瑞事……」

我手腳冰冷，卻被她說得渾身發燙，索性裝睡不再說話。

迷迷糊糊要睡著的時候，她又從身後摟住我的腰，輕聲道：「能解開妳心結的，估計只有李成器自己了。」

第二十五章　歲月無聲

不久，果真就降了旨。

皇上命相王為安北大都護兼天兵道元帥，統燕趙秦隴諸軍痛擊突厥大軍。

那夜我睡得很早，卻總感覺身邊像是有人在看我。在半夢半醒中掙扎了很久，才勉強睜開眼，模糊的影子，近在咫尺的距離。

是李成器。

我心頭一驚，竟立刻清醒過來，卻被嚇得心跳到發疼。

「我本想看看妳就走。」李成器俯下身，很輕地用唇觸碰我的臉。「沒想到還是把妳吵醒了。」

我坐起來，手不自主地抓緊錦被。「怎麼這麼晚還入宮？」雖然我與他已再無任何束縛，可他絕不是這麼魯莽的人，深夜入宮只為見我，那就一定是有什麼要緊事。

難道？我不等他回答又追問：「你是不是要走了？」

他微點了下頭。「明日一早就走，所以才想來看看妳。」

我聽在耳中，恍惚覺得不真實，可他就這樣直接給了我答案。「為什麼這麼快？不是今日才宣的旨嗎？」

他笑。「今日聖旨上的離京日，本是半月前就訂下的。可前半夜幽燕再傳來密報，突厥已大舉寇邊，皇上這才改了日子。」

大舉寇邊……

不過四個字，我已明白此事遠非他說的這麼簡單。一時有很多話想說，可看著他的眼睛，卻都盡數打散了，唯有陣陣不安席捲而來，腦中早已亂成了一團。

帷帳內只有一盞燈燭，將兩個模糊的影子揉成一片，不分彼此。

過了很久，我才緊緊抓住他的手。「今晚留下來陪我，好不好？」說完這句話，只緊張地看著他，再挪不開視線。

他反握住我的手，湊過來摟住我。「永安，我今夜入宮不是想做這些，相信我，我們以後一定會很平安，也一定會在一起。」

我忍著眼淚，用力點頭。

他安靜地抱了我片刻，才鬆開手，扶著我躺好。「睡吧。」

我不敢放開他的手。「明日什麼時辰走？」

他緩緩伸出手，撫著我的臉，壓低聲音說：「妳醒的時候，我已經走了。」

我明白他是不願讓我徹夜不眠，等著那個定下的時辰，可他也一定明白，即便是不知道，我也註定整夜難閉眼了。

然而，就是因為太清楚彼此的性情，我只能閉上眼，不再說話，讓他能狠下心走。

直到聽到腳步聲消失，我才睜開眼，看著帷帳怔怔出神。

待到半月後，婉兒才說有幽燕的捷報。

她仰面躺在塌上，笑著看我，眼睛裡分明都是笑意，卻偏就不告訴我她看到了什麼。

我無奈地看她。「罷了，我也不等妳了，既然是捷報我就安心了。」

婉兒咦了聲：「捷報歸捷報，難道妳就不想知道他受了多重的傷？」

心大力一抽，我險些落了茶杯，可看她仍舊散不去的笑，才明白是被她騙了。

她笑著搖頭，又搖頭，終是起身理了理衣衫。「罷了，妳聽好，突厥知雖掛帥為相王，親自領兵的卻是相王長子，壽春郡王李成器，故而王師未至而寇急退。聽好，是王師未至而寇急退。」

我啞然看她，那深笑竟是暖融融的，像是感同身受一般。

她不等我說話，又笑吟吟地添了句：「永安，妳真是好眼光，好運道，連我都開始心生嫉恨了。如此男兒，別說是妳皇姑祖母登基以來，就再往前說都未能有半個與他比肩的，突厥人生性暴虐，竟也能被嚇得聽見區區一個名字，就立刻退兵。這算不算是最大的捷報？」

我耳根有些發燙，聽著她一字一句的話，心中滿滿都是他的影子。

這一夜，皇上在奉宸府內留住，婉兒也恰好不當值，就趁著這難得閒暇留在我這處吃晚膳，吃完不過一個時辰，又說要吃酒。我喚夏至、冬陽去備菜添酒，她就在我案几邊自行研墨寫字，那一筆筆，一字字，都獨有風韻。

若說李成器的字是風骨卓然，那她的字就是風雅至極。

我立在一側看，嘆道：「說起來，當初姊姊在身側，我竟然都不好好去學一學這筆法，真算是年少無知了。」

她笑了聲，放下手中筆，正要說話時，夏至已經提裙跑了進來。我嚇了一跳，正要問是何事，她已經撲通一聲跪下叩頭。「縣主，永泰郡主遣人來，說是有人命關天的事要見縣主。」

我怔了下，心底陣陣發涼。「快讓她進來。」

夏至忙起身，婉兒卻忽然出聲：「讓她回去，就說縣主睡下了。」

我聽得心驚，看了婉兒一眼。「姊姊知道是什麼事？」婉兒從不是喜管俗事的性情，又和仙蕙私交平平，為何才聽見這麼一句，就立刻能說出這種話？像是深知內情。

她嘆口氣，揮手屏退夏至。「今日我留在妳這處，就是怕妳插手此事。」我不解地看她，她伸出手，緊緊握住我的雙腕。「妳皇姑祖母下了密旨，讓李重潤、武延基和仙蕙自盡謝罪。」

她語氣平淡，卻如巨雷轟鳴，震得我說不出話來。

「為什麼。」我緊緊盯著她。「為什麼皇姑祖母會下那樣的旨意？為什麼妳會事先知道？為什麼妳知道了不阻止？為什麼？告訴我，究竟是為什麼！」她抓得很緊，像是要透過手腕的痛感，讓我徹底冷靜下來。可讓我如何能冷靜？

難道真是因為那些荒謬的話，就可以讓皇上下旨要了三個孫兒的命？更何況仙蕙腹中還有孩子，那是武家、李家的孩子，流著皇族的血，也同樣流著皇姑祖母的血……我深吸著氣，讓自己保持清醒，我不能亂，必須要做什麼，一定要做什麼救仙蕙。

「永安，什麼也不要想，什麼也不要管。」婉兒告誡著看我。「這件事情遠比妳想像得要複雜，妳管不到，也不能管。」

我苦笑。「我明白，這宮中死任何人，都有層層原因，都需要很多人在暗中促成。告訴我，是誰真想要他們的命？」

婉兒抿脣，似在猶豫。

我搖頭看她。「算了，放開我，我現在不需要知道到底是誰這麼狠，能做到如此地步的，一定是他們的兄弟姊妹，一定是武家、李家的人。」我看她眼神恍惚了下，使勁拉開她的手。「人命關天，先放我去救人。」

她眸色一冷，肅容道：「妳要如何救？去求妳皇姑祖母？她既然下了這樣的密旨，就絕不容有任何人多說半個字。去求妳父王？恆安王本就無權無勢，自保容易保人難。去求李成器？他遠在幽燕，怕是仙蕙已下了葬，他尚未收到密信。去求太平？還是……」她頓了頓，才莫測地看我。「去求李隆基？」

我被她一句句問得啞口無言，可最後那一句李隆基，分明就帶了些嘲弄的味道。我知道她不可能會以李隆基和我的舊事玩笑，難道真的與李隆基有關？我不敢置信地看她。「真是李隆基？是李隆基做的？」

她沉默著看我，我身上忽冷忽熱的，只覺得眼前一陣發黑。

「不是他。」婉兒忽然出了聲。「此事表面上看，是那幾個小輩口無遮攔，非議天子。實則是妳皇姑祖母，或者更直接些，是張氏兩兄弟為了打壓太子一脈所做。」

張氏兄弟……那就是太平公主的授意？或者是他們兄弟聖寵正濃，想要作什麼「挾天子以令諸侯」的美夢？我無暇再深想，追問道：「李隆基在其中做過什麼？或是……」腦中閃過李成器的影子，他和太平暗中有往來，難道……不可能！

「密旨是我寫的。」婉兒直言不諱。「當時殿中還有幾個李家小輩，其中就有李重俊、裹兒和李隆基，這幾人在聖上大怒時，主動叩請妳皇姑祖母降罪，嚴懲不貸。」

我不敢說話，只看著她的眼睛，直到她很輕地點了下頭，才感覺到渾身脫了力，險些坐到地上。那兩個雖是同父的兄姊，卻並非和仙蕙自幼相伴，可李隆基……李隆基可是同仙蕙自幼一起，從大明宮到太初宮，都是情同親兄妹的啊！

沒頂的絕望，幾乎讓我窒息。

我緊抓著桌角，強迫自己鎮定，一定要想清楚，究竟還能做什麼。

可婉兒說得句句透徹，主導此事的就是皇姑祖母、太平公主，這兩個大周最尊貴的女人，想要哪個的命，那就等於徹底斷了陽界生路，誰也無法阻擋。上次若非太平肯為我向陛下低頭，我怕也早是這宮中一冤魂了……

是了，若是皇上的本意，能勸服她的只有太平。

若是太平的本意，那也只有她能救他們。

我不敢再耽擱，轉身就往門口跑，剛才想要叫夏至，又被婉兒一把拉住。「妳想要去找太平是不是？太平是什麼人？她是這宮中朝中最驕傲的人，除非妳對她奪位有用，否則她絕不會多看妳你一眼。」

我喘著氣，幾乎要哭出來。「無論如何，我也要去試一試。」

她搖頭。「不行，妳不能去，妳不為妳自己想，也要為李成器打算。他當初放棄了很多東西，才能讓太平入宮為妳求情，如今他遠在幽燕，妳在這洛陽若是被無辜牽連，讓他怎麼辦？萬一太平以妳為籌碼，要他放棄更多的東西，怎麼辦？」

她說的話，絕非是為李成器著想，而是知道，李成器是我最大的軟肋。

我緊咬著嘴唇，口中不覺已是一片腥甜。

她伸手抱住我。「還來得及，今夜只是下了密旨，永安，還不是絕路。」她的話輕柔暖心，一寸寸消融著我心中的恐慌。「妳皇姑祖母以三日為期，這宮內外既然有人想要他們的命，那就肯定也有人要保住他們。妳放心，我想辦法救仙蕙，但是今夜妳一定不能出去，這是風聲最緊的一夜，妳必須待在這裡。」

我任她抱著，怔怔地看著燭火。她不停喃喃著，我卻再也聽不進半個字，一念生死，我本以為自己已經看淡，可是今夜卻又一次如此接近，近到無力承受。那日殿上眾人不過是給了我稍許難堪，仙蕙便已冷聲嘲諷，這麼多年她一直沒有變過，如果今天換作是我，她若是能先知道消息，必然會不顧一切衝入宮，不顧一切去求情。

婉兒把我拉到塌上，寸步不離地守著我。

可我卻只想見到他，這麼多年來這還是第一次，我很想他能在身邊幫我。想讓他告訴我該如何去做，如何做才能不連累任何人，如何做才能保住仙蕙……

雖說有三日餘地，可我卻不能再如此等著候著，等到最後也不過是看她命喪黃泉。

我讓夏至往李成器府上遞了密信，雖然明知他不會在三日內收到，但總是個機會……待到放了筆，卻又有了些猶豫，總覺有什麼不妥處，卻又摸不到頭緒。

夏至見我猶豫著，低喚了聲縣主，我這才狠心折好，遞給她。「把這封信帶給妳哥哥。」夏至頷首，仔細收好後快步出了門。我坐下又想了很久，才又站起身吩咐冬陽去備下瓊花膏，與我一道回恆安王府。

冬陽並不曉得此事，還以為我真的是回去探望父王、姨母，很是歡喜地多問了幾句，要不要將聖上賞賜的衣料也帶些去，我無心再管這些俗事，頷首讓她快些準備。眼下婉兒在陪著皇上，也只有這時，我才能有機會出宮。

正是夏末秋至時，卻還有著些虛浮的燥氣。

我下了馬車，不知是因昨夜未睡好，體虛所致，抑或真的是天氣所致，出了一身薄汗。冬陽見我抬袖拭汗，剛想說什麼卻忽然僵住，我被她嚇了一跳，抬頭看大門口才明白了。

李隆基正抱著永惠，笑咪咪地看我。

我看著他那雙越發斜挑的眼，腦中盡是昨夜婉兒的話，胸口悶得喘不上氣。只能捂住壓制著疼痛。他臉色變了下，將永惠交給身側李清，大跨步走下玉石臺階。我抬手示意他不要靠近，卻被他一把握住了腕子。「永安，如何了？

要不要傳醫師？」

我沒力氣揮開他，只能冷冷地看著他，痛得說不出話。

他臉色一時泛白，卻終是忍住，低聲下氣地說著：「有什麼話進門再說，好不好？」

此處是恆安王府，我不想在大門口和他僵持著，被人看了笑話，勉強說了句：「放手。」

他傻看我，這才緩緩鬆開手，我沒再看他，立刻讓冬陽扶著我進了門。

一路沿著小路而行，經過的下人紛紛躬身行禮，連聲喚著縣主、郡王，我聽這聲音就明白李隆基一直跟在身後。

約莫慢走了會兒，才舒服了些，便對冬陽輕聲道：「今日碰上臨淄郡王在此處，妳可想好了，是隨著我，還是跟他走？」

她怔了下，才輕搖頭。「奴婢不知道。」

我停下來，看了眼遠處也停下來的李隆基。「冬陽，妳這是在為難我，也是在為難妳自己。」

她眼中似乎浮上淚，默了片刻才低聲道：「奴婢明白，奴婢是臨淄郡王的人，可縣主終有一日是要跟著壽春郡王的。即便是留在這裡，也得不到縣主的信任。」

我早知她的心思並非是只粗不細，若不然，李隆基也不會挑了她與夏至，放在我身側。可卻仍是未料到，她竟能如此坦然待我，說出了我和李成器的顧慮。

遠處李隆基只隨意立著，似乎並不著急。

可若是他明白冬陽的心思，究竟會如何做？如何反應？我卻猜不透。

我反握住冬陽的手臂。「妳說的一字不差，即便是日後留在我身邊，我也絕不敢盡信妳，不會待妳如心腹姊妹。可若是放妳回到他身邊——」我又看了一眼遠處的人。「我卻不知他會如何待妳，也不知是否真能如妳所願。」

她猶豫著，低頭半晌才道：「奴婢這輩子只想跟著縣主。」

我頷首。「去替我喚郡王過來，就說我要私下和他說幾句話。」

冬陽應了是，忙快步跑過去傳了話，李隆基這才獨自走了過來，凝眸看我。「心口還疼嗎？怎麼忽然有這種病症了？」

我搖頭，示意他聽我說：「今日我想求你，卻並非是為我自己。」

他倒是毫不意外，也搖頭。「此事已成定局，如今誰都救不了她。」

我靜看他。「只要沒有人頭落地，就沒有定局一說。這麼多年，你們李姓皇族哪個是說死就死了？」

他神情一時莫測，盯著我看了許久才說：「永安，妳從未如此和我說過話，就好像妳我從未有過關係，有過——」

我打斷他：「若非是婉兒親口所說，我不會相信你會真的任由此事發生，甚至不惜推波助瀾，將仙蕙推上絕路！」

若要取得皇位，的確不能如此乾淨。

可也無需殺盡李家、武家的子孫，做得如此決絕。

他眉心緊蹙，重複著：「是婉兒說的？」

我不置可否，繼續道：「李隆基，你明白我的性情，日後若真有對立之時，我絕不會用你對我的情意要脅你。但這次，我不是為自己求你，我只要你想想那不過是你的妹妹！她不是皇上，也不是太平公主，她不過是個胸無大志，只想著如何做個好母親的李家郡主。」我努力壓住怒氣，定定地看著他。「她還是和你自幼一起長大，一起嬉笑怒罵的人。」

他眉頭更深了分，斜挑的眼中盡是陰霾隱怒。

最後他也沒說一句話，扭頭就走，我本就沒有對他抱什麼希望，也就沒去叫住他。豈料剛才轉身走了兩步，手腕就被人緊緊抓住，向後拉去，一把被他抱在了懷裡。「永安，妳傷到我了。」

我心跳得厲害，拚命掙開他的手臂，卻被他越抱越緊。「曾經妳也對我笑，對我說妳留在我身邊了，可妳還是走了。永安，為何妳要這麼對我？為何要出爾反爾？為何總在我想要對妳好好說話的時候，用最傷人的話趕我走？」

我閉了下眼睛，眼前一瞬閃過李成器的臉，還有仙蕙拉著我的手，笑著說話的神情。最終還是壓著聲音說：「我是你大哥的人，此生都是他的人。」

他猛地收緊手臂。「妳是我的女人，這是一輩子都不會改變的事實！」一句話，如一道厲電，幾乎讓我喘不上氣。

「李隆基！」我緊咬住唇。「不要弄得如此難堪，放開我。」

他沉默不語，我也不再多說話，直到他鬆了手臂，立刻抽身退後道：「郡王息怒，永安告退了。」

「站住！」他陰晴不定地看著我。「妳不是大哥的人嗎？妳可知他有親信密令？妳以為他對妳真是知無不言言無不盡嗎？」我愣了下，他又接著道：「他自做永平郡王起就有自己的勢力，當年太子即位就曾謀劃逼宮，這些妳可知道？妳來求我倒不如去想想，他有什麼能給妳的，而他真正給了妳什麼！」

我被他一句句問得啞口無言，可卻又總像是知道什麼，腦中亂作一團。過了好一會兒，才猛地想起很多年前，他曾握著我的手，寫下了一個字。我眼中浮現出那個字，還有他為了藏字而寫下的一首詩，有些不敢相信。「你說的可是真的？」

李成器的確曾說過，以我的筆跡，以這個字我可以調遣他任何可用的人。如果真是這樣……李隆基冷冷地看著我。「我對妳一向知無不言，可曾騙過妳？」

他說完此話就拂袖而去，留了我獨自呆立著。

冬陽見他走遠，立刻跑來。「縣主可要去看恆安王了？」

我茫然點頭，又立刻搖頭。「去壽春王府。」

她驚看我。「不進去了？」

我苦笑著搖頭，進了門不請安就走，的確有失孝道，可如今是人命關天耽誤不得，只能下次再向父王告罪了。

待到壽春王府，何福聽說是我來，忙出府相迎，直接將我帶入了李成器的書房。一路上竟未看到任何閒雜人，我低聲問他：「王妃……或是府中女眷可在？可有不方便？」

他笑著回話：「縣主無需憂心，大半個王府都是府中女眷的禁地，郡王若不想見，無人敢擅自違抗的。」

我聽這話，心裡有些不是味道，沒說話。

直到坐下後，他才恭敬地行了個禮。「剛才在府門口怕人多眼雜，還請縣主勿要怪罪。」

我不自在地笑了笑。「無需如此大禮，先挑要緊的事說。」

他忙起身回稟：「夏至已將書信給小人了，小人會盡快將此信送出，但……」他猶豫了下，還是照實道：「恐怕郡王收到信，已無力回天了。」

他說的，也是我所想到的，可卻仍是讓我心涼了下。

當年初見他是在曲江畔，那時他便已是李成器的心腹，如今成器不在，我也只能來問他了。我不想再耽擱，直接道：「你可知道郡王的親信密令？」
他怔了下，忙頷首：「小人知道，但也僅是知道有這種東西，卻不清楚具體是什麼。」
我沉默了下，才道：「不是任何物事，而是一個字，需是郡王親筆所書的字，對不對？」
他倒無意外，立刻道：「正是。」
我反覆掂量著，要不要再追問下去，他卻已經看破我的心思，躬身道：「此密令事關重大，縣主可是要動用郡王在聖上身側的勢力？」
我沒想到他直接說出來，倒是有些不知如何接話。
他沒有起身，反倒撲通一聲跪了下來，我被他嚇了一跳，忙道：「你知我和郡王的關係，有話儘管直說，無需如此跪著回話。」
他這才抬頭看我。「小人要說的話，並非是郡王走前的意思，只是小人的私心。」
我看他神情肅然，只頷首道：「但說無妨。」
他仍舊猶豫著，直到我又點了下頭，才輕吐口氣，重重地叩了個頭。「小人明白縣主對郡王而言，重過江山，但眼下這件事，關乎的不只是郡王的大業，更是郡王的身家性命，全府甚至是相王一脈的生死存亡。」
我盯著他。「若我相救永泰郡主——」

他斷然接話：「唯有宮變。只不過太子已不似當年初入洛陽，根基尚未穩固，如今早就是深不可測。」他頓了下，才道：「婉兒姑娘與太子的糾葛，縣主想必已清楚。而眼下的太平公主也遠非當年隱忍，還請縣主三思。」

生死存亡，太重的四個字。

手中的茶有些燙，我強忍著心口再次的劇痛，顫抖著手端起茶杯，抿了一口，只覺脣舌微麻。

這是他的書房，我甚至能看到他就坐在書案後，抬頭看我。

不論是當年清潤溫和，或是經殺戮後漸已淡然的目光，都還是他，肯為我拋去生死，護我在亂馬中的李成器。若是他在，絕不會說出今日的話，他只會說：永安，此事妳只管安心，餘下的交給我。

可這背後他到底要做多少，要妥協多少，從來沒有人提過。

何福這些話都不過是點到即止，避過其中利害，到最後不過給了我三思二字。

這麼多年看過了太多，我又何嘗不懂？

就這樣默了很久，他也以頭抵著地面，跪了許久。直到再入口的茶已冰冷，我才緩緩起身道：「你說得對。」言罷，才去看了眼空無一人的主座，快步出了書房。

回到宮中，我揮去所有人，坐在了書案後。

身上一時冷一時熱的，卻不想動上分毫。

半年前我還大言不慚地直視李隆基，告訴他，若真有一日，要在至親和婉兒之間做抉擇，我最後只能捨掉婉兒。到最後卻未料到竟是仙蕙，毫無任何心機謀算的仙蕙。

自大明宮到太初宮，自太液池到龍門山，她都曾拉著我的手，嬉笑怒罵。她護我敬我，信我愛我，可最後我卻什麼也做不到，什麼也不敢做。

我只覺得眼睛痠得發脹，漸漸趴到了桌上。迷迷糊糊不知過了多久，才感覺肩上被人拍了下，抬起頭去看時，李隆基就站在書案側，一眨不眨地盯著我。

「很晚了，你來做什麼？」話說完，才覺得喉嚨刺痛著，像是被火烤灼著。

他緩緩蹲下身子，一雙眼中盡是心疼。「永安，冬陽說妳午膳、晚膳都沒用過。」我沉默不語，他又道：「這件事遠比妳想得複雜，妳以為皇祖母猜不透想不明？若非她狠下心，沒人能動得了她的親孫兒。」

我搖了搖頭。「你走吧。」從昨晚到現在，已經聽了太多的利益糾葛，他這一句句的重複，都不過是在刺著同一處傷口，痛入心肺。

他伸出手想拉我，我搶先避開道：「郡王請自重。」

因為背著光，那眼中更顯陰沉，我避開他的視線，沒再說什麼。

他一動不動地半蹲在我身側，我也只能這樣坐著，不想再去責問他曾說過的「嚴懲不貸」，此時此刻，我所做的與他並無差別。一個是殿前順了皇上的心意，一個是放棄了救人的機會。

落在最後，都不過是自保而已。

過了很久，他才輕聲道：「我帶妳去見她最後一面。」

我不敢置信地回頭，重複著這句話：「你帶我去？」

他點頭。「我深夜入宮就是為了帶妳去見她。」

一句話亂了心神，我想讓自己冷靜下來，去想想這其中的深淺利弊，可終是想見仙蕙的心思壓過了一切，最後還是點頭道：「多謝你。」

他似乎在笑，卻笑中帶了幾分苦。「我冷血冷情，無心無肺，卻還能換妳一個謝字，可算是此生無憾了？」

我默看著他。「日後這份情，我會還上。」

他又一笑，扶著桌角站起身。「走吧。」

自這句話，他再沒和我多說一句。直到上了馬車，才低聲對外邊人說了兩句話，一路沉默著到了府宅後門處，他才示意我以風帽遮住大半張臉，我依著他的話戴上風帽，待到再抬頭，才發現他仍舊盯著我。

「有何遺漏？」我挑起風帽看他。

他搖頭。「想起年少時，國子監內妳也是如此裝束。一晃竟這麼多年了。」

我心頭一酸，拉下風帽徹底遮上了眼。

再有不忍，也要斷，也要傷。

他們兄弟間有一個皇位，就足夠刀兵相見，我不想再成為另一個仇恨。

自她下嫁後，這還是我初入她的宅子。

我不忍看四周花團錦簇，流水潺潺，只低頭緊跟著李隆基的腳步，隨著前面提燈籠帶路的人，漸入了被鎖著的院子。

門口守著的人見了李隆基都立刻躬身行禮，低聲齊喚郡王，他只吩咐拆鎖，側頭對我道：「快去快回，我在外等妳。」我看他神色，知他不想入內，便頷首快步走了進去。

院中極安靜，幾乎沒有人走動的聲響。

我站在房門前，猶豫了很久，才輕推開。沒有任何燈燭火光，半室灰白的月色，半室卻是漆黑一片。我只看了一眼四周被砸碎的物事，就有些脫力，生怕再走入見到的也不過是一具冷屍，過了很久，才出聲輕喚了聲仙蕙。

「姊姊？」她的聲音從裡間傳出來，我應了聲，這才有了些氣力走進去。她似乎想站起來摸索什麼，卻忽然又停下來。「算了，不讓妳看我現在的模樣了，地上很亂，妳慢些走。」一字一句都很清晰，除卻聲音的喑啞無力。

眼前漸適應了黑暗，我才看見她斜靠在床邊，似乎在對著我笑。這樣的陰暗角落，竟像是她已經去了，恍惚在黃泉畔看著我，心越跳越慢，腳下卻沒有停，直到走到她身邊坐下，握住她的手，才驚覺手心已都是冷汗。

「皇祖母已下了這樣的聖旨，也只有姊姊敢來見我最後一面了。」她也握住我的手，冰得滲人。

我喉頭發澀，一瞬湧出淚來。「妳喊了我十餘年的姊姊，我卻只能做到如此……」話哽在喉，縱有再多的愧疚，也只能再嚥回去。

這一生她總是笑著的，只恨著皇上一人，總好過被所有親人背叛。

「已經足夠了，自降旨以來，總算是有人來看看我了。」她低頭。「這麼多年我太如意了。父王、母妃重回太初宮，親兄姊能常伴在一起，雖難忤逆皇上放下了張九齡，卻也得了另一段好姻緣。那年我下嫁時哭得幾乎沒命，夫君手足無措地哄了整夜，時至今日也不明白我為何哭得那麼慘，想想真是傻。」她輕撫著隆起的小腹，小聲笑。「姊姊從來都是先知，那一年在龍門山上的話終是應驗了，只可惜了這孩子。」

她說的斷斷續續，我卻聽得字字誅心。

過了許久，我才握緊她的手，想問她可有什麼心願。可話到口邊卻發現如此可笑，一個女人這一生最重要的夫君、孩兒，都會隨她一道被賜死，還有什麼？她還能有什麼牽掛？

她閉上眼，緩緩地抱住我的腰。

很瘦的身子，就這樣縮在我懷裡，從輕微的嗚咽聲，到最後幾乎是撕心裂肺的哭聲，填滿這屋子的每個角落，直到最後幾乎喘不上氣，才說：「替我告訴成器哥哥……我會在陰間等，等著他登上皇位，只有他才能讓李家真正太平。」

「好。」我眼前早已模糊成一片，緊咬著脣不忍讓自己哭出聲，只緊摟著她，低聲道：「我會幫他，幫他完成妳的心願。」

外邊似乎有人在喚著我名，可她仍舊抱著我不肯鬆手，我也就這樣任由她抱著，聽著那一聲聲的永安，像是被人生生抽著筋，剜著肉。

永安永安，究竟這名字能保誰平安？

成器，你的盛世永安，究竟要等到何時……

大足元年，邵王重潤、永泰郡主，郡主婿武延基，因祕聚私議二張，遭張易之訴之御前。聖上大怒，九月三日，逼令三人自盡謝罪。

自那日回，我始終未再出門，依舊照常用膳寫字，讀的是往日的書，休息的時辰也分毫不差。直到她死後十餘日，這消息才自宮中傳出，無人敢議，無人敢說。

這一日用罷午膳，我方才坐在塌上，隨手拿起昨日讀得書，就聽見門口有人請安。下意識抬頭，李成器正向我一步步走過來，那雙眼中竟有了萬分的心痛，我看著他怔怔出神，不敢動也不敢說話，直到被他抱在懷裡才聽見自己的心跳，每一下都重得發痛。

我聽著他同樣的心跳，過了很久才輕聲問：「累嗎？」

他抱著我，低聲說：「永安，別說話，妳不需要和我說話，讓我抱抱妳。」

我嗯了聲，任他把我抱上塌，縮在他懷裡，開始止不住地流著淚，幾乎把他的前襟都打溼了，才哽咽著說：「仙蕙說，她會等著你，等著你的盛世永安。」

「我聽到了。」他輕撫著我的背，柔聲說：「睡一會兒，我會陪著妳。」

第二十六章　眉目依舊

大足元年，皇上自西入關，二十二日至長安，大赦天下，改元長安。長安，天下之長治久安。

當日遷居洛陽時，國子監老先生曾提起李成器這句話。世事變遷，如今再入長安，難道皇上真已下了決心，還天下與李家？

這一日晨起天就有些陰，到午膳時就已開始落雪。我到殿中時正熱鬧非常，一個小內侍彎腰替我擦去裙角鞋底的雪水，我側頭看他應坐的位置，他正和太平說著什麼，像是有了感覺，回頭來看我，微微笑了起來。

太平低聲說了句話，他看著我，點頭回了句，已惹得太平掩口輕笑。

我雖聽不清他們說的，卻也猜到與我有關，忙側頭避開，走入殿中請安。皇上身側的張易之正在說著笑話，看到我立刻輕叫了聲小縣主。

皇上這才笑了聲：「永安，聽說妳回來後一直病著，可還是不習慣長安的水土？」

我忙笑著搖頭。「永安自幼在皇姑祖母身邊，每逢冬日都要大病一場，早是習慣了。」

皇上頷首，示意我落座。

我匆匆掃了一眼四周，唯剩了仙蕙最常坐的地方。不覺心底有些發涼，但還是快步走過去，笑著坐了下來。剛才端起茶杯，就聽皇上又喚我，忙又放杯起身。

「說起妳這病，太平和成器剛還在說，要朕扶持寺辦病坊。」皇上鳳眸含笑，斜靠在塌上看我。「妳如何看？」

李唐開國後，就有洪昉禪師在龍華寺建病坊，終年以化緣所得收留病弱百姓。歷代下來已小有規模，但終是力薄，若能有官家扶持自然是天大的喜事。可偏偏皇上特意提了李成器，卻又多了些別的意思……

我默了片刻，才笑著回道：「永安自幼身子不好，最是明白久病的心情。好在有福氣生在武家、長在宮中，有御醫照料，算是減了不少苦痛。可民間孤苦無依的病弱百姓，卻僅有幾間寺廟僧人的收留供養，大多卻還流落在外不得醫治……」我掃了眼太平，接著道：「公主心腸慈悲，皇姑祖母亦是信佛之人，若真能扶持病坊矜孤恤貧、敬老養病，也算是天下一樁大喜事了。」

屏風後的細樂喧音，繚繞不斷。

皇上笑而不語，倒是張昌宗低聲道：「陛下，縣主說得極是，臣也深覺那些人可憐。」我垂下眼，反覆回想自己說的那幾句話，應沒什麼偏倚紕漏。

過了會兒，皇上才笑了聲：「好，就趁著今日下旨，著人巡視各處寺院病坊，撥悲田以矜孤恤貧，敬老養病。」她看了眼李成器，接著道：「成器，此事你來辦。」

李成器起身領旨。「成器遵旨。」

宴罷，陛下獨留了太平。

我走出殿門時，大明宮內已盡是白茫，殿門濤首石刻上都積了厚厚一層雪。我正想著是去婉兒那處看看還是獨自回去時，身後已走近了人。「要回去嗎？」

我回頭看時，才發覺殿門處僅剩了我兩個。「你呢？要出宮了嗎？」

他似是心情極好，微微含笑說：「今日沒什麼要事，多陪陪妳。」

見他如此，我心裡也暖了幾分，輕點頭道：「去太液池吧，今日雪大，那裡應該沒什麼人走動。」

他說了句好，便吩咐何福先去準備，大意不過是在沿途的亭中備下熱茶點心。

我聽在耳中，忽然想起很多年前。

在仙蕙的無理取鬧中，我和他也一起走過太液池，彼時驟雨初歇，此時大雪紛飛。

想到此處，不禁偷看了他一眼，卻正巧撞上他的目光。那眼中盛著滿滿的笑意，像是在說他也想起了同一樣事情。不過一眼，如同回到多年前那夜，心中竟有了些窘迫，直到走出很遠，才嘆了口氣：「當初我是餓得心慌，卻偏還要陪你走著看著，說著曲江風景。」

此時已遠離了大殿，果真如我所料，因是大雪日，太液池旁清淨得很。除了遠處跟著幾個心腹的內侍、宮婢，再沒有任何閒人。

他停下來，輕握住我的手。「永安，算起來我的確虧欠妳很多。」

我未料他停下是為說此話，不禁瞪了他一眼，故意冷下臉道：「是啊，你欠我很多呢。」

他本眼帶愧疚，卻被我瞪得微笑起來。「是，本王無以為報，此生怕也不夠了。」

我被他說得臉燙，側頭去看高枝掛雪。「那年你大婚時，我就曾埋怨過自己。當初你見我是什麼心思，在龍門山上說賜婚是什麼算計，我約莫都能猜到，可為何偏就一步步走近你，連躲都不躲？」

他似乎是見雪越發大了，拉著我又往池邊的暖閣走。「妳以為，我是什麼心思？」

我跟著他的步子，始終沒答話。待進了暖閣，何福已在門邊久候多時，見我兩人忙躬身退了下去。

他替我摘下風帽，拂去眉間薄雪，每個動作都很慢，也很溫柔。

我幾乎能聽到自己的心在大力跳著，擾亂了所有的心神，直到他拉著我坐下，我才感覺到他的手心也有了些熱意，更是不敢看他，胡亂道：「話還沒說完。」

他似乎在笑。「說吧。」

我看著他的手，輕聲道：「我是武家貴女，又和婉兒是好友，當初你待我如此特別，不過是將我當作你局中一子，是不是？」

四下悄無聲息，他沒有說話。

我靜等著他，雖始終明白他最初的心思，卻仍覺心中泛酸。

過了很久，我實在熬不住焦慮不安，抬頭看他。卻正見他微嘆了口氣。「永安，我在妳心裡，就是如此一個人嗎？」

我被他問得一愣，他攬住我的腰，將我拉得近了些。「那是妳年少時的猜測，過了這麼多年，妳眼中的我可還是如此不堪？」

我被他問得有些恍惚。

的確，這些猜測都是少年時便已有的，這麼多年也理所應當如此認為，可如今再去看，雖是極有道理，卻並非是他會做出的事。念及至此，再也說不出質問的話來，只對著他漆黑溫柔的眼，就已經渾身滾燙著，盡是心慌無措。

他不再說話，將我橫放在塌上，那眼中有太多情意，濃得讓人窒息。

我下意識閉上眼，感覺他在一寸寸地吻著我的臉和脣，漸交錯的呼吸，分不清是誰亂了誰。他從來都不是感情外露的人，可光是感覺他手心難得的滾燙，就已經明白今日的特殊，我和他，這麼多年，隔了這麼多的人，終於還是走在了一起。

他的手從耳根滑到衣內，脣齒始終纏綿著，不給我任何喘息和退卻的機會。心瘋狂地跳動著，像有什麼呼之欲出，如日如年的焦躁和煎熬，消磨著腦中僅存的意識。

然而，像是在等待著我的適應，或是抗拒。觸碰只是不停地流連在經過的地方，溫柔而又熱烈，從沒有過的戰慄感，讓我幾乎忘了呼吸。

這一刻的羞怯、惶恐，還有戰慄、渴望，都是如此陌生。

擁抱太過用力，纏吻太過深入，卻又混雜著幾近虔誠的溫柔，在如此激烈的糾纏中，安靜地流淌著。

他胸懷天下，他堅守信念，他有太多太多我熟悉的東西，然而此時的他，竟如此陌生，讓我渴望去瞭解。

太長久的等待，我們等待了太久。

在最後，我終是溼了臉頰，摟住他已汗涔的背，迎著他吻了上去。不再是躲閃的不安，而是傾注了一生的眷戀，我愛他，從懵懂明白情愛起就深愛著他，再沒有過其他人。直到他溫柔地進入時，我已淚流滿面，睜開眼看到的，不過是那深情專注的漩渦。

那一刻，我會銘記一生。

他的眷戀，毫無保留地傾注在這個雪日午後。

漫長的纏綿中，他始終喚著我的名字，一遍又一遍，告訴我，是他。

直到筋疲力盡，激情退卻，我才蜷縮在他懷裡，貼在他的胸口，聽那仍舊有些亂的心跳出神。他像是在抱著一個孩子，不停吻著我的眉眼，安靜而無聲地貼緊我。這樣的甜蜜，只有我和他在分享，只是這麼想著就已經是幸福。

「還在下雪嗎？」我仰頭看他，然後看到他眼底復生的慾望。

這是一個女人最驕傲的事嗎？曾有數個安靜的夜，婉兒在我枕邊分享著最深的私密，那時我雖已歷經情事，卻無論如何感受不到她眼中的濃情密意。可就在這遲來的日子，我才明白，這真的是一個女人的幸福，妳最深愛的男人，對妳最坦白的渴望。

那日直到黃昏，他才用錦被裹著我，抱我到窗口去看雪。

我躺在他懷裡，累得已經睜不開眼。「天都暗了。」

他很淡地嗯了聲：「那年斷臂時也是個雪夜，我直到發覺醫師臉近慘白，才明白傷勢凶險。那夜我就在想，妳在做什麼？在讀書，臨帖，還是已經睡了。」

我心一下下抽痛著，卻還是順著他的話，柔聲道：「就在想這些？」

他深情地凝視我，許久後，才說：「就這些，我當時只想知道，我的永安在做什麼。」

長安二年正月，初設武舉。

婉兒每論及此番武舉，總說得眉飛色舞。往年她見文舉的翩翩少年立於殿上，博通古今對答如流，也不過是嘆上一、兩句便作罷，今年卻頗有些不同。

我靠在椅子上，脫了鞋，整個身子都蜷在了椅子上。正是聽得興起時，就聽見外邊此起彼伏的請安聲，抬起頭正看到他走向我。

婉兒輕咳了聲，忙從塌上下來請安：「郡王。」

他含笑點頭。「毋須多禮。」

他的笑雖淺，落在我這處，卻彷彿濃得化不開，似乎還有些別的什麼。

婉兒忽然又伏了身子道：「奴婢就此告退了。」她說完，很是意味深長地瞥了我一眼，我正是尷尬於他們二人碰面，卻被她這一眼弄得有些哭笑不得。

直到她走了，李成器才走到我面前，伸手碰了下我光著的腳。「才是正月，妳就光著腳到處走，會受涼的。」

我被他碰得有些臉燙，忙道：「你手才涼。」

他只笑著看我，沒說話。倒是夏至進來，將袖爐遞到他手裡，又低聲問了句可是要在此用晚膳，他叮囑了兩句，都不過是些我需忌口或不喜的物事。

待夏至下去了，我才慢悠悠地笑著，看他道：「夏至跟了我這麼久，你說的這些早已爛熟於心了，何需你次次叮囑？」

他輕攏著袖爐，走到我身側，隨手將我抱到他腿上。「怕她記不牢。」

我看了眼外頭偶有穿行的宮婢，更是不自在，動了下身子。「此處可不是你的壽春王府。」

他眼盛笑意，放下袖爐，反倒伸手握住我的腳。「現在還涼嗎？」我被他嚇了一跳，想掙開他卻握得更緊了些。

拉扯中，險些從他身上摔下去，最後被他攔腰抱緊，才算是得救。莫名地心悸，我避開他的眼睛，隨口道：「這幾日的武舉，你可曾去了？」

他點頭說：「去了，確值得一觀。」

剛才婉兒已說得我心癢難耐，被他這一說，更是有些去看的心思。「被你和婉兒這一說，我也想看了。」

他微微一笑。「好。」

我詫異地看他。「這麼痛快？」

他毫不在意地道：「妳若想去又不是難事，只管隨著我就好。」

次日，正是射箭日。

皇上近日身子不大爽快，唯有太子和太平露了面，也不過遠觀而已。我和李成器到時，正碰上兩人在低頭閒話，太子只抿脣笑，太平卻時不時地笑出聲。笑到歡暢時，眾人雖不明就裡，也會附和著笑起來。

如此氣勢，早已蓋過太子。

「成器。」太平忽然看這裡。「聽聞你當年在臨淄王府，曾當眾舞劍，震懾一眾朝臣王孫？」她這句話一出，四下裡凡是那夜在的，都三三兩兩地附和起來。

李成器只微微笑著說：「當日僅為與姚大人以武會友，隨興而至罷了。」

太平笑了聲，道：「今日正是武舉日，姚大人也在箭場中，不如稍後再來一場比試，也好讓應試考生見我李家皇族的氣勢，如何？」

我看了一眼李成器，他略沉吟片刻，才頷首道：「恭敬不如從命。」

太平笑讚了句，便又低頭和太子說話。

我見眾人視線又去追太平，才低聲問他：「姑姑此舉，可有何深意？」

他側頭看我。「或許有，或許沒有。」

我疑惑地看他，他略斟酌了下，才道：「隆基近日行事頻繁，暗中交結大臣，曾有人說蘇安恆亦是受他差遣，將會再請皇祖母讓位李家。」

我心頭一跳，追問：「所以太平有意讓你壓一壓他？」

他微點了下頭。「姑姑的謀算甚深，不想讓他亂了大局。」

我苦笑著看他。「其中利害關係你要權衡好，隆基的性子你清楚，得失心太重。」

他笑了笑，沒說話。

就這樣坐了會兒，太平才說要出去走走。

眾人緊隨著，我倒是落得清閒，和他走在後頭，聽他一一講解這初設的武舉。「今日是射箭，前幾日是馬槍、翹關、負重。」身側有人在躬身請安，他略頷首，接續道：「到最後過初試的，還要檢閱身形，言語等資質。」

我笑。「前幾個聽著倒還像樣，後幾個……倒也有我朝的風範。」他輕揚眉看我，我才又道：「驚天文才，蓋世武才，都抵不過樣貌重要。」

他這才明白我的意思，笑嘆道：「妳一句話，可是將朝中才俊都罵了。」

我將雙手籠起，呵著熱氣，好冷的天氣，也難為那些應試的人了。他看我如此，索性伸出手，將我的兩隻都合在手心裡。「妳自幼就怕冷，這兩天正是最凍人的時候，先回帳中等我？」

我努了努嘴。「我要看你射箭。」

他的所有，聽旁人說了太多，可我親眼見的卻太少。

只要有機會，總不願輕易錯過。

「郡王。」身後忽然有人出了聲。

我忙抽回手，回頭正看到姚元崇，他看到我亦有些意外，旋即就恢復常態道：「方才公主遣人來喚微臣，說是要臣與郡王比箭，臣百般推辭卻難抗命，還望郡王手下留情。」

李成器笑回道：「是姚大人手下留情才是。」

姚元崇忙搖頭，又一拱手道：「當年那一場劍，臣就曾感慨此等皇孫，若不能掛帥上陣真是一大憾事。幸有突厥的貿然來犯，成就了臣的心願，也成就了郡王的英名。不戰而驅敵數百里，唯有郡王一人，臣萬不敢比肩。」

姚元崇說得認真，我聽得不禁微笑，看了李成器一眼。

他像是有所感覺，低頭也看了我一眼，那雙墨色濃郁的眼中，唯有我的倒影。「永安，妳可是想說什麼？」

我抿脣笑道：「沒有，只是記起當年你燈影月下，那一場劍。」說完才去看姚元崇。「還有姚大人的劍術。」

姚元崇連說慚愧，我又道：「一個李家皇子，一個朝中才俊，你二人都不能輸。郡王立的是皇威，可若是姚大人太過謙讓，豈不是讓那些應試的考生會錯意，以為大周容不下有才之人？」

他愣了下，才恍然道：「縣主說得是。」

我搖頭道：「我是胡言亂語罷了，其實是難得見你二人再比試，可不想看推來擋去的客氣謙讓。」

李成器只是笑，卻並不再說話。

待姚元崇走後，他才溫聲道：「永安，我倒情願妳像我幾個妹妹。」我不解地看他，他才笑了聲，靜看著我。「不要整日想著如何幫我，該想的，是為本王生下一兒半女，也好寬慰我父王的心。」

他的聲音很輕，卻似字字重若千斤，聽得我有些恍惚。直到心跳聲幾乎震得耳發痛，才低下頭道：「當年你不是說，不願留下血脈，讓他也受這皇權紛爭之苦？」

他的聲音就在耳畔：「自從有妳，我想要的越來越多。不是皇位不是權勢，而是娶妳為妻，子女繞膝。」

我被他說得從內到外都燙了起來，靜了會兒，他又道：「要不要讓沈秋來看看妳？」

我詫異地抬頭，看到他似笑非笑的臉，立刻明白過來，又窘又迫地踢了他一腳。「李成器！」

到箭場時，一切早已準備妥當。

遠見李隆基立在太平身側，似乎在聽姑姑訓話，只沉著臉抿脣不語。直到李成器和姚元崇試弓時，他才側頭看了一眼，仍是神色不分明。多想無益，我暗嘆了句，便又回頭去看箭場中那比肩而立的兩人。

李成器已脫了袍帔，抬臂彎弓。待凝視片刻箭靶後，才抽箭搭於弓上，鬆手後隨即一聲悶響，正中靶心。人群中立刻連爆好聲，還未待聲音落下，他又連射九箭，均是狠扎入靶心。

我這裡僅能看到他的背影，立於冬日陽光下，靴側還沾了些殘雪。如此三箭後他才將弓交於身側內侍，那側影如剪，我只雙手握著茶杯，這麼盯著他看，卻忽然見他回頭看了我一眼。

我迎著他會心一笑，他亦揚起嘴角，回過身，對姚元崇說了句話。

那日因著這一場比試，太平甚為歡喜，立刻吩咐在宮中備下酒宴，直醉到深夜才肯作罷。

因折騰了一整日，次日我直到天大亮才起來，方才刷牙洗臉完，沈秋就已經晃悠著來請安：「縣主，小人奉命來診脈了。」

我愕然看他，再去看一側喝茶的李成器，兩人都笑意滿滿地看著我，直看得我心頭發虛，只能瞪了一眼李成器，無奈地坐下，將胳膊伸了出去。

沈秋坐在塌旁，很是認真闔眸，細細診脈。

過了好一會兒，才收回手，看了眼李成器。「直說？」

李成器頷首。「但說無妨。」

我聽沈秋的話就覺有異，不覺緊張地盯著他。「你對我二人還需隱瞞嗎？有話直說。」

他沉吟片刻才道：「郡王若要子嗣，或許還要等上幾年。」

我心頭一驚，脫口道：「為何？」

李成器倒是站起身，走到我身側坐下。「永安，別急，先聽他如何說。」

我點了下頭，卻緊盯著沈秋，見他似在斟酌，心更是沉了下來。正要追問時，沈秋已經抬頭看我。「縣主當年在臨淄王府，是否每每喝藥避子？」

被他這一問，我才覺有些難言，看了眼李成器，他只是輕握了下我的手，沒說話。「是。」我又回頭去看沈秋。「那時局勢不明，我的確喝藥避子。」

他輕嘆口氣。「這些藥再金貴，也是傷身的，給我幾年，我會試著替妳調理好身子。」他想了下，又道：「多年朋友，我也不敢相瞞，即便是我也只能說試一試。」

我聽得心悸，餘下的話都沒大聽得進去，倒是李成器問得仔細。待到沈秋走後，安撫我道：「別想太多，至多是難有子嗣，身子並無大礙，只需慢慢調理即可。」

我被他說得心酸，默了很久才說：「好在你還有許多妻妾。」

他微笑著看我。「永安，每次妳不如意，都要拿這些話來讓我難過嗎？」我輕抽了下鼻子，眼眶燙得發酸，咬著脣沒作聲。他笑意又深了幾分。「若有妳，江山也可放手，何況其他。」他話語極平緩，卻聽得我有些怔住。

這是他初次對我說這話，分不清是感動，抑或是驚異。

他卻像是說了句極平常的話，只是笑著看我，轉而道：「不過妳若是太想要個孩子，本王還需再用心一些。」

我啊了聲，立刻推開他，卻被他攬住腰，徹底壓住了身子。

第四卷

那一生，比肩而立

第二十七章　新生

一晃三年，臨近正月。

皇上臥病洛陽迎仙宮，本要將我同帶去，可沈秋估算日子，怕會在正月產子。李成器不知用了什麼手段，再三請旨，終是將我帶離了迎仙宮，暫居當年他於洛陽所住的王府。

腿腳都腫得厲害，我幾乎懶得下床，李成器就整日將我抱來抱去的。我摟著他的脖子，笑著問：「重嗎？」

他佯裝蹙眉，腳下卻極穩，將我放在暖亭中，再覆上厚重的錦被才點頭。「很重。」

我撫著隆起的腹部，柔聲道：「孩兒，尚未降世你父王就如此寵你，日後可如何是好？」

李成器只是微微笑著看我，待我嘲弄夠了，才笑嘆說：「人都說有夫妻情深，有前塵、今生、後世，從未有人說過與骨肉有此三生之緣。永安，妳可覺我會疼他勝過妳？」

我被他說得心暖，按住他的胸口。「你心中的天下呢？子民呢？」

他站起身，遙指那望不見的長安。「今日後，天下再無大周，將復國號為『唐』。」他回首看我，笑意自唇邊蔓延自眼中，竟恍似回到我與他並肩而立在芙蓉園樓閣上，看曲江宴飲的神情。

彼時我與他私訂婚約，他的母妃尚在人間。雖前路仍難行，卻並未到絕路。

我知他這三年來與太平往來頻繁，李家上位只是遲早，只看他能將我帶離皇上身側，就已猜到了七、八分，但卻未料是今日，更未料到此時他仍在我身邊。我側過頭，努力想坐起身子。「你們準備如何做？」

他笑著蹲下身子，直視著我。「是已經做了。此時此刻，太平應和太子、宰相張柬之、崔玄暐等重臣見到皇祖母，傳位在即。」

我心猛跳起來，雖已有準備，可他話中的篤定卻仍是如此撼動人心。「傳位太子？」

他微微笑著，略點頭道：「傳位太子。」

他五指交纏著我的手，剛要再說什麼，就聽見園外有很低的吵鬧聲。他剛才想起身，已經有個人影快步走了進來，何福幾乎是一路半退半攔，可又不敢真去硬擋。

三年未見，他眉目又長開了些，那雙與皇上一般無二的鳳眸，帶著凌厲的光。毫不掩飾，直向亭中看來。

目光相撞，他才猛地停下來，直勾勾地看著這裡，抿脣不語。

何福見我也在此，更是急了，撲通一下徹底跪在了雪地中。「縣主身懷六甲，禁不起嚇，還請郡王先卸劍。」

「卸劍？」他微揚起一側嘴角。「我與大哥兄弟情深，難道還需要做這種事？」他又上前兩步，何福就又跪著退後兩步，毫不相讓。

這一進一退，他倒真起了怒氣。「滾開！」

「隆基。」李成器此時才鬆開我的手，站起身看他。「怪不得他，自永安住進這裡，我就已立下了卸劍的規矩。無論是姑姑、太子，抑或是跟隨我多年的武將，從無例外。」

李隆基迎著他的目光，先是斂了笑意，卻又忽然大笑出聲，拿下腰間佩劍扔到了地上。「大哥說得是，我一時情急，糊塗了。」

李成器只微笑著看他。「無妨。」

劍是扔了，可我卻越發心沉，有意咳嗽了兩聲，才笑著去問李隆基：「天寒地凍的，先進來暖亭熱熱身子吧。」說完才去看雪中跪著的人。「何福，替臨淄郡王端些熱茶來。」

何福忙應了是，起身退了下去。

沒了外人，有些話才好說。

李隆基進了亭子，隨意坐在我身側的椅子上，凝神看了片刻才問：「永安，這幾月吃睡可好？」

我笑著點頭。「吃得好，睡就難說了，每夜總要醒幾次。」我看了李成器一眼，藏下了後半句。最難安睡的人是他，我每次醒來他都能察覺，再不厭其煩地幫我翻身，哄我入睡……

李成器很淡地看了我一眼，笑而不語。

我這才又看李隆基。「是什麼事，讓你這麼大動肝火？」

他似乎笑了下，但仍埋著隱隱怒意。「有些事我要單獨問大哥。」

我倒是笑了。「我這樣子，你想讓我如何迴避？」說完才去看李成器。「我能聽嗎？」

李成器只搖頭笑，對李隆基道：「永安身子不便，也無需迴避，但說無妨。」

李隆基隨手拿起桌上的茶杯，我忙攔住。「這不是你喝的，是我的安胎藥。」

他愣了下，又放在了手邊。「為何要安胎？可是有什麼不妥的地方？」

我只覺得他似乎還有很多話追問，忙避開他的視線。「你一個男人不便問這些，先說正事吧。」

他沉默著，竟沒再說話。

亭中一時有些尷尬，李成器倒是行色如常，又新添了一碗溫熱的，遞到我面前。我接過藥碗，輕抿了一口。「若是你真有話難說，等何福來了，我讓他扶我回房，你們兄弟二人去書房細談可好？」

「不必。」李隆基終是開了口：「我今日來，不過想問問大哥，為何將我困在長安十數日，待我如殺人重犯？」

原來如此，難怪他幾乎要拔劍相向。

我低頭繼續喝藥，腦中飛快地想著一切前因後果。逼皇上讓位，這是個千載難逢的機會，李隆基不會不知道，也不會沒有計畫，可終是被成器先下了手。我相信成器如此做，對他有百利而絕無一害。

今日雖是宮變，可能替李家拿回天下的唯有一人——太子李顯。滿朝文武有六成以上是皇上親手提拔的人，若非李顯，誰又能讓這些大臣甘願逼皇上退位？李顯入主東宮多年，早已是天下認定的儲君，即便是太平也只能助他先拿回李家天下，再做謀算，又何況是李隆基？

如此淺顯的道理，連我這外人都明白，他又怎會不懂？

只能說，他實在不甘。

李成器只笑嘆道：「若不困住你，只怕你此時已被人當亂臣賊子，投入天牢待罪了。」

他說得雲淡風輕，李隆基卻有些色變。「大哥你謀劃多年，怎會甘心讓給太子？」

李成器笑著搖頭。「還不是時候。」

李隆基揚眉道：「待到太子登上皇位，江山穩固後再弒君篡位？」

李成器又一搖頭。「有姑姑在，他不會坐穩皇位。」

李隆基追問：「難道大哥要助姑姑成為第二個皇祖母？」

李成器看了我一眼，我被他看得有些莫名。「看我做什麼？」

李成器柔聲道：「不要喝得太快。」

我啊了聲，才發現只顧著聽他們說，滿滿一碗藥竟已喝得見了底。頓時耳根子發燙，喃喃了句知道了。

他這才繼續剛才的話：「太平是應對新帝的利器，僅此而已。」

李隆基沉吟片刻，又道：「大哥說的都不過是猜測，太子有婉兒和武三思相助，與姑姑早已勢均力敵。若真是名正言順繼承皇位，朝臣自會擁立新帝，又怎會再任人擺布？」

李成器笑而不語，我把藥碗塞到他懷裡，接話道：「姑姑還有成器。」待認真看了他一眼後，繼續道：「也還有你。」

希望到最後，他真能和我們站在一起。

今日成器所做的任何事，都沒有害他的心思，可他卻未必會如此想……想到這兒，不禁有了些忐忑，只覺得陣陣劇痛傳來，我下意識握住拳，深吸了兩口氣。

李成器立刻放下碗，握住我握緊的手。「又痛了？」

我緊咬著脣，輕點頭。「和昨晚差不多，過會兒就好。」昨晚也是如此，忽然就陣痛來襲，慌得所有人都以為要臨盆了，最後也不過是虛驚一場。

估計是剛才想得太多，費心所致。

我閉上眼，努力讓自己分散注意力，不去想太多，可才剛好些，又是一陣陣痛來襲，我禁不住呻吟了聲，反手握住他的腕子。正喘著氣，就覺得被人抱起來，他的聲音就在耳邊：「見紅了，試著分神。」

我努力嗯了聲，摟住他的脖子，就聽見他又對李隆基道：「今日的事已成定局，多說無益，你先回府，待永安生子後我會去找你。」說完也不等李隆基說什麼，我感覺他已經很穩地在往前走，邊走還邊安慰說：「別怕，總是會痛的，眼下只是初兆，待頻繁陣痛時……」

我聽得實在想笑，勉強睜眼看他。「還挺有板有眼的，一點兒不像是頭次做爹，你是不是有什麼瞞著我？」

他被我看得哭笑不得，輕吻了下我的額頭。「不要說話了，稍後有妳哭的時候。」

我被他氣得咧嘴，剛想說話，又是一陣劇痛，只哼了兩聲，閉上眼任他把我抱到房裡。

那一夜，我幾次痛得想死過去，每想起他說有我哭的時候，就真又哭又笑的；不知被折磨了多久，才聽見有人在叫生了生了，痛意未減周身卻脫了力，沉沉昏睡了過去。

神龍元年正月二十三日，太子監國，赦天下。次日，皇上傳位太子，復國號為「唐」。

同日我的第一個孩子降世，亦是李成器的長子，嗣恭。

神龍元年十一月二十六日，皇上卒於洛陽上陽宮，年八十二。

皇上這一生跌宕起伏，我這二十幾年的相伴，恰眼見她從權傾天下到最後被逼讓位。當我給嗣恭換上素服時，仍舊有些難相信，這天下間唯一手掌乾坤的女人，就這樣消失了？

「嗣恭。」李成器抱起他，溫聲道：「叫句父王。」

我回過神看他。「要能開口，也要先叫母親才對。」

他微側頭瞧我，春風和煦地笑著，直笑得我一陣心底發虛，過了會兒才喚來奶娘，將嗣恭交給她。「帶小公子下去。」

我訝然看他。「我才剛等他睡醒，想要好好陪陪他，怎麼就要抱走了？」

李成器接過夏至遞上的茶，喝了小半口才道：「永安，妳已經足足陪他三夜了。」

我不解地看他，他倒是不急不緩的，把茶杯遞還給夏至。「前幾日與父王閒聊，說起嗣恭，總覺我這一脈子嗣太過單薄。」

我看他眸色未變，琢磨不透他說此話的意思，想了想才道：「父王想給你納妾？」
李成器若有似無地看了我一眼，倒是夏至先噗地笑了出來。她素來和我隨便，我倒也從不把她當外人，索性看了她一眼。「妳笑什麼？」
夏至替我添了杯茶，才躬身行禮。「奴婢不敢說。」
我笑。「妳還有什麼不敢說的？說吧，郡王不會怪罪妳的。」
她佯裝偷瞄了李成器一眼，才道：「無論是則天大聖皇后，或是如今聖上所賜，細算起來長安府中已有二十餘姬妾了，縣主還嫌不夠多嗎？」
她說得倒也不錯，單是這一年所賜，就有三、五個了。我握著茶杯，看了眼嗣恭，這幾月去看父王，他也有意無意會提起此事……
李成器走過來，抽出我手中茶杯遞給夏至。「在想什麼？」
我搖頭。「沒什麼。」
他笑嘆一聲，沒說話，只揮手示意奶娘和夏至退下。
豈料奶娘才走到門口，嗣恭就揮著兩隻胳膊，咿咿呀呀地叫了聲：「父王。」
奶聲奶氣地，倒是嚇了我一跳，又是喜又是怨。
沒想到這孩子張口，竟真先學的是父王二字。
他走過去捏住嗣恭的小手，很是滿意地點頭道：「不愧是本王的兒子，孺子可教。」

我啞口無言地盯著這對父子，剛想從奶娘手裡接過嗣恭，就被他拉住手。「不急，讓奶娘先陪他。」

我詫異地看他，直到他們退出去合上門，忽覺腰上一緊，被他就勢橫抱起來。「身為長子，總要為血脈傳承盡些薄力。」

我這才把前後的話連起來，明白了他的意思，哭笑不得地看他。「兒子第一次開口，還是叫的父王，你竟就如此置之不理了。」

他嘴邊含著笑，拉下帷帳，把我放在床上。「永安，我今日已請旨賜婚，明日就會正式與妳父王商訂吉日，娶妳為妻。」

我被他說得一怔，像是有什麼自心底滑過，一時難以置信，就這麼一眨不眨地盯著他。

他也就這麼看著我，過了好一會兒，才低頭輕吻住我的唇，用很低的聲音說問：「怎麼不說話？」

我只覺得心跳得很軟，伸手摟住他的脖頸，含淚笑道：「從我十幾歲，你就拿賜婚來哄騙我，一晃十數年，讓我如何信你。」

因天還亮著，屋內並未有燈燭，散下的帷帳幾乎遮住了所有的光。

如此近的距離，唯有那眉目，清晰如舊。

「記得當年在來俊臣大牢裡，你就曾讓我忘記賜婚。」我閉上眼，承接他溫和的吻，喃喃道：「如今真的忘記了，如何是好？」

他的笑就在耳邊，帶著稍許哄溺：「好，當真忘了，那我就再問一次，聽說妳生辰是正月初八？」

我被他問得一怔，才記起這是當年的那句話，不禁笑著嗯了聲。

他眼盛深笑。「到明年就滿二十三了？」

我又點點頭，只覺得他的手滑入衣底，不動聲色地自內挑開我衣衫，輕嘆道：「不小了。本王也已近而立，尚還有個未滿週歲的孩兒，不知縣主對這門婚事如何看？」

我忍不住笑出聲：「婚姻大事豈能兒戲？容我斟酌兩日。」

他忽然停了下來，我睜眼去看他，彼此肌膚的溫熱悄然融合，漸亂了心跳。他卻只那麼靜看著我笑，我被他看得有些發窘，燙著臉想要掙脫開，卻被他一把攬住腰，更拉近了些。

「父王的憂心也有道理，如此大的王府，僅有嗣恭一人，也頗有些冷清了。」他終於低下頭，輕吮住我的耳垂，啞聲道：「縣主以為如何？」悄無聲息的酥麻，直抵入心。

帷帳外有木炭燒裂的聲響，明明是冬日，身上卻有了些汗意。呼出的熱氣從耳邊到肩胛，一直到胸前，我終於忍不住弓起身子，緊扣住他的肩。呻吟斷斷續續再也止不住，直到最後猛地進入，才被他驀然堵住了唇。

肆意的慾望，寸寸糾纏，吞噬著所有思維。

很溫柔地抽離，再很重地一撞到底，每次都是用盡全力。我迷糊地咬住他肩，拚命喘息著，像是被他一下下撞到心口上。太過無措，連抓住他的指尖都開始發抖。

他用臉緊貼著我的面頰，竟然還在喘息著問：「下月如何？」

……

我被他弄得說不出話，只能反覆地，用力掐住他的後背，壓抑住綿延不斷的戰慄感，輕蹭著他的臉，與他無聲地求饒、廝磨著。

太過綿長的折磨占有。他的手蹂躪地揉捏撫摸，從未停止過，像要將所有的情慾都深刻在每寸肌膚上。我緊閉著眼，被他折磨得想哭，又忍不住努力迎合。

隱約聽他叫我的名字，很遠也很近……

滿是汗，錦緞揉疊在身下，睫毛盡溼，看不清任何東西，除了他的眼。意亂情迷間，情潮洶湧而至。我再抑不住，猛地攀住他的身體。「成器……」

他緊緊回抱我，在周身抽力的瞬間，也終於很重，很緩慢地停在了最深處。手腳還在交纏著，痠軟卻已蔓延到指尖髮梢，我摟住他的腰，頭抵在他頸窩，連睜眼的力氣都沒了。

模糊間，他卻還低笑著說：「明日去見妳父王。」

神龍二年閏正月一日，太平、長寧、安樂、宜城、新都、定安、金城公主並開府，置官署。同月，我也終於與李成器塵緣落定，正式入了壽春王府。

雖是七公主開府，大肆張揚的唯有安樂一人，可最後府前門庭若市的卻是太平公主。自聖上登基以來，李成器與太平走得越發近，如今開府之宴，自然是要到的。

嗣恭這幾日吃睡不大好，只趴在我懷裡一聲聲喚母親。我聽著就心疼，看四下裡杯觥交錯的，就和李成器低聲說去偏廳休息，他頷首道：「去吧，我稍後就來。」

我知他要陪太平應對朝中眾臣，也沒多說，只輕點頭抱著嗣恭出了宴廳。才剛走出兩步，就聽見有人自身後喚我，是婉兒的聲音。還沒等回頭，她就已經走過來，低笑道：「李成器真是待妳寸步不離，想看看嗣恭都難。」她說完，仔細看了眼我懷裡的嗣恭，驚喜道：「這孩子長得好像妳。」

我笑道：「是啊，凡是見過的都如此說。」

婉兒經不住多看了兩眼。「會開口喚人了嗎？」

我頷首道：「初次開口竟叫的是『父王』，過了半月才學會叫母親，待過幾個月應該可以叫妳姨母了。」

婉兒挑眉，道：「罷了罷了，我可不敢讓壽春郡王的長子喚我姨母。」

她的話半是有心，我自然聽得出，只笑了笑，沒接話。

自聖上登基以來，太子位始終懸而未決，朝中竟漸成兩派，李成器與太平有意扶持三皇子李重俊，叔父武三思卻附和韋后，竟有勸立安樂為皇太女的意圖。婉兒與韋后的交情，不必說早已在此事上與李成器相對而立。

可惜無論是李重俊，抑或是安樂，雖貴為公主、皇子，卻終是身後人的一步棋而已。我抱著嗣恭，和婉兒閒走著，正碰上李隆基迎面走過來，忙躬身行禮。「郡王。」自上次一面後，他似乎換了個人，不苟言笑中添了幾分沉穩。

他走近兩步，看到嗣恭，先是一怔，才喃喃道：「好像妳。」

我嗯了聲，笑說：「婉兒方才也如此說。」

他輕淺地笑，眼角微微彎成個漂亮的弧度。「若我能有如此漂亮的兒子，此生也無憾了。」

我有意避開他的眼睛，只隨口道：「郡王府中姬妾均是仙品，生下的孩子也必定好看。」

他仍舊抿脣笑著，過了會兒才說：「他臉色泛白，似乎在生病？」

我頷首。「這幾日吃睡不好，著人看過，並無大礙。」

他又詢問了幾句，似當真是緊張，婉兒在一側看的只是笑，過了好會兒才忍不住打斷道：「郡王待自家孩兒，也不見得如此上心。」

李隆基哈哈一笑。「婉兒姑娘說笑了。」

當年我在宮中，他二人從無深交。早年更是因張昌宗之事，一度勢同水火，可今日這兩人卻神色如常，談笑風生。我如此旁觀，總覺有什麼不妥之處，正細想時，李隆基又低頭，用食指碰了碰嗣恭的臉，神色溫柔。「嗣恭可有乳名？」

我搖頭，他又深看了嗣恭一眼，輕聲道：「他如此像妳，日後必定姿容妍美，叫花奴可好？」

我一時頓住，正猶豫時，李成器已在不遠處應了好，對李隆基淡笑道：「姑姑等了你許久，先去請安吧。」

李隆基略彎了眼。「好。」忽然側頭看我。「可否讓我抱抱他？」

我笑著點頭，他這才自我懷中接過嗣恭，溫聲喚了句花奴。嗣恭倒像是真聽得懂，立刻瞇著眼睛對他笑，他就這麼逗了會兒嗣恭，才小心遞還給我，進了宴廳。

婉兒看著他們兄弟的背影，輕聲道：「李隆基待嗣恭很特別。」

我笑了笑，沒接話。

她又默了會兒，才忽然認真道：「永安，若有一日妳我為敵，妳會如何做？」

我心底一涼，卻無法迴避這樣的問話。

不光是我，今日在太平府上把酒言歡的這些人，日後都有可能刀兵相向。皇位上的那個，甚至是那一脈，都太過弱勢，皇祖母雖走了，卻留下了太多虎視眈眈且各有勢力的李家人。

太多了。

嗣恭似有感應，伸手摸著我的臉，我捏住他的手心，這才定神去看婉兒。

「若有一日為敵，妳落敗日我會拚死保妳性命，送妳遠避皇權。李成器終歸是李家人，奪權慘敗唯有一死，我與他本就生死相連，若是他敗了，替我守住嗣恭吧。」

這幾年，無論聖上抑或太平，都以子嗣單薄為由，頻往壽春王府送美人。李成器無理由回絕，索性另辟府宅，與我另住他處。

直到嗣恭週歲宴，我才再見到元月。

李成器本堅持不讓府中女眷露面，但元月終是則天大聖皇后所賜婚的正妃，無論如何都當露面。更何況，這一日無論是武家諸王，抑或是相王的幾個子嗣，都是攜妻而來，連父王也親自開了口，讓李成器多少顧及些禮數。

於這件事上，他事先提過幾句，是以在宴席上見到元月時，我倒無過多意外。不管如何說，她終歸是李成器的結髮妻，我拿走了太多，總要給她留些顏面。

宴席過半，我抱著嗣恭在房中更衣，忽聽見門口夏至、冬陽請安，隱約在喚王妃。我沒料到她會單獨來找我，回頭看時，她卻只堪堪立在門口，沒有入內。

該來的，終歸躲不掉。我暗自苦笑，將嗣恭的衣裳理好，這才交給奶娘，站起身道：「王妃既來了，快請進來吧。」

論理我是側妃，終該給她請安，可李成器早在叩請賜婚日立下規矩，我與她早無尊卑之分。平日不見不覺有何，此時相對，倒有了些尷尬。

她只靜看著我，過了很久才走進來，忽然躬下身，鄭重行了一禮。

我被她嚇了一跳，剛想命人扶她起身，她卻先開了口：「當日在三陽宮，則天大聖皇后賜婚時，妹妹就曾說過，日後若有幸與縣主共侍郡王，情願以姊姊為尊。」

她這一句話，竟彷彿讓我們回到了當年。

那夜我眼見李成器不能爭、不能辯，就在石淙會飲上，當著群臣諸王的面，屈膝叩謝皇祖母的賜婚。彼時我痛若剜心刺骨，她卻得償多年所願，而如今舊事重提，卻是我喜得貴子，她則被冷落在空有女眷的王府，終日孤枕。

若論錯，都無錯。

這其中誰負了誰，誰欠了誰，又怎能說得清楚？

我一時不知如何應對，而她也就那麼躬身垂首，靜默不語。

這片刻的寂靜，被門口夏至、冬陽的又一次請安打破。

李成器自門而入，略看了元月一眼，轉而對我道：「嗣恭可換好衣裳了？」

我頷首道：「換好了。」

他走過來，輕握了下我的手，低聲道：「妳也進去添些衣裳。」我看他，他只笑著點了下頭。

留在此處也不過是尷尬，我順著他的話，笑了笑。「好，你稍等我片刻。」說完，立刻進了裡屋，有意翻了兩件衣裳出來，慢慢換上。

依稀能聽見外面李成器在說話，卻不大聽得分明。

直到換好出去，才見元月已不在房內，奶娘等人也似乎早被他屏退了。

我猶豫了下，才問他：「她終究是你結髮妻，再如何——」

他打斷我，溫聲道：「永安，本王唯一自責的，是今時今日還要讓妳如此難堪。」

我笑看他。「這麼多年來，生生死死也有多次了，我可還會為這種事而難堪？」

他沒急著接話，走過來細看我，直看得我有些莫名了，才笑道：「府中所有女眷，在入府之日皆會得我休書一封，日後可憑此再嫁。」

我啞然看他，過了好一會兒，也沒說出話。他這才喚入夏至、冬陽，替我拿來袍帔。「除卻政事，本王每日只會應對兩個女人，太平和妳。」

他說得雲淡風輕，可偏就當著夏至、冬陽的面，弄得我有些臉熱，只得低聲道：「我又沒追問過你這些。」

他沒再說話，笑著替我繫好了袍帔。

入宴廳時，太平正和相王低語，看到我們進來才抬頭笑道：「可是等妳很久了，永安。」她伸手指了下抓周的木檯。「我們已做了賭局，妳要不要加上一注？」

我順著她的話，看了眼檯面上。

寬長的案几上，鋪著大紅的錦緞，堆滿了用來抓周的物事。我略掃了眼，就發現原先準備的木劍卻不見了，卻有人在正中放了塊調兵的魚符。

我看了眼太平，佯裝好奇道：「誰這麼慷慨，竟連魚符都拿出來了？」抓周雖只為博眾人一笑，但依李成器的戰功和嗣恭的身分，這種東西放上去，總歸不妥。

太平笑了笑，抬下巴指向武三思。「是妳叔父。」她語氣雖平淡，卻仍帶了些戒備。

武三思舉了杯，聽這話立刻笑道：「終歸也流著我武家的血，本王自是想嗣恭能抓到兵權，揚我武家之威罷了。」

我笑了笑，沒再接話。

自聖上登基以來，韋氏便一攬大權，偏就恩寵我這叔父武三思。朝中民間口口相傳的宮諱祕事，多是韋氏、婉兒和武三思之間糾纏不清的關係。我雖不願盡信，但眼見他竟在皇祖母過世後，還能有此權勢，又不能不信。

今時今日，武家人只仰仗著武三思一人，敢當著太平還能有膽量說出「武家之威」的，也僅他一人而已。

李成器始終含笑聽著，此時才笑著自懷中拿出玉笛，吩咐身側的何福放了上去。「本王自幼就喜音律，倒更願嗣恭能摸到此笛。」他說完，輕握了下我的手。

夏至遞上熱茶，我轉遞到他手裡，有些忐忑地看了他一眼，低聲道：「今日宴席上雖是叔父放的魚符應景，明日傳到府外，就是你有心覬覦兵權了。」

他接過來茶杯，微微一笑。「無需憂心，如今本王的謠言甚多，多此一樁也成不了事。」

我微蹙眉，看著奶娘將嗣恭抱出來，方才的歡喜都有些淡了，反倒多了些憂心。

可叔父的話何其冠冕堂皇，當著眾人的面也不好就如此拿走魚符，唯一能做的，也只能求嗣恭眼不見俗物，千萬別去碰那燙手的物事。

如此又說笑了會兒，奶娘才將嗣恭抱了出來。

他一被放到案几，就不自在地扭動了兩下，慢悠悠地由爬轉為坐，張望著四周，直至看到我這處才伸手，奶聲奶氣地叫著娘親。

我忙應了，武三思卻輕咳一聲，笑著道：「切莫理他，免得看到娘親，反倒去摸香帕就麻煩了。」

太平挑眉，嗤笑道：「香帕有何不好？他父王擔了十幾年的風流名聲，讓給他也好。看他與永安如此像，日後必是我李家又一風流才子，惹萬千佳人相傳慕戀。」

我忙笑著應和了兩句，嗣恭見我不再應他，癟著嘴，又去看李成器，一聲聲喚著父王。李成器倒是不動聲色喝茶，偏就不作聲。這麼一來二去的，他終覺得受了委屈，眼看兩眼都有些淚花了，卻不知怎地就掃到了遠處的李隆基。

那小臉立刻由悲轉喜，對他咿咿呀呀的，不知叫什麼，可偏看著就像是相熟一般。

李隆基本沉默著，看到他的樣子忽而一笑，對奶娘道：「小公子想是怕生，妳去用言語逗逗他，抓到了也好抱下去。」

奶娘忙應了，站在案臺另一側，一聲聲叫著小公子，終是引得他動了兩下，開始慢悠悠地看著桌上的東西。

他一個孩子哪裡懂得什麼，只覺得這個也有趣，那個也有趣，可都不過伸出手去摸了下，不肯費力拿起來。

我盯著他看，雖旁邊圍著幾個下人，卻還是不放心，生怕他一個不小心跌下來。如此看著，倒是忘了看他去抓什麼，直到武三思哈哈一笑，才想起來凝神去看。嗣恭正停在魚符前，極有興趣地摸著，幾乎已經抓到了一角。

我心頭一冷，正想對李成器說話，就聽見李隆基笑了聲。

眾目睽睽下，他竟就忽然站起身。「本王倒是有了些私心。」話音未落，已幾步走到案几邊，將那魚符拿了起來。「我自幼隨大哥學音律，總覺無以為報。如今這孩子和我有緣，若能日後隨我一道擊鼓作曲，倒也是樁妙事。」

他這意外之舉，連太平和相王都有些啞然。

李隆基倒似未覺，又將李成器的玉笛放在嗣恭手邊，碰了下他的小手。嗣恭被他一碰，倒是笑了，伸手摸摸玉笛，竟直接抱在了懷裡。

圓溜溜的大眼睛，一個勁兒瞅著李隆基，似乎在要什麼讚許。

李隆基搖頭一笑，俯下身，用臉碰了下嗣恭的小臉，低聲喃喃了句話。聲音很輕，誰也聽不清他說的內容。我遠看著那一大一小，暗鬆口氣，側頭去看李成器，他眼中亦是暖意漸盛，自唇邊溢出了很淡的笑。

武三思先是一愣，旋即大笑道：「大好男兒，全讓你兄弟兩個當作風流胚去養了。」

他說完，眾人才笑著恭賀，太平亦笑著看李隆基，道：「三郎啊三郎，我們這麼多長輩看著，你就真……」她頓了頓，沒再說下去，只搖頭笑嘆道：「真還是孩子心性。」

李隆基只是笑，將嗣恭自案几上抱起，遞給了奶娘，這才走回去坐下，拿起酒觴，對著李成器遙一拱手，一飲而盡。

第二十八章　同根相煎

三月桃花開時，武三思終於開始有了大動作。

先是大肆賣官鬻爵、培植腹心，宮中內侍超遷七品以上者，竟有千人之多。然這些只是小動作，並沒入太平和李成器的眼，倒是他二人對五王的步步緊逼，連父王都有些看不下去了。

「父王今日來，也在說五王的事。」我咬住筷間的梅花膏，又被他灌了口水。「當初太平和太子宮變時，這五人可算是盡心竭力。這才封王不足一年，就開始扣上莫須有的罪名了？」

若說狄公守護李唐功不可沒，張柬之等五人敢隨著太子殺二張，逼皇祖母退位，這等功勞也是名垂千古的，可卻被逼到如此地步……

他把杯遞到我嘴邊。「武三思終是武家人，天下易姓，李家稱帝，對他沒有半分好處。對這五人自是懷恨在心。」

我有一搭沒一搭地想著，直到眼前又遞來一口糕點，才有些哭笑不得。「吃不下了。」

他微微笑著看我，溫聲哄騙：「沈秋說妳太瘦了。」

我啞然。「你什麼時候開始對他言聽計從了？」

李成器看我一臉嘲弄，才算是暫放了筷，端起茶杯喝了口，悠然一嘆。「是本王的錯，操之過急了。」

他說得隱晦不清，我卻臉燙得難耐，拿起書擋住臉，有意不理他。才不過兩個月的身子，就已經胃口大開，不知到足月，會不會已吃得走不動。

過了會兒，他也沒出聲，我有些按捺不住，只好放下書先認輸。「那天我聽你和李成義的話，張東之是你的人？」

他頷首道：「不只他，崔玄瑋亦是。」

他這麼說，我倒是有些意外了。「當日若沒這五人出面，宮變的勝算會少很多，張東之和崔玄瑋算是主導，為何你不露面？」

那場宮變，藉的是太子的由頭，卻是有背後的勢力支撐。我本以為這中間太平獨大，卻未料他這麼多年來，竟也到了如此地步。若是他可露面，倒是一大功績，必會對日後奪權有利。

他僅是笑，倒似真不大在意。「我與太平的關係總需平衡，若鋒芒太盛，只會過早招她忌憚。」這話聽著也有道理，我才剛點頭，他又清淡地補了句：「況且，沈秋早說過，那幾日妳最有可能破羊水，自然是寸步不離才能安心。」

我對上他笑意不減的眼，笑了半晌，才道：「昏庸。」
他嘴角浮著笑，想說什麼時，已有人在外請安。
李成義很快走進來，見我也在書房，微愣了下，略走近兩步。「永安，妳午膳未吃飽？」
我看他眼中笑意，立刻掃了李成器一眼。「是啊，所以來書房看看，可有什麼能填飽肚子的。」
他笑著搖頭。「我這小嫂子還真是睜眼說胡話，此處的吃食看著就是專為妳備的，我可從未見大哥吃過什麼梅花糕。」
兩人就這麼你來我往地說了三兩句，他才去和李成器說朝堂政事。我聽了兩句，看他雖面上有笑，言語卻有意閃避，便起身說去看嗣恭，出了書房。
五王中有兩人是李成器的人，如今被迫害至此，他怎會不受損？武三思如此做，定是為削弱太平和他的勢力，那李隆基呢？
冬陽、夏至陪我在湖邊閒聊，約莫走了片刻，我才記起後日是永惠的生辰日。
念及至此，索性停了步。「趁著天色還早，去珍異閣走走。」
冬陽立刻笑了聲：「奴婢等側妃這句話，可是等了許久呢。」
我不解地看她，她才玩笑著行了個大禮。「自側妃妳身懷有孕，奴婢已有四十幾日未出府門了，從桃花盛開日，生生等到了滿城花落日。」

我被她逗笑，揮手讓她去準備。

直到上了馬車，她依舊喋喋不休的，說早已不知如今長安城中盛行何種妝面，何種佩飾，不停撩著簾子，細看外面的人流穿行。

車才停下，王元寶就已迎了出來。「貴客登門，蓬蓽生輝。」

我從車內探頭，看了眼牌匾，笑著道：「王家如今已是長安四富之一，你竟還如此辛苦，在店內巡看？」

夏至下了車，極小心地扶我下車入門，王元寶已小心讓出了條路。「今日也是巧了，本是在府內與各地掌櫃過帳，可臨淄郡王遣人來傳話，說是要為永惠縣主挑生辰禮，小人自要親來獻寶。好在是來了，否則以側妃這樣的身子，若是出了差錯，小人可是萬死難辭了。」

我嗯了聲：「他已經到了？」

王元寶頷首，引著我往裡間走。「正在藝字號雅間兒，還特地帶了小縣主來，側妃是想避開，還是？」

我笑。「帶我去吧，今日我來也是和他做一樣的事，恰好那小丫頭在，讓她自己挑好了。」

他應了是，將我帶到雅間兒門處，隔著珠簾剛想通稟，卻被我攔了下來。

我搖頭示意他退下，逕直掀開簾子走了進去，剛才邁出兩步，屏風後就有人冷冷地說了句：「是何人？」

聽著是李清的聲音，我看了眼夏至，她立刻心領神會道：「是壽春郡王的側妃。」

裡處略靜了會兒，我剛才要邁步，卻忽見閃出個人影，直直往我懷裡撲來。「姊姊。」

夏至嚇得立刻蹲下身，虛抱住永惠。「小祖宗，妳姊姊的身子金貴，可不能這麼撞。」

她沒聽大懂，撇嘴看我，我笑著彎腰，擰著她的鼻尖兒說：「挑到什麼好東西了？」

「妳來看。」她挽住我的胳膊，半把我拉著，繞過了屏風。

侍隨她繞過屏風，才見內間兒不只有李清，還有三、四個侍衛立在四周。

李清見是我，面色有些僵，抬頭看了李隆基一眼。

他卻似不大在意，仍舊靠在窗邊，笑著問：「可是病了？」

我搖頭看他，他懶懶散散地換了個姿勢，靠得更隨意了些。「這幾月我都不在長安，剛才聽夏至說妳身子金貴，還以為妳是病了。」

我笑了笑，沒接話。

永惠在我身側繞了一圈，才指著案臺上滿滿一桌的珍寶。「好多，挑得眼睛都花了。」

我走過去，拿起一個看了眼。「看來王元寶把私藏都拿出來了，都是好東西。」說完，才笑著去看身側的永惠。「讓妳百里挑一呢，肯定有些為難，挑兩個如何？」

她輕啊了聲，立刻喜笑顏開。「原來這就叫好事成雙。姊姊來得真好，要是我那風流倜儻的姊夫也來了，豈不是能挑三樣了？」

她說得開心，落在我耳中卻是尷尬。

若非我與李隆基之間的糾葛，她也不會在週歲時就被賜婚，早早訂了終身。如今她尚是個小丫頭，並不知這其中糾葛，日後呢？若是聽人說起當年的事，可會怨我？

我在一側坐下，李清剛想上前倒茶，卻被夏至攔住。「這幾日側妃不宜飲茶。」說完，她便走出去，低聲問外頭人要了花露。

李隆基只笑著看我們，過了會兒，才側頭去看樓下的熙攘街頭。

永惠不過七歲年紀，自然察覺不出此間微妙，只開心地挑揀著。待有中意的就拿來給我看，我說了不錯，才又喜孜孜地拿給李隆基，詢問他的意見。

如此三兩回後，李隆基終忍不住笑起來。「永惠，今日明明是我帶妳來挑生辰禮，怎麼現在看來，倒像是妳姊姊的功勞了？」他邊說著，邊在我身側坐了下來。

永惠說得煞有介事：「姊姊是親姊姊，你不過是我未來的夫君，終歸還隔著一層。」

我愕然地看她，李隆基則隨手拿起塊迎春糕，咬了小半口，輕嘆口氣。「夫君是天下最親近的人，懂嗎？」

永惠似懂非懂地點了下頭，走到他身側，笑嘻嘻地指著他手裡的半塊糕。「我也要吃。」

他手頓住，默了片刻，才將那半塊放入了永惠口中。

小丫頭吃夠了，拿起他的茶杯又喝了口。

我看著永惠的笑臉，忽然道：「那日多謝你。」

李隆基愣了下，才恍然一笑。「我不過是與嗣恭投緣，如今言謝太早了。」

他說得輕淺隨意，卻直接撇清和李成器的關係。

這幾年李成器的幾個弟妹常來閒聊，卻從未見他出現過。我不問，李成器也不會刻意提起，他們兄弟兩個各自為營多年，又怎會在今時今日交好？如今朝中不過兩大勢力，李成器與太平結盟，他自然會站在武三思那一處，推波助瀾，從中謀利。

我示意夏至、冬陽退下，李隆基見我如此，也隨手屏退了屋內侍衛，獨留了李清和永惠。

他笑看我。「可有什麼想問的？」

我看了眼永惠，拿起茶杯，輕抿了口。「我父王曾說，你與張柬之定罪一案有關？」

他倒是笑得更輕鬆了。「果真還是問到這裡了。永安，妳今日肯進來，肯獨自見我，是否就是想問清楚這件事？」

我輕頷首。「是。」

他搖頭笑，半晌不語。

「武三思是什麼人，比我清楚，我只是不想你和他攪在一起。」我輕聲道：「我對你，從未想要謀算什麼，只想你平平安安的。」

他回頭看我，眼光深不見底，過了會兒才道：「沒有謀算？這句話應該我來說，而妳早已負過我了。當初妳還在我府中，就開始扶持王元寶，是不是？」他說得很慢，眼中已毫無半分笑意。

我回看他。「此事我的確有私心，當年留這步棋，僅為了保住日後武家——」

他笑了聲，打斷我道：「妳總有道理，若按妳這麼說，如今我與武三思交好，豈不也是為了你們武家人？」

我迎著他的目光，道：「我是想在李家得勝時，能保住武家的殘存血脈，武三思所做卻是引火焚身。而你，是在藉他對付你親哥哥。」

他笑著站起身，手撐在我兩側，輕聲道：「永安，不管我做什麼，永惠的賜婚我一定會認，如此一來，妳父王就會與我有所牽連。在我與大哥之間，妳做不到兩全，明白嗎？」

我聽得心底發涼，默了會兒才道：「本是同根生，相煎何太急。」

「妳看，從數百年前起，曹植就已念出了皇家的悲哀。皇位是獨一無二的，死在其下的親兄弟何其多？天下姓武時，害死李家皇族的是你們武家人，可如今天下姓了李，妳以為我們真會相親相愛，平分天下嗎？李成器也明白，只有一個個都死乾淨了，才是他登上皇位的時候。」他又近了一分，呼吸有些急。「聖上、太子、姑姑、安樂，這麼多人都姓李，他可會手軟？」

話音未落，他已伸手捏住了我的下巴，我躲不開，只能抓住他的手腕。想要說什麼，卻才發現他說的字字句句，都是事實。

忽然，身後傳來一聲碎響，永惠驚呼了一聲：「哎呀，完了。」聲音頓了下，才又響起來：「姊姊，你們在幹什麼？」

他斂住呼吸，像是要湊近，卻終是閉眼長吁口氣，鬆開了手。「不要這麼看著我。」

我也避開視線，沒再說什麼。

永惠似察覺出李隆基不快，沒再繼續追問，只跑過來挽住我的手。「姊姊，我挑好了。」

我好笑地看她。「方才還猶猶豫豫，怎麼忽然就挑好了？要不要再上些新的？」

她輕搖頭。「該做決斷時，自然就選好了。」

這話聽著清淡，卻讓我有些詫異。

不過七歲就已有如此心思，倘若十年之後……我看了眼李隆基，他只低頭喝茶，似乎沒在聽，面上亦無甚變化。

晚膳時李成器有意屏退所有人，獨自陪我吃飯，我撐頭看了他會兒，才說：「今日我見過三郎。」

他給我添菜。「所以，妳才如此悶悶不樂？」

我嗯了聲：「永惠生辰禮，我已送到父王府上了，禮數到了即可，後日就無需再去了。」

他放下碗筷，靜看了我會兒，才柔聲道：「永安，我讓妳為難了？」

我也擱下筷子，手撐著臉，低聲說：「是啊。」

他似乎想說什麼，我才忽然一笑，道：「其實也不全為你。武家天下時，我父王就已是能避則避，如今是你們李家在爭，他更不會插手。不去，也好讓我父王繼續裝糊塗。」

我因沈秋的叮囑，只能整日待在府中。

李成器也盡量留在府中，與人在書房議事。我閒來無事，索性纏著沈秋學些醫術，他被我纏得緊了，屢屢向成器抱怨，卻無奈李成器只一味偏袒我，到最後只好遂了我的願，拿來些自撰的醫書，給我打發時間。

漸已入夏時，李成器早早命人備了涼亭，不忙時，便與我在亭內弈棋。

「沈秋昨日還笑言，妳已成了他的關門弟子。」他落子悠閒，隨口道：「我這幾日總心神不寧，可有良方？」

我盯著棋局，無暇分心，只唔了聲：「今晚再說。」

李成器溫聲道：「今晚？妳不用費神鑽研醫術了嗎？」

我又嗯了聲，見他遲遲不說話，疑惑地看他，卻撞上那雙笑吟吟的墨眸。不禁臉有些發熱，輕撫早已隆起的腹部，笑著道：「快看，你父王又在對娘用美人計了。」

李成器啼笑皆非，搖頭輕嘆。「我是怕妳廢寢忘食，熬壞了身子。」

我笑道：「好，那你帶我出去走走？」

他兩指夾著黑子，閒適清平，偏就不點頭，亦不拒絕。

「今日是姑姑設宴，再有膽量的人不會挑此時鬧事，你有何不放心的？」我拉著他的手，直接將他指間的子落在了棋盤上。「你贏了。」

李成器搖頭，笑嘆道：「還是讓妳看破了。」

我挑眉，抱怨：「我棋藝再差，也看得出你想讓我。」

李成器再嘆了聲：「妳若用心，未必不如。」說完，拿起一側荔枝，將刺人的外殼剝好，遞到我嘴邊。

「在身側，我懶得用心，也不必用心。」我張口，老老實實吃了下去。

想是在府中待得久了，難得隨他出門，興致自然高漲。

夏至、冬陽替我挑了幾身衣裳，都不大如意，倒是李成器隨手指了件，立刻對了我的心。

夏至邊替我上妝，邊低聲哀嘆：「早知如此，側妃妳就不必難為我們了。」

我看了她一眼。「妳若用心，未必不如郡王的眼光。」

夏至愣了下，倒是冬陽先嗤嗤笑了起來。「午後從郡王那處學的話，這麼快就用在奴婢們身上了？」

我對著銅鏡，又看了冬陽一眼。「今日妳隨我去。」

冬陽也愣了。

我沒再說什麼，示意她回去換妝。

前幾日看冬陽在理我的書，有意將幾本李隆基喜愛的拿了出來。如此細微之處，便讓我對自己的決定有些懷疑，若是當年我將她送回臨淄王府，會不會就不用受此相思之苦？如今跟在我身側，只能越走越遠，哪怕讓她多見兩次，也是安慰。

只是未料到，李隆基終是以病推脫，未至酒宴。

我因身子不便，略坐了一會兒，就有些腰痠。李成器細看我一眼，才說：

「我陪妳出去走走。」

我搖頭，輕聲道：「李重俊和裹兒都在，正是熱鬧的時候，你如何走得開？」

當年聖上初入京，被封太子時，這兩兄妹看起來還是情深義厚。如今卻都盯著空懸的儲君之位，明爭暗鬥，好不熱鬧。

李重俊性子桀驁，卻很會做人，先一步拉攏了太平和李成器。當然，多少也因太平本就覬覦皇位，怎麼能容得下同是女兒身的甥女？自然會先托起這不成器的外甥，打壓韋氏的野心。

李成器倒是不以為意，正要扶我起身時，就聽見李重俊很是熱絡地叫了聲大哥。我暗笑一聲，看了眼李成器，耳語道：「比你那幾個弟弟叫得還親。」

李成器但笑不語，眼中卻有了幾分近乎寵溺的告誡。

我與他眼神交錯間，已輕拍了拍他的手，示意他盡可放心。

「妳就在後園子走走，我稍後就來。」他也知掙不脫這場面，只耐心叮囑了兩句，又喚來冬陽，囑咐她千萬看好我，離水遠些。

我笑著聽了會兒，才低聲提醒他：「郡王，你再如此說下去，風流的名聲就葬送了。」

他輕握了下我的手。「快去吧。」

我這才起身，悄無聲息地離了席。

太平這處的宅邸，是皇祖母在世時賞賜的，多少有些大明宮的影子在。我在水邊走著，看三三兩兩的魚游過，正是怡然自得時，聽見有人叫了聲：「三嫂。」

這聲音不是很熟，可也並不陌生，能這麼喚我的也只剩了一個人。回過頭看，果真是薛崇簡。

「三嫂。」他又喚了我一聲，聲音平淡。

我默了下，才笑道：「郢國公可是看錯人了？還是酒喝得多了？」

他走過來，冬陽迅速躬身請安：「郢國公。」

薛崇簡只是看了她一眼，冷冷道：「妳下去。」

冬陽動也未動，我只笑了笑。「不過一個婢女，郢國公何必為難她？」說完，才對冬陽說：「退出十步，我和郢國公說幾句話。」

冬陽仍舊未動，只盯著我說：「郡王反覆叮囑過，要奴婢寸步不離側妃，以防——」

話音未落，啪的一聲脆響，薛崇簡已經扇了她一掌。「退下！」

一掌下去，冬陽險些摔倒，我只覺得心跳得又快又急，胸口隱隱作痛，卻仍只能笑著說：「冬陽，給郢國公賠罪。」

這是太平的宅邸，薛崇簡又是她最寵愛的兒子。

此時此刻，前處設宴，朝中重臣、李家顯貴都在，絕不能出什麼差錯。

冬陽又看了我一眼，眼中蒙了些水霧，咬牙跪了下去。「請郢國公息怒。」

說完，立刻起身照我所說，倒退了十步，多一步都不肯再讓。

夏風潮熱，我手心已出了些薄汗，看著薛崇簡走過來，站在我身前。他不說話，我也不能說什麼，只能噙著笑看他。過了會兒，他才笑了聲。「果真是三哥心心念念的女人，笑裡藏刀，連我都快有些招架不住了。」

我避開他的視線，隨口道：「雖然此處是你母親的宅邸，也請你收斂些，郢國公。」那些年在李隆基府中，多少也與他見過幾次，說起來奇怪，他明明是太平親子，卻莫名與李隆基投緣，甚至為他，不惜屢屢違抗母命去助他拉攏朝臣。

他喚我三嫂，有多少意氣，多少怨憤，我又怎會聽不出？

「三嫂。」他聲音中隱隱帶著嘲笑。「我已經很收斂了。那個婢女當初是三哥的心腹，卻隨妳背叛了三哥，若非看妳顏面，絕不只是一掌。」

我回過頭，盯著他。「你為情義，不惜屢屢違背母命，我也不過是為情，選了自己要的東西。薛崇簡，你我本不相干，何必再替他人翻舊帳？」

「情義？」他很慢地揚起嘴角。「三嫂先嫁幼弟，卻又再嫁長兄，何來情意？李成器不惜與我母親聯手，只為搶走弟弟的心中人，何來情意？就連那個李成義，被李重俊搶走了姬妾，如今卻要與李重俊稱兄道弟，助他謀取太子位，又何來情意？」

我避開他半步。「有些話，無需和你解釋。」

他又上前一步，很近地看著我。「三哥今日不來，就是為了避開妳。我有時候想，為什麼妳能這麼如意、事事順心？可那曾是妳枕邊人的人，卻還要再一味忍讓，連見一面，都怕擾了妳的清淨？」

我抿起脣，想要說什麼，可終究嚥了下去。

這世上不是所有事都有道理，他與李隆基走得近，自然看到的都是他的無奈痛苦。無謂爭辯，最後也只會再添無謂怨恨。

「郢國公若無要事，永安先告退了。」我勉強弓了下身子，想要從他身邊走過，可他卻絲毫不肯讓步。此處本就是蓮池邊，又因剛才的一再退讓，我和他都已臨近水岸，不知為何，一念間忽然有些怕。

他似乎看出我的閃避，偏又近了一步，抓起我的腕子。「青天白日的，三嫂怕什麼？」

他的手心灼熱燙人，眼睛瞇起來的樣子，極似太平……

我欲要用力抽手，就已疊起三聲喝斥。

圓門處跪了一地的人，太平眼中含怒，又有十分告誡：「快放手，永安如今正有身孕，豈容你如此胡鬧？」

李重俊亦附和：「崇簡快些放手。」

豈料，他本是鬆握的手，卻驟然收緊了些。

他自幼習武，此時猛地用了力，我只覺手腕生痛，生忍著，蹙眉看了他一眼。

「放手。」李成器大步朝這處走來，待近了才冷著面，沉聲又重複了一次：「本王命你放手。」說完又上前兩步，緊盯著我的臉，我輕搖頭，示意他不要當面得罪太平。

「怎麼？」薛崇簡笑了笑。「我不過是看永安險些跌倒，好心相扶，壽春郡王為何如此臉色？莫不是怕你這側妃春心萌動，又生了改嫁的心思？」

我心底一涼，正要出聲喝斥，卻只聽得錚然一聲銳響，李成器手中劍已出鞘。

隨他這一動，身後隨著的四個侍衛皆是拔劍。看劍出鞘，太平府中侍衛都變了色，瞬息間亮了兵刃，護在了她的身側。

出鞘劍，殺氣盡顯，他身側不過隨著四人，卻生生壓下了蓮塘邊數十人的陣勢。

我看著他，緊張得快要喘不上氣，只能拚命壓制著，努力出聲輕喚他：「成器。」

他的視線與我交錯而過。

「壽春郡王可知這是何處？」薛崇簡雖變了臉色，卻還硬撐道：「若論起來，在太平公主府中拔劍，連聖上也要掂量再三，你該不是真醉了吧？」

「崇簡！」太平揮手，示意身後一眾侍衛退後。「放開永安，給你哥哥賠罪——」

話音未落，李成器已經開了口：「大唐南至交趾，北及突厥，凡本王拔劍所指的方向，必是西北軍血洗之地。三年前突厥不戰而退，懼的是西北數十萬大軍，而非幾千里外歌舞升平的朝堂權貴。這些話，你可聽明白了？」

他的話說得很慢，一字一句，盡是多年殺戮後的淡然。

可就是這平平的幾句話，已壓過了太平身後二十餘持刀侍衛，四下裡頓時靜得駭人。不只是我，連緊抓著我的薛崇簡也臉色驟白，半晌說不出一句話。

他再不說什麼，收了劍，看了我一眼。

我立刻緩過神，自薛崇簡手中抽出腕子，努力讓自己鎮定，安穩地走到他身側。直到被他緊握住手，才算是徹底鬆了氣。剛才那一瞬，連我都不敢直視他，可現在緊握著手，才發現，他的手心竟也出了些汗。

他也在怕，怕的卻是我和孩子……

這一場鬧劇很快過去，太平像是什麼也沒聽到，只是命人把薛崇簡帶下去。倒是李重俊半晌緩不過來，待回了神卻神色震驚地連連看李成器，連對我噓寒問暖也帶了些惴惴不安。

我不想再多待，眉心疼得發緊，只靠在他身上，低聲說：「回去好不好？」

他靜看了我會兒，直到我又握緊了他的手，他才緩了神色，溫聲道：「日後妳再如何吵鬧，我也絕不會放妳出府了。」

我悶悶地嗯了聲，心仍舊跳得急，不覺捂了胸口。「我好像……有些喘不上氣。」

他反手扣住我的腕子，似在把脈，聲音卻依舊平穩：「閉上眼睛休息，我抱妳出去。」話音未落，我就覺得身上一輕，被他抱了起來。

太熟悉的陣痛感，我緊咬著牙，一陣陣發寒。

太早了，難道要生了？

「永安？」他的聲音在耳邊，依舊很鎮定，可是手已經不自覺收緊。「是不是很不舒服？」

我輕點頭，剛想說什麼又是一陣劇痛，只感覺腿上有熱熱的水流，更深的恐懼襲上心頭。卻還是讓自己清醒著，趴在他肩上，刻意讓聲音輕鬆些：「你兒子太想見你，等不及了。」

他應了一聲，柔聲道：「我倒覺得該是個女兒。」

他的手微有些抖，步子卻仍是穩的，只是沉著聲音問太平要房間生產。千萬不能出事，尤其不能在這裡。

耳邊盡是一陣陣的請安聲，李成器似乎在對人吩咐著什麼。太平的聲音、李重俊的聲音漸融成了一片，竟比上次還痛。

我只覺得醒來數次，卻又迷糊著，感覺這孩子永遠也不肯出來。到最後徹底脫了力時，感覺有人替我擦著汗，睜不開眼，可只知道是他。直到所有聲音都不再分明，才用盡最後力氣睜開眼，驀然撞入了那漆黑的眼眸中……

「是女兒。」他任由我抓著他的手，只安靜地看著我。「還疼嗎？」

眼前漸模糊著，我似乎聽見自己嗯了聲，就沉沉睡了過去。

沒想到這一場酒宴，意外地迎來了我和李成器的第一個女兒——念安。

因沈秋不讓人挪動我，李成器也就在房內陪我，在太平府上足足待了三日，我才算能正常吃些東西。說是在太平府上，吃穿用具都是慣用的，又整日看著他，倒真和平日無甚差別。

「薛崇簡跪在門外幾個時辰了。」沈秋忽然唏噓著，收了針。「太平府上，能讓她最寵愛的兒子這麼跪著的，除了她，也就是郡王了吧？」

我詫異地看他。「薛崇簡在門外？」

李成器替我蓋好被，低聲問：「要不要躺下？」

我嗯了聲，任由他拿開身後的軟枕，扶我躺了下來。

我看他不願理會沈秋，到嘴邊的話也嚥了回去，悄然看了沈秋一眼，他只輕搖頭，極隱晦地看了我一下。

待到沈秋退出了門，我才碰了下他的手，柔聲道：「如今我母女平安，你還不放過他，豈不是有意為難你姑姑？」

他輕握住我的手，溫聲道：「永安，他跪得越久，日後越不敢有人為難妳，這才是我想要的。」

我忍不住笑了。「郡王，那日你拔劍時所說的話，可算是大逆不道了，我還真想不到誰能再來為難我。」

他眼中似乎有一瞬的沉色，又恍惚是我看錯了，過了會兒，他才忽然俯下身，堵住了我再想出口的聲音。

待回到王府時，念安也終被沈秋調好了身子，開始能咿呀地對我擺手。嗣恭常坐在我身側，忍不住盯著妹妹，伸手想要碰她的臉。

念安只是一味躲著，到最後總落得兩個都號啕大哭的下場。

我聽著是心疼，可也哭笑不得，無能為力。

因不能下床，只能看著幾個奶娘手忙腳亂哄著他們，正天翻地覆時，李成器已經進了門，走過去拍了拍嗣恭的臉，前一刻還在號哭的兒子竟然就這麼安靜下來，盯著他哽咽地叫父王。

「不知道的，還以為這孩子是沒娘親的。」我很是傷神地看著他。「偏就和父王這麼親近。」

李成器本哄著他，聽見我如此說，才又走過去自奶娘手裡接過念安。「似乎女兒也和我更親些。」邊說著，他邊有意用手指逗她，卻沒料到竟被她雙手握住手，直接吸吮起了指尖。

我看著他微有些錯愕的神情，忍不住笑出了聲：「果然很親。」

他看了我一眼，神色柔和了下來。「都說嗣恭像妳，我卻覺念安更神似妳一些。」

我不解地看他：「不是更像你嗎？」

他微微一笑，用臉碰了碰念安的臉。「她看我的神情，更像妳。」

我恍然明白過來，這一室的人也都聽出了話中話，均臉帶暖笑。

我一時不知說什麼，自顧著拿起書，假意看著。

待到奶娘將孩子抱出去了，他才走到我身側坐下。「永安，不是說過要少看書，會很傷眼。」

我嘆了口氣，無奈道：「人都說頭一胎最苦，可我卻覺此番更難熬些，不能下床，也不能看書，還能做什麼呢？」

李成器拿過我手中書。「這是最後一次了，養好身子後，任妳看書寫字。」

我復又嘆了口氣。「不過說說而已，待到日後再生，還不是要被你困在房裡。」

他站起身，把書放到書案上。「一子一女足矣，無需再多了。」

他話音平淡，可我聽著確有些異樣，盯著他的背影，總覺他話中有話。李成器轉過身，看我如此瞅著他，不禁微微笑起來。「喜歡孩子嗎？」

我頷首。「早先就喜歡，如今更是喜歡了。」

他若有所思地道：「這些年李氏折損了很多旁系，卻終究有些血脈留下來，妳若喜歡孩子，待塵埃落定之日，我安排人挑些聰明伶俐的收作養子，如何？」

這想法，他倒是從未曾說過。

我笑著點頭。「也好，如此也熱鬧些。不過……」我又仔細想了想。「不能都過繼在我這裡，府中女眷眾多，她們若有意，也未嘗不是件好事。」府中那許多人，願拿他休書離去的人卻甚少，若當真到年華漸去一日，膝下無子終歸淒涼。

念及至此，也不得不嘆，有如此受人眷顧的夫君，真不知是該喜該悲……

我看著他，他也看著我。

過了很久，兩人才都忽然笑起來，我道：「如此一來，日後史書中，你這風流多子的名聲算是落下了。」說完，想了想又補了句：「不過若你想登上帝位……」

他走回到床邊，替我披好袍帔。「空置後宮，專寵一人。」

我忍不住揚起嘴角。「如此說的人，通常做不了一個好皇帝。」

他倒是不以為意，只笑了笑，沒再說什麼。

第二十九章　宮變

時隔不久，聖上下旨，立李重俊為太子。

下旨當日，李重俊就宴開大明宮，聽聞裹兒大鬧不止，可兩人終究都是天家的骨肉，終不過又是一則坊間笑談。

婉兒這幾月始終身子不大好，因蒙聖寵，竟在宮外置了府。

我挑了個不年不節的日子，特讓李成器陪我去她府上探看，沒想到竟還是聚了幾位貴人。婉兒在亭中擺了些酒菜，招呼著我坐在她身側，耳語的都是些不痛不癢的話。我看著不遠處笑語連連的武三思，再看那幾個李家兄弟，多少有些心不在焉。

「難得見妳，竟還是心神不專的。」婉兒輕捏了下我的手心。「想知道他們在說什麼嗎？」

我回過頭，看她道：「說說看。」

她微微一笑，替我剝了個葡萄，塞到我嘴裡。「武三思這幾月最得意的事，不就是把五王逼得身首異處？」

我咬住青色的果肉，有些酸，不禁蹙了眉。

五王的事，即便李成器不願多提，長安城中卻已傳得沸沸揚揚。張柬之、崔玄暐算是命好的，在顛沛流離中就已死去，餘下的三人卻並未有如此好命……

想起他們，不覺又牽念起已辭世多年的狄仁傑，我輕吁口氣。「李家能拿回這天下，這五人算是費盡心力，誰又能料到最後扶持了新帝，反倒成了自己的催命符。」

倘若是父王、是李成器，這五人怕已是朝中的中流砥柱。可惜這世上沒有「倘若」，唯有一個個令人唏噓不忍見的結局。

「我勸過武三思，做得太絕，老天也難恕。」婉兒繼續剝著葡萄。「三人，兩個是剮刑，剮刑妳見過嗎？左右兩人架著在竹樁之上磨曳，肉盡至骨，然後杖殺。」

我喝了口茶，想要說什麼，卻立刻咬住了下唇，讓自己不能出聲。

心底竄起的冷意，迫得我幾乎拿不住茶杯。

剮刑剮刑，我未見過，可十幾年前那一幕卻終身不敢忘。

婉兒仍在說話，依稀是餘下的那個如何被連餵數升毒汁，卻硬撐著一口氣不肯死去，又是如何受盡毒液折磨，十指抓到白骨磷磷……我眼前卻一遍遍都是那個如水墨暈染的女人，前一刻還在和我玩笑著說賜婚，下一刻卻已坦然受死。

婉兒自幼入宮，早見慣了這種事，自然早忘了乾淨。可於我而言，這麼多年過去，當日的情形卻仍歷歷在目，這是他唯一不知的事，也是我此生不敢說的事。

「永安？」婉兒的聲音由遠及近，輕喚我：「怎麼了？」

我這才覺得手心有些痛意，悄然看了一眼，已是甲斷入肉。「沒什麼，忽然有些不舒服。」趁著她未留意，我將斷甲拔出，緊握著一方錦帕止血。

她輕揉著眉心，繼續道：「妳可還記得妳那個婢女宜平？」

我頷首道：「如何？」

她笑了笑。「沒什麼，我只聽說是身懷有孕了。」

我愣了下，才隨口道：「她自跟了李重俊，這麼多年下來都沒動靜，怎麼忽然就有喜事了？」

她想了想，才說：「妳以為誰都和妳一樣？無論旁人如何做、如何妳待好，都只心心念念一個人？」

我默不作聲，任她半是抱怨的說完，才笑了笑。「他又何嘗不是？我有何好？好到可以讓他屢屢犯險，不惜一再讓步，甚至放棄府中女眷如雲？」

婉兒邊笑邊搖頭。「這倒也是，若算起來，壽春郡王比妳還要不值。」

她說完，才又重新拾起宜平的話：「李重俊是真寵她，別看平日也欺她，卻是恨她還記得舊情，這麼多年都不肯斷。紅顏禍水啊，心中有人還想去奪皇位？」

不知為何，總覺得婉兒話中有話，卻有些摸不到頭緒。我默了會兒才笑道：「若論禍國，妳敢稱首，絕無人敢位居其後。」我說完，掃了眼武三思，笑而不語。

細碎又說了些閒話，亭外暢談的幾人才走回來。

李成器剛一落座，就對我伸手示意，我忙起身走到他身側坐下。這一細微動作，換來眾人好一陣嘲笑，婉兒最是笑得歡暢。「郡王，那日的事我可是聽說了，拔劍護妻不難，可膽敢在太平府上拔劍，又讓她寶貝兒子跪地賠罪的，也就唯有你了。你可知此事傳入宮中，連韋后都豔羨不已，連連笑罵陛下不如呢。」

我聽得有些忐忑，看了眼李成器，李成器笑著搖頭，清淡地說了句：「傳出去的話，多少有些浮誇。」

婉兒只是笑著，不再追問，倒是掃了眼李隆基。「方才不知誰提起，今日是三郎生辰？」

李隆基並不坐在我這一側，反倒和武三思相鄰，正在低語。聽見她如此說，才笑著抬頭，微瞇起眸子想了想。「上官昭容若不提，本王都忘了，正是今日。」

婉兒笑了聲：「真是巧了，今日恰好府上人多，我特命人備下了新鮮的曲子，郡王可想聽聽？」

李隆基懶散倚在一側，說了個好字。

婉兒隨意拍了下手，便有人立刻在亭外備好舞池，舞娘、樂娘亦靜候著，像是只等李隆基的一句話。

我看了眼這陣勢，笑著看了眼李成器，低聲道：「看這陣勢，婉兒明明早就打探好了，今日來得不是時候。」

李成器也看我，似是在想著什麼，待我微側頭去打量樂娘時，才聽見他說：「隆基的姨母剛才過世，或許是因此，他不願過生辰。」

我愣了下，才想起那個共處過不少日子的女人。

於她，我始終有心結，每每聽到她的事總會避開。若不是她，我不會和李隆基……可眼下聽到她的死訊，心中除卻酸楚，竟無喜無悲。坐在這裡的，誰又沒虧欠過誰，誰又沒算計過誰？

人死燈滅，不論善惡，歲月都不會饒過任何人。

念及此，我下意識看了眼李隆基，他只是若有所思地看著樂娘，不知在想什麼。待我收回視線時，他卻像是察覺到什麼，猛地看向這處，眼中似有千言萬語，終不過是握著茶杯，低下了頭。

我心中有些酸楚，也低頭看茶杯。

直到樂娘抱著琵琶上前，躬身問安時，李成器才忽然又道：「今日他無論說什麼、做什麼，姑且讓一讓。」

我嗯了聲，又覺他話中的意思很好笑，抬頭看他道：「這麼多年情分在，你以為我今日也會為難他？他是你弟弟，又何嘗不是我弟弟。」

他微微笑了下，清潤的眼眸中難得有些複雜。「日後若是刀兵相見，妳可還當他是弟弟？」

我怔了下，想了很久，也沒說出話。

這首曲子彈得著實好，我聽得也不禁出神，待到樂娘起身時，婉兒才笑著問李隆基：「郡王，是賞是罰？」

李隆基似是未聽見，待婉兒又問了一次，他才微揚起嘴角。「自然要賞。」

婉兒對亭外揮手，眼睛卻依舊盯著李隆基。「郡王可是不喜這麼熱鬧？為何總是心不在焉？」

李隆基竟難得不說話，只低頭喝茶。

因為他的意外之舉，場面一時有些僵，倒是武三思先笑著拍了拍他的肩。「今日的歌舞是上官昭容一番心意，就是不喜歡，也要給人留個顏面。」

李隆基放下杯，莫名看了我一眼。「與昭容無關，我只是想起了多年前，也曾聽大嫂彈過一曲。」

我被他看得一怔，這是他頭次如此喚我，竟是在今時今日。

而他提到的那曲，卻又是我在李成器生辰日所彈的〈廣陵散〉。

婉兒忽而一笑，看著我道：「永安，妳竟彈過琵琶？」

我頷首，道：「幼時曾學過，不過早已生疏了。」我頓了頓，忽然心有些軟，看了眼李成器，他似乎也猜到我所想，只笑著點了下頭。「如若三弟不嫌，我便也為你彈上一曲，算是賀禮可好？」

李隆基回看我，眼中晃過很多情緒，似喜似驚，到最後也不過化作一副懶懶的笑意。「多謝大嫂。」

這一句話落下來，餘下眾人皆驚喜備至，頻頻說著借了郡王的福氣，我在笑語歡聲中起身，接過樂娘手中琵琶，拈撥子試了幾個音。年少所學的早已生疏，可也算盡了心，只願能讓他今日有所歡喜。

日後如何，誰又能猜到。

不算新鮮的曲子，只是歡快的應景。

我握著錦帕的那只手，始終在隱隱作痛，卻好在未出什麼差錯。待起身放了琵琶，眾人皆讚嘆不已，虛誇得像是只應天上有，更有人提起李成器擅通音律，讚了句天作之和，引得四下附和，聽得我是哭笑不得。

李成器若只與我相當，又怎會少年便一曲名揚天下？

「多謝大嫂。」李隆基過了很久，才又說出了相同的四個字，言罷竟起身，恭恭敬敬地對我行了個謝禮。

彈奏一曲。」

我忙還禮，笑道：「今日郡王最大，但有所求，必當盡力如願，又何況盡是

多，已盡如願。」

李隆基直起身，漂亮的眼睛中似有很多話，終不過化作一笑。「今日所求不

我輕點頭，不知怎地又想起了李成器的話。

走回到李成器身側坐下，我輕聲道：「好在，沒有任何差錯。」

他好笑地看我，也壓低了聲音：「本王的伯牙，怎麼會有差錯？」

隱約，走在一條漆黑的甬道中，這是大明宮中一條不太熟悉的路，婉兒帶我走過。大明宮總是燈火長明，這是皇祖母留下的規矩，這幾年我從未入宮，對那水畔牆邊的燈火卻依舊有印象。

不管天子何人，宮依舊是那個宮。

冥冥中似乎有人在說這只是夢，可我怎麼走都走不出去，正焦躁難安時，忽然被人握住了手……「永安？」聲音就在耳邊，低聲喚著，直到我終於睜開眼，才發覺自己已被成器抱在懷裡。「我剛回來，就看到妳額頭有汗，似是被夢壓住了。」

他的手還冷著，想要鬆開時，我卻下意識地回握住了他。「我夢到婉兒，都是當年剛入宮的畫面。」

他很淡地笑了笑。「是不是想問什麼？」

我看他的神情，雖平靜如常，卻仍隱隱有所不安，靜了會兒才搖了搖頭。

他這些日子雖有所迴避，但府中來了何人、究竟是何身分，我多少還是明白的。父王曾說李重俊日益不滿韋后對安樂公主的偏寵，暗中與重臣結交，其中不乏李成器和太平的親信老臣。

聖上自恢復皇族身分，到如今君臨天下，不過短短數年，比起太平和李成器多年經營差之甚遠，自然不能硬碰硬，唯一能做的，也不過是壓制自己的親生兒子。

身為東宮之主，卻毫無實權，被自己親生妹子壓制，李重俊如何嚥得下這口氣？

我躺在床上，因這突如其來的少年夢境而心慌，卻不敢翻身吵醒他。過了會兒，才覺得他伸手攬住我，拉近了距離。「永安，妳一直說將妳帶大的姨娘在潞州，可想去住一段日子？」

我愣了下，下意識追問：「嗣恭和念安尚離不開我——」

他打斷我道：「他們會隨妳一起。」

突如其來的安排，很直白地說明了一切。

我本想應承下來，卻忽然又想起了那個夢。「李重俊與陛下父子離心，婉兒和武三思在其中做了不少事。你要藉李重俊的手動搖帝位，可若是宮變，他第一個要斬殺的是武三思，第二個必是婉兒。」

李成器靜了會兒，才道：「我會幫妳保住她的命。」

我頷首，想說什麼，卻忽然想起那日和婉兒的話。她輕巧說出的「剮刑」，就是李成器生母十數年前的命運……

我感覺著他的呼吸，尚醒著。「有些事，你始終沒再追問過我。」諸如當年他生母的死，諸如我是如何失身於李隆基，他從未再問過半句，可是否真的不在意？還是不願逼我提起？

「永安。」他輕聲說。「只要我不問的，就是我不在意的，或是不想再追究的。有些事說穿了也不能改變，反倒會影響以後的日子，妳覺得呢？」

我嗯了聲，閉上眼，不再說什麼。

離開長安時，正是七月初三。

這些年跟在李成器身側，從未真正出過長安，到馬車越行越遠了，才漸漸發覺沿途休息時，所遇的那些販夫走卒，都像是習過武的。看得多了，反倒覺得越發心慌，這樣的陣勢，不日一定會發生天大的事。

沈秋怕嗣恭和念安太小，路上不安穩，有意拿了些小藥丸，兩個孩子路上真是一個比一個嗜睡，倒弄得我無事可做。

沒想到，到一日竟遇到了位故人。

王守一。

一日夜顛簸不停的行路，我剛下了馬，立刻有人清了茶樓，神色緊張地侯在四周。我吩咐何福要了些涼茶，分給或明或暗的侍衛消暑，正接過夏至遞來的茶杯時，就聽見門口的喧鬧聲。

王守一孤身一人，站在門口看著我，卻是多一步都再進不得。

「側妃，何福說，這人沒帶什麼兵士，只有兩個隨從。」冬陽走近，低聲道：「要不要見一見？」

我想了想，終歸是太原王家人，不論日後是誰做了皇帝，望族仍是有根深柢固的地位，也不好太過怠慢，遂點了點頭。「終是故人，放他過來吧。」

冬陽應了是，走過去低語三兩句，王守一就被放了進來。

他倒不客氣，直接走過來坐下，夏至剛才倒的茶，被他一口仰盡。「李成器果真把妳當成了寶，來的都是最忠心的人。」

我笑了笑。「王將軍看起來在趕路？」

他半笑不笑地看著我。「怎麼，妳不知道我為了什麼要去長安？也不知道自己為何要離開長安？」

我不置可否，看了眼夏至，夏至忙又上前添滿了茶。

當年在李隆基府上，他是正妃王寰的哥哥，而我僅是個四品媵妾，他為王寰屢屢言語威脅……那些日子過去了很久，如今無論王寰與李隆基是否夫妻同心，王守一都要為這個妹夫冒上生死，爭取帝位。

而我這個眼中釘，卻彷彿不再相干了。

我看他又飲盡一杯，才道：「王將軍執意要見我，可有話說？」

王守一似是斟酌了下。「妳和他兄弟二人的事，我聽得不多，本以為妳是李隆基的又一個棋子，後來才發現全猜錯了。」我示意他繼續說，他又道：「妳知道有多少人暗示李隆基，要在路上不惜一切代價，劫走妳？」

我搖頭。「現在看起來很太平。」

「所以我起了歪念。」王守一倒是直言不諱。「那些謀臣暗示李隆基，不是帶走李成器的子女，而是妳，足可見妳對壽春郡王的意義，而李隆基寧肯抱有風險，也不肯拿妳做籌碼，也足可見他真的待妳，仍如當年。倘若劫走妳，應該能有大作用。」

我險些被茶嗆到，終於忍不住笑了。「然後呢？」此人還真是不一般，在重兵之中，坦然地說這些話。

「沒有然後了，李成器沒像我想的那樣，孤注一擲將所有心腹留在長安，跟著妳的這些，哪個不是手裡有數百人命，若劫不走，反倒惹了大禍。」

我嗯了聲，他倒是越發好奇了。「為何不給自己留條退路？倘若是李隆基贏了呢？」

我一小口一小口喝著茶，見了底，才放下杯子。「倘若李隆基贏，也是郡王做了最大讓步，且有能力保我與孩兒一世平安，為何需要退路？」

他這麼做，倒真是軟硬兼施了，只不過皆無所得。

我又隨意說了兩句，做出了無意再談的臉色，他才訕訕而去。

到上了馬車，冬陽依舊有些神色難安。

我為何走，她無從所知，今日卻在聽了王守一這一席話後，真正明白了將要發生什麼。我看了她會兒，她卻始終無察覺，直到夏至用手肘撞了她一下，才如夢初醒。「怎麼了？」說完，立刻反應過來，低下了頭。

我隨手翻著書，沒有問任何話。

當年早已讓她做過選擇，我既然接受她繼續留在身邊，就要完全信任。疑人不用，用人自然不疑，就是難為了她，若……終會心神俱傷。

就這樣又連趕路兩日，才在一小鎮的老宅中住下，還是兩日夜來頭次睡床，躺下才覺得渾身散了架一般。痠痛難耐，卻如何都睡不著，索性走出去，正看到何福在門外守著，神色亦是凝重。

「是今日？」我心有些發緊。

「回王妃，正是今日。」何福忙躬身回話。

何福歷來稱我為「王妃」，倒是如同李成器一般，認準這世上他只有我一個妻。

「今日無論勝負，損失的也是陛下那一脈吧？」我走到石凳上坐下。

「正如王妃所說，是小人太過緊張了。」

我安撫一笑，沒說話。

如今皇位上坐著的是李顯，他那幾個好兒女，被太平、李成器、李隆基每日捧著，卻不過為了最後去送死。子女謀權篡位，自然大逆不道，李姓同族人怎能袖手旁觀？如此順利成章，就剩了最後的三個人，那才是凶險一搏。

七月暑氣已盛，坐了會兒，周身就已滿是薄汗。

我仰頭看了眼浩瀚星海，大唐從開國來，總是兄弟、父子相殘，長安城中每一寸地都是自己人的血。今夜不知道又要死多少人，接下去又會如何？

皇上在世時，每日惶惶不安，是怕皇上的猜忌賜死。每日只是盼著，李家、武家的紛爭一過，或許會好，如今才發現，更加惶恐不安。讓他利用血親手足，甚至到最後與親兄弟爭權，他又何嘗好過。

不知道為什麼，眼前又浮現那夜，李成器和李隆基生母為保東宮所有人，不約而同認罪受死，她們要是看到今日，或是日後那一爭，不知在天上作何感想？

想得多了，越發熱了起來。

「娘親。」身後有軟軟的聲音，是嗣恭。

他如今已能獨自走，搖晃著，向我而來。

夏至懷中的念安，似乎很不快哥哥能走到我身邊，急得嚶嚶哭起來。真是……我無奈一笑，何福緊張地跑過去，護著嗣恭的小身子，一時間所有人的心思都放到了兩個孩子身上，反倒稀釋了剛才的愁緒。

無論如何，我相信他一定能做好一切。

如同當年在太液池邊，他攬我入懷，只為護我周全。

「永安，宮變雖落敗，但天命已偏李成器這一脈。若不出所料，三年內妳一定會再回長安，本該日夜盼著再見日，如今算來，怕也是我的死期了。不要蹙眉頭，生生死死，妳早看得開，我又何嘗計較？

我知妳想問此次宮變內情，事已至此，毋需深究。

潞州雖小，神鬼俱全，保重。」

我剛才合上絹帕，夏至已上前燃燭，我看了李成器一眼，把信湊在火上燒了，扔進了一側銅盆裡。

那場宮變，我只知道結局。

武三思死於太子李重俊之手，可太子帶重兵殺入宮中時，將士卻倒戈，在陛下的感召下放下屠刀……總而言之，敗得極倉促。

我起身，走到李成器身側，抽走他手中書卷。「婉兒說，潞州雖小，神鬼俱全，要你我當心。」

他微微笑著，看了眼夏至，房中人忙躬身告退，剩了我們兩人。「妳還是想問那晚的事？」

我點頭，在他身側坐下。

他起身，走到窗邊，沉默了好一會兒才說：「可還記得宜平？」

我被他一說，心忽然跳了下，脫口道：「她可還活著？李重俊被殺後，成義可把她安排妥當了？」

李成器背對著我，搖頭道：「死了，在宮變時，隆基手握重兵，卻沒有去救武三思，而是劫走了李重俊府中家眷。不能說李重俊為美人放棄宮變，但卻為即將臨產的宜平錯過了時機。一時誤，即是生死大事，我與太平也無能為力。」

李成器說得簡單明瞭，可那夜的凶險，又豈止這三言兩語能說盡。雖然這麼多年來，我與宜平從未再見過，就連她身懷有孕的事，也是從婉兒處聽到的，可她終究是我年少最快樂時的玩伴。

她是如何與李成義暗生情愫，從我身邊離開，進入了當時危危可岌的東宮，又是如何丟掉了自己第一個孩子，卻仍留在李成義身側，不計生死。可又是如何無奈，被李重俊奪走，改嫁入太子府……

就如同婉兒所說，不是每個人都該堅持，都不會被溫情相待打動。

可委曲求全不是錯，我看不到李重俊與她的點滴歲月，或許真有了夫妻情份，又有了共同的血脈。而後呢？仍舊逃不過一死。

我心頭隱隱鈍痛，問道：「那李成義呢？」

李成器回身看我，壓低了聲音：「那時他在百里之外，壓制重兵。」

我沒再出聲，這天下除了李成器，任何人的感情我都無權說話，無論他是不願管，還是真的無力回天，都已成事實。

念及至此，我抬頭看他。

他恰好也看向我。「可還記得我給妳的字？」

我微怔了下，才恍然他說的是調兵的字。「記得，仙蕙被賜死時，我曾想用你給我的這個方法救她。」

他看著我，神情忽然凝重起來。「倘若日後有人拿此威脅妳，記得我的話，在我眼中，兵權、皇權都不及妳重要。」

我心忽然沉了下，因為他的話，也因為他假設的情景。

「記下了。」我輕吐口氣，努力讓語氣輕鬆些。

「隆基來了。」他看了眼窗外，漸緩和了神色。

李隆基？

我看他嘴角的笑意，不禁也想到了一直以來的傳聞，笑著附和：「聽說此處有個舞姬姓趙，頗得臨淄郡王的寵愛，方才坊主還在說我們來得巧，今天正是她最後一次獻舞的日子。」

說完，喚夏至開了內窗，捲起了珠簾。

潞州雖小，卻極重享樂。

此處菜品毫不比長安差，歌舞娘的技藝更是小勝洛陽，若能小住幾年，不去管李家內的刀槍劍影，也算逍遙。

只可惜，不知是天意，還是人為，我們才住了不到三兩月，宮裡就下了聖旨，繁文冗長，都不過是讚譽李成器等兄弟護駕有功，加官進爵。

其實明眼人都聽得出，聖旨最後幾句才是重中之重：封李隆基為潞州別駕、李隆範為隴州別駕、李隆業為陳州別駕，即日啟程赴任。

除卻李成器，他三個弟弟都被調任，遠離京城。

看來陛下真是怕了，將年輕的李家子弟都送得遠遠的，免得再惹禍上身。而我們與李隆基也因這聖旨，又在潞州重逢了。

此時李隆基正大步而入，樓內頗有些身分的忙都起身，笑顏相迎。我遠看著他在正中落座，不禁對李成器道：「太平和你，兩個對皇位最虎視眈眈的人，卻在聖旨上隻字未提，整日在外逍遙，你說陛下在想什麼？」

「想什麼不重要。」他看了眼樓下，平淡地道：「三年之內，我們會重返長安。」

我順著他的視線去看樓下，李隆基左右已落座兩人，看著生疏，卻頗有武將氣度。「婉兒也這麼說，三年後，我們會在長安再見。」

至於那後半句，我沒有告訴他。

他明白我和婉兒的情義，若有可能，必會如此次宮變一樣，盡力保住婉兒性命。

高臺中，漸起了樂聲。

我與姨娘早約了進香，小坐片刻後，便起身離了房。豈料方才走出坊門，就迎面撞見個妙齡女子，見到我微頓了下腳步，待深看一眼後竟忽然就躬身行了禮。我仔細打量她的容貌，確是未曾見過，只好略頷首，上了馬車。

李成器不在潞州時，我常與姨娘在一處。

姨娘改嫁的夫君王毛仲是個高麗人，無巧不成書的是，他正是李隆基來到潞州之後格外重用的一位武將。起先因李成器的原因，姨父已待我極為小心，一次我在他府上與李隆基偶遇後，更是處處顯得謹慎。

也因這關係，我在他府上頗不自在，漸不大登門，只和姨母約在外相見。

這一日，我正和姨母閒走過德風亭，恰就見了一個略有些熟悉的人影。

姨母見我停下腳步，不解地看我。「永安，怎麼了？」

我看了眼遠處，那個女子已走入重兵中。「沒什麼，看到一個人。」說也說不清，我只和她在歌舞坊偶遇，卻並不知道她的姓名身分。

姨母想了想道：「妳是說趙姬？」

我默念這個名字，才徹底明白過來。

原來她就是那個人。

既然她在此處，李隆基應該也在。

我怕多生事端，輕挽住姨母的手臂，道：「走得有些累了，不如回去吧？」

姨母是個通透的人，立刻道：「妳不說還不覺得，走了這麼久，也該回去了。」

我笑了笑，剛和她走出兩步，就見個青年武將走過來，抱拳一禮道：「夫人。」

姨母停下腳步，道：「起來吧，我只是路過，無需特意上前請安。」

那人直起身，道：「臨淄郡王聽聞夫人路過，想要見夫人一面。」他看向我，接著道：「還特意說，請這位小夫人也一同飲茶消暑。」

姨母看我，似是拿不定主意。

我知姨父也在，而李隆基不過是要藉此由頭見我。

我無意讓姨母為難，略一點頭，隨她進了德風亭。亭中有不少或生或熟的面孔，大多是潞州名士，有的還曾到過我府上拜會李成器，我看到他們臉上難掩的驚異、猜測，不禁暗暗苦笑，李隆基還是曾經的李隆基，毫不在意他人想法。

「原來是大嫂。」李隆基起身，笑吟吟地走來。「方才遠見背影，不敢相認，沒想到竟如此湊巧。」

我忙行禮，道：「郡王。」

他點頭，將我迎到一側落座。

這麼兩三句的寒暄，他不再刻意和我說話，倒是繼續和這些潞州名士、幕僚、好友賞景作詩、談論國事。起先眾人還有些拘謹，見我只低頭喝茶，也漸放鬆了，高談闊論起來。

趙姬始終陪坐在一側，偶爾與李隆基低語兩句，卻總會若有似無地看我。

我不知李隆基究竟想做什麼，也只得佯裝未見。

當眾人談及治國方略、遠大抱負時，李隆基也僅是靜聽著，我正琢磨藉口告辭時，他卻忽然看向我。「永安，妳可聽過〈大風歌〉。」

我略沉默片刻，才笑道：「漢高祖大勝項羽後所做的歌，幼時在宮中聽到過。」

他手中把玩著玉觴，忽然放在一側，起身吟唱起漢高祖的〈大風歌〉。以前我也曾在玩鬧時聽他吟唱過一些曲子，卻從未有今日的氣魄。

此舉看似隨意，可偏就是劉邦躊躇滿志，取得天下後所做的曲子。

在場人都不覺禁了聲，驚異於他的直白抱負。

「我唱得如何？」他收了音，看向我。

我點頭笑道：「不錯，很好聽。只是當年劉邦吟唱此曲時，雖已是勝者，卻也大多是表示勝者的憂慮——」我頓了頓，又認真看他。「拿得天下，卻找不到賢將去守住天下。」

他直看著我，輕聲道：「江山易打，卻難守。」

我看了眼刻意低頭、不去看李隆基的冬陽。「今日如此良辰美景，郡王何須為古人的一首曲壞了心境？」說完，起身，拿起茶杯繼續道：「府上還有些瑣事，就不在此多陪了。」

李隆基瞇起眼，略上前兩步，聲音又刻意輕了幾分：「永安，我想去看看嗣恭。」

他的神情，像極了曾經無憂無慮，尚被皇上重視、眾人捧在手心的小皇孫。

剛才那個吟唱〈大風歌〉的人，離我很遠，而現在的他，卻讓我不忍去拒絕。

第三十章　一晌貪歡

自那日後，李隆基才又見了嗣恭，不知他為何待嗣恭如此親厚，抱著他到處走時的歡喜，絕不比我這個親娘少。

數月後，趙姬懷了身孕。因為李隆基的盛寵，臨淄王府上的姬妾都有意為難這個煙花女子，她倒是經常來我這裡閒坐。起初我還有意迴避，可看她孤零零的又懷有身孕，不覺有些心軟，偶爾還遣人去請她，閒話些育兒的經驗。

這一日她正在我這處說話，李成器忽然回了府。

趙姬惶恐地起身行禮，李成器只是笑著看她，沒有說任何話。

待趙姬走後，我才認真看他。「郡王是不是有什麼話說？」剛才他看趙姬的神情，只有那麼一瞬的凝重，卻已讓我心驚肉跳。

李成器搖頭一笑，輕握住我的手。「沒什麼，我只是忽然起了愛護妻兒的念頭，或許是憂慮過甚了。」

我瞭然，笑著攬住他的手臂。「我也只是看她可憐。隆基寵愛太過出格，又不能天天將她帶在身側，人後自然難免被欺負。一個女人要整治另一個人，總會有各種辦法不落下把柄，即便是隆基想要治罪，也無可奈何。」

李成器聽我絮絮叨叨說了半天，才一副好笑神情。「聽起來，妳似乎極有感觸？」

我嘆了口氣，正想繼續說下去，才恍然明白他話中的味道，不禁笑道：「聽別人說多了，自然就明白了。永安承蒙郡王寵愛，偌大王府卻無其他女眷，何曾有這種麻煩？」

他隨意靠在書案旁，日光透過窗子照進來，在他身上落下了斑駁光影。

這一瞬，彷彿回到年少時，溫潤如舊。

我笑著看他，他卻忽然道：「永安，是我疏忽了，妳年少時在皇祖母身旁總有婉兒相伴，如今卻連個說話的人都沒有。」

心中還念著他當年的模樣，他如此一句話，倒是讓我啼笑皆非了。「原來你是想到了這裡，如果你當真心中有愧，就讓我見見婉兒吧？」

話中有笑，笑中又何嘗沒藏著話？

今時今日，我不敢要求什麼壞了他的大事，可自我十幾歲入宮伴駕，婉兒就處處指點，處處維護。如今究竟是友是敵？我不想深想。

只是心頭總有種感覺，再不見，就再難見了。

李成器似乎毫不意外，靜想了片刻，頷首道：「我會安排。」

我心頭一喜，不禁拉住他的手，玩笑道：「夫君大人，多謝你對妾的恩寵。

你猜我剛才看你，想到了什麼？」

他順勢將我拽到懷裡，低笑道：「什麼？」

我忽然有些臉熱，卻還是坦然說了出來：「想起了你我在宜都房中的偶遇。這麼多年，我一直盤算著畫出那日的你，卻終未能落筆。嘆只嘆，縱是年少風流可入畫，卻也自成風骨難筆拓。」

「縱是年少風流可入畫，卻也自成風骨難筆拓？」他兀自念了遍，眸中漸湧起些溫意。「倒是與張九齡調戲舞娘的話有些相近，用韻、平仄、對仗毫無講究，可算是一無是處，本王為保住王妃的顏面，僅能將此句記在心裡了。」

我愈發不好意思，有意咳嗽了兩聲，沒再理會他的調笑。不過說到張九齡，卻又想起一事。「如今張九齡仕途得意，可還記得當年三陽宮的婉兒？」

那夜，婉兒親自請了聖諭，讓張九齡對出了精妙句子。

眾人看到的是張九齡的才華，卻無人看出那句「草木本有心，何求美人折」中隱晦的情誼。當年那樁情事可算一波三折，甚至累及我與李成器的安危，而如今仙蕙已不在人世，婉兒雖恩寵在身，卻也是一腳踏進了黃土……

如今聽聞張九齡已有了妻兒，不知他可還記得婉兒？

若能留些相知的情份，對婉兒必然有利。

李成器微微笑著，替我攏起臉頰邊的碎髮。「既然妳開了口，我一定照辦。」

我詫異地看他。「辦什麼？」

他笑。「這種事妳讓我如何問？自然是讓他們見上一面，解妳心結。」

他明白我所想，我反倒有些不好意思。「這種事果真是講私心的，若有人來託你護著當年的紅顏知己，恐怕我會計較。」

他笑意滿滿。「本王一貫薄情寡意，何來紅顏知己？」

景龍四年六月初六，聖駕至三陽宮，重開「石淙會飲」。

明黃綿延二十餘里，一眼望不到邊際。

我坐在涼亭中，緊盯著李成器，他卻好整以暇，毫不在意地品著茶，待我實在忍不住笑了，他才回頭看我。「怎麼了？」

我有意嘆氣。「郡王可真是費盡心思，將陛下都請來了。」

他僅是笑著，搖頭無奈地道：「婉兒如今是寵妃，張九齡又是朝中重臣，除非此種方法，絕難出宮一見。」

我抿嘴笑。「多謝郡王。」

他微微笑道：「這幾日妳只需盡興與婉兒敘舊，餘下的事不要多想。」

我嗯了聲，又想了想。「此番太平和隆基都在伴駕之列，莫非也是你的安排？」

李成器搖頭，沒有解釋，只是重複了一句：「餘下的事不要多想。」

我看他神色認真，也沒再繼續追問，只是想到明日婉兒會到，就不自禁地想笑。

所謂「石淙會飲」，早沒了當年皇上在時的風流暢快，群臣似乎興致都不大高。次日婉兒來時，我正在涼亭給念安餵糕點，她悄然走到我身後，一把抱起了念安，咯咯笑道：「好看，雖不及她哥哥好看，卻也是人中鳳品了。」

夏至、冬陽一見是婉兒，立刻躬身退出了二十步。

我被嚇了一跳，立刻又笑起來。「人都說嗣恭像極了我，妳如此吹捧他，可是在變著法子誇我？」說完，替念安拭乾淨嘴角，接著道：「可都是我的孩子，妳若要誇我，也不用拿念安來說吧？」

她瞇著眼，無聲笑著。

那眼角一道細細的紋路，終是顯出了歲月痕跡。

念安似乎感覺到這個姨娘的特殊，也咿呀摸著她的臉。

直到嗣恭進來，看到婉兒很是呆了一呆，我對他招手。「來，叫姨娘。」

嗣恭有模有樣地走過來，笑著摸了摸婉兒的手。「姨娘。」

婉兒先是笑了笑，一見亭外人，立刻把念安遞給我，款步迎上。「壽春郡王，張大人。」

李成器頷首一笑，走近接過念安，我對他眨眨眼，很是滿意他的安排。

張九齡初見婉兒，尚有些錯愕，婉兒卻始終笑得雲淡風輕，倒是很刻意地瞥了我一眼。我佯裝未見，繼續給念安餵食，聽著他們三個閒聊，彷彿又回到當年的曲江宴。那年他尚是未有官職的少年進士，而婉兒卻是皇上身側最得寵的女官，彼時此時，卻已是天壤之別。

水車不停將水「車」到亭頂，自亭周掛下了輕薄的水簾，水流潺潺，引得嗣恭很是歡喜，不停伸手摸著水簾。我和李成器皆笑著看，毫不以為意，反倒是幾個婢女頗為緊張，始終在一側護著。

「永安。」婉兒無奈地笑道：「不怕他受了涼？」

我搖頭一笑。「他玩得歡喜就好，男孩子就該放出去養，若是怕這怕那，日後如何有膽色上馬殺敵？」

她輕嘆口氣。「也對，宮中那些個皇子都太嬌寵了，就連走路也怕跌倒，比那些個叔伯差得遠。」

「嗣恭也太被嬌寵了。」李成器有意看了我一眼。

我笑。「好，曉得了，下次郡王再教他馬術，我絕不去看。」

他搖頭一笑。「養尊處優，並非是好事。」

婉兒哈哈一笑。「永安，妳可算是悍妻了，郡王想要教親子騎馬，也要妳來首肯。當年郡王可是少年成名，文韜武略，馬術劍法都備受推崇，否則怎會讓突厥大軍不戰而逃？」

我笑。「當年大明宮中可不只一個李成器。」

何止是他，當年宮中那些皇子皇孫，哪個不是起起落落？李家的皇子皇孫，從未負過盛名。只不過，很多都命喪在大明宮的陰謀中，不再有機會一展抱負。

婉兒瞭然一笑。「是了，孝敬帝李弘，章懷太子李賢，甚至是如今避世逍遙的相王，哪個不令人神往？」

她毫不避諱，提及了陛下的三個親兄弟，偏就獨獨不提那皇位上的天下君王……我搖頭笑，不再接話。

李賢啊李賢，你辭世久矣，可預料得到當年那個自掖庭而出的少女，痴戀你的少女，經歷了多少風雨，在兩代帝王身側論政行法，所做的早已遠超於你？

可惜李賢本有天子之能，卻生在武家最得意的時候。

如今隨著武三思的死去，武家已再無機會翻身，可李家呢？我抬頭看李成器，怪只怪李家的人都太優秀了，不論是太平還是他，或是李隆基，都無不承繼了皇上的帝王心。

日光在他身上鏤出了一個輪廓，明暗不清，雖看不清他臉上的神情，卻有種感覺越來越強烈。他離皇位越近，越要狠下心。當年是為了保住父兄親眷而狠心，如今為了他自己，可還做得到？

念安忽然伸手，摟住他的脖子，親了下他的臉。「父王。」

李成器啞然失笑，輕揚眉。張九齡和婉兒亦禁不住笑出了聲。

月落渡口。

我抱著琴，坐在李成器面前，忽然心有些慌。

他一襲青衫玉帶，眸中映著月色，微仰頭喝下杯酒。「不是說學了新曲子？本王可是候了半個時辰。」話中帶著笑，擺明了是要看我笑話。

我見婢女和侍衛都遠在幾十步外，也顧不得什麼儀態，對他揮了下拳頭。「先說好，不許笑。」

他似是看出我真的沒把握，鄭重頷首道：「本王不笑。」明明說得一板一眼，眼中的笑卻更盛。

我道：「婉兒說這首曲子，是當年小喬為周公瑾所撫。」

我看他欲言又止，忙道：「我自然曉得是婉兒杜撰，不過這曲子的確聽來新鮮，便學來給你聽。」

李成器微微一笑。「公瑾風流，與小喬情深相守十數載，的確值得一聽。」

我深吸口氣，手撫上琴弦起了音。

我想說的是公瑾出征，小喬憂心撫琴，他卻有意曲解，只說那美人英雄的旖旎情事。李成器，李成器，你可是看出我的猶豫，讓我不要阻攔你？

指尖是崢嶸曲調，心中卻已紛亂複雜。

突厥這麼多年始終滋擾邊境，卻因李成器當年那一戰，未敢再有大動作，就在我漸習慣他常伴身側時，西北已悄然告急。

自李重俊宮變，韋后下令撤換了大批老將，如今大多都是世家出身，卻未經歷過大戰歷練。沒見過飛沙狼煙的將軍，如何能擊退嗜血的突厥人？即便有人敢領兵，也無人能震懾跟隨李成器出生入死的西北軍。

成器，今時今日，你已大權在握，可還會以身涉險？

心念至此，我忽然有些慌亂，指尖撥了空。

突如其來的合音，我詫異回顧，他已含笑執笛，橫在脣邊。笛音婉轉流入，帶過了剛才那撥錯的弦音。明明只聽過一遍的曲子，他卻已熟記於心，琴笛和鳴，未有隻言片語，卻告訴了我答案。

李唐天下，不只有萬里河山，還有千萬子民。

他不能，也不願，讓突厥的馬蹄踏上大唐的土地。

李成器走後六日，陛下自三陽宮起駕回宮。

太平公主仍舊興致極高，留眾人於三陽宮相陪。依李成器與太平的關係，我不願得罪她，只好帶著嗣恭和念安繼續住在三陽宮，卻再沒了玩樂的興致。

這一日夏至剛才端來些茶點，低聲勸我多吃些，就有個人影出現在門口，笑著道：「草民本在關外日日逍遊，卻不料接到某仗勢欺人的權貴嚴令，要來給個女子診病。」我愕然回頭，沈秋正笑吟吟地看我。「千里趕來實在辛苦，不知可否討碗茶喝？」

我忍不住笑道：「數年未見，你還是如此模樣，竟也未老？」

自陛下登基以來，沈秋就已離了長安，這幾年偶爾也有書信傳來，說的多是各地風俗民情。我偶爾也會問李成器，他可已成家立業？李成器只搖頭一笑。

今日看他，依舊如當年初見，神情未變，樣貌未變，連說話的語氣也未有分毫變化。

沈秋彈了彈衣袖，坦然入內，道：「比不得郡王。前幾日我在伊縣為災民診病，正遇上李成器大軍，妳家夫君方才下了馬，我那些個小侍婢就個個紅了臉，赤了耳。」他長嘆口氣，道：「還是那個名聞天下的永平郡王，半分未變。」

我聽他說遇見李成器，不禁有了些緊張。「他可好？」

沈秋啼笑皆非地看我。「除卻拚命趕路，沒什麼不好。」

我被他笑得有些不自在，卻也知道自己有些過慮了，如今尚在大唐境內，又會有什麼變故？

可這些日子心浮氣躁得厲害，總覺會有事發生。

究竟是什麼事？

我正出神，忽覺腕間溫熱，沈秋已坦然握住我的手腕，細細診起脈來。過了會兒，他才放開手，接過夏至遞來的茶道：「看來李成器這幾年待妳不錯，身子好了不少，只是切記，勿要飲酒。」我頷首，他猶豫著，又道：「妳身子早不如年幼時，別以為喝了口酒不過是出些疹子……」

他方才說了兩句，冬陽就已匆匆入內，道：「王妃，臨淄郡王的愛妾忽然早產，已誕下一子。」

一句話，恍如驚雷，震得我說不出話來，不過才七個月，怎地忽然就生了……

冬陽又道：「臨淄郡王甚是歡喜，想到平日王妃與趙姬要好，特命人來請王妃去探看小公子。」

我愣了下，下意識地看沈秋。

如今遠在三陽宮，李成器又恰好帶兵出征，我若孤身去見李隆基，終歸有所不妥。可與趙姬多日相處下來，總有些情誼在，李隆基又是李成器的親弟，他若是不來請便罷，可如今刻意命人來請，倘若不去探望，於情於理都說不過去。

沈秋似是看懂我的疑慮，搖頭一笑道：「來得早不如來得巧，小人隨王妃走一趟。」言罷先是慢條斯理地喝了口茶，才施施然起身。

多一個人，總會安心些。

倒不是怕李隆基會公然做什麼，只是不知會發生什麼，心頭總有些惴惴不安。

李隆基只派來一個內侍，另一個提著燈籠的，卻是伺候太平多年的婢女，那老婢女見我和沈秋出來，忙上前行禮道：「王妃。」待起身後，才用幾不可聞的聲音道：「公主已離開三陽宮，命奴婢在此隨侍王妃。」

我詫異地看了她一眼，笑道：「起來吧。」

太平走了？何時走的？

聽她這話，剛才壓下的不安，又一湧而上。

李隆基住在御苑南處，緊鄰著山林。我和沈秋乘車而去，待到下車時，才見宮門內外兩列親兵分立，肅穆森嚴，四下裡安靜得有些過分，沒有半分喜氣。

我定了定心神，快步入內，直到入了房才見到幾個女婢。

眾人躬身行禮，李隆基似乎聽見了聲響，慢步而出，神色疲倦。「永安。」

我頷首，道：「母子平安？」

李隆基點頭，道：「母子平安，只是不足月產子，終歸傷身，裡處幾位御醫正在替她診脈。」

我靜看著他，看不出任何不妥之處，漸疑惑，難道是我多心了？沈秋恰自我身後走出，躬身道：「郡王若不嫌，小人願為夫人診一診脈，開些調養身子的藥。」

李隆基看見沈秋，微有些錯愕，轉瞬又瞭然一笑，頷首道：「有勞了。」

沈秋這才直起身，坦然入內。

李隆基揮去外堂一眾婢女，忽而問道：「永安，妳是不是在來的路上還在懷疑我？」

我啞然看他，沒想到他竟問得如此直接，略一沉吟道：「是，我怕你以趙姬為藉口去做些什麼，可想了很久，也不明白你讓我來有何目的。」

他一瞬不瞬地看著我，似乎有很多話要說，我避開他的視線，接著道：「你讓人來請我，以喜得麟兒為藉口，於情於理，我都不能拒絕。可如今來了，卻又不急著讓我入內見她……」

他忽然笑了聲，啞聲道：「我只是想見妳，單獨和妳說些話。」

我愕然看他。「所以，你當真騙了我？」可又為何讓沈秋入內查看？

他搖頭。「我沒騙妳，趙姬是早產。」我越發不懂他的意思，他又上前兩步，眸色轉柔。「自李重俊宮變，陛下早已忌憚我們幾個兄弟，如今三年已過，多大的疑心也淡了。試想，今日本王喜得麟兒，陛下又怎會阻攔我暫返長安，讓父王看看這大難不死的孫兒？」

一句話，如聞驚雷，我緊盯著他，不敢置信地道：「所以你為了回長安，有意催產？」

他沉默不語，竟沒有否認。

我看著燈燭下他的臉，清俊依舊，那雙微微瞇起來的眸子，恍若當年的皇上，那個為了皇權可以微笑著斬殺子孫的人。他的話已經很明白，要用兒子為藉口，重新踏上長安的土地，可是為什麼不能再等三個月？

念及此，我像是抓到了什麼，可終究一閃而逝。

心中又是不敢置信，又是心痛他如此殘忍，平復了很久才出聲：「李隆基，你身邊女人都待你一心一意，可她們對你來說，究竟是什麼？」王寰當年的小產，他尚還是無意，而如今隨著權柄在握，他卻已漸拿這個當作了計策。

「身為我的妻妾，自然與我一損俱損，一榮俱榮。」他背著燈燭，眼中沉得有些嚇人。「這也是趙姬的主意，我已應承她，倘若拿得天下，她這個早產的兒子就是東宮太子。」

我怔怔看他，這麼多年我唯一學不會的，就是他口中這些是非非。方才還在為趙姬心痛，此時卻只覺得可笑。

或許對於一個舞妓出身的女人，能讓骨肉有機會入主東宮，那是十世難修的機緣。可對於我們這些自幼在大明宮中長大，眼見一樁樁冤案，一具具屍體橫陳在帝位之前，這又怎會是什麼福氣？

我只覺得累，避開他的視線，道：「不過再等三月，你何須如此急功近利。」

「三月？怕是三日都不能等了。」李隆基微微一笑，道：「婉兒已來了信，宮中不日就要有大變故，我們這些李家皇族怎麼能袖手不管？若是錯過了好戲，這麼多年的心血豈不白費？」

婉兒？我心跳得越來越慢，忽然有些喘不過氣。

為什麼是婉兒告訴他？宮中會有什麼變故？看他的樣子似乎早有安排，可成器為什麼不知道？還是他根本就知道，但卻為了和突厥的大戰，有意忽視了？

紛亂的思緒如潮上湧，我一時有些不知所措。

他握住我的手腕。「永安，隨我回長安。」

「所以……」我忽而輕聲道：「你早做好準備，要將我挾持入京？」自幼相識，我不會不知道他的脾氣，剛才那句話雖是詢問，可李隆基若無預先安排，絕不會輕易說出實情。

李隆基蹙眉。「為何如此說？」

我順著他剛才的話，繼續道：「如今李成器遠在數百里之外，太平已先至長安，唯有我和你留在這三陽宮。你留到現在不只是為了讓趙姬生下孩子，拿到名正言順的藉口回京，還在等著機會……」

等著機會帶我走。

腦中飛快掠過所有的可能，想著我對他來說，真正的用處。

忽然一個畫面閃過，是那年那夜，仙蕙被賜死時他的話：

「妳不是大哥的人嗎？妳可知他有親信密令？妳以為他對妳真是知無不言言無不盡嗎……他自做永平郡王起就有自己的勢力，當年太子即位就曾謀劃逼宮，這些妳可知道？妳來求我倒不如去想想，他有什麼能給妳的，而他真正給了妳什麼！」

我心頭一寒，猛地抬頭看他。

李隆基知道，他一直知道李成器從做太子起，從得狄仁傑扶持起，就在大明宮中悄然部署自己的勢力……所以他從那時起就試探我，試探我是否知道李成器的親信密令！

「當年我求你救仙蕙，你只說無能為力，卻在言語間透露了李成器的親信密令。」我看他的眼中閃過一絲驚異，越發斷定了自己的想法。「那時候你就知道，我去過壽春王府，從那時起你就試探我，用仙蕙的生死來逼我，看我是不是真的知道那道密令。」

我彷彿在用自己的話，來理清自己紛亂的思緒。

「你委曲求全多年，靠著太原王氏，在潞州三年，有了自己的勢力，可是你仍舊敵不過李成器。」我緩和著情緒，努力讓自己冷靜。「他受章懷太子恩寵時，你尚未出生；他被封太子時，你尚在襁褓之中；他開始在皇姑祖母身側布下勢力時，你尚是個孩童。李隆基，你敵不過他的就是時間，還有他在宮中的多年勢力。」最後一句，我沒有說。

聲望。

他缺的是聲望。

如今在位的是李家人，他即便要篡位，也需要個名正言順的理由。這其中安排，我自然猜不透，可我卻明白，倘若他當真拉下了皇位上的人，卻仍有生父和長兄李成器在，沒有蓋世奇功，怎會讓滿朝文武擁立他這個李三郎？

李隆基沉默著，只盯著我的眼睛，毫不躲閃。

內殿傳來一陣陣慌亂低語，像是趙姬忽然有了狀況，不一會兒就有御醫急步而出，剛要開口說話，卻被李隆基搶先喝斥住：「退下！」

那御醫呆了呆，撲通一聲跪了下來。「夫人她——」

李隆基冷哼一聲，打斷道：「好了，本王只有一句話，今日若保不住小公子，你們都要人頭落地！」

御醫身軀一震，倉皇地看了李隆基一眼，倒跪著退回了內殿……

漸漸地，內殿慌亂聲弱了下去，此處也是死寂沉沉。

李隆基回過頭，終是輕吁口氣道：「永安，剛才妳說的每一句，都讓我想起當年在鳳陽門外妳所說的那些話。這麼多年來，妳是否僅有那一次是真心護著我，餘下的都是為了大哥？」

我心中一顫，這個問題，我曾給過真正的答案。

即便是在鳳陽門外……我亦是為了成器。

他彷彿忘記了我曾說的話，只微揚起嘴角。「剛才妳的話沒說完，我比不過大哥的還有聲望。所以，我這次要搶在他之前立下奇功。」他的聲音漸柔和下來：「永安，當初我確有試探的心思，可如今我卻有自信不靠大哥的勢力，拿下大明宮。帶妳走，是怕妳落在有心人手中，危及性命。」

我看著他，那眼中只有逐漸蔓延的暖意。

「妳是李成器最寵愛的女人，是他兩個親生孩兒的生母，能逼大哥就範的人只有妳。」他聲音有些發澀：「在妳眼中，似乎只有我在算計妳，這些年對皇位虎視眈眈的又何止我？如今不管妳如何想，都要隨我走。」

我心底一沉，未料他能說這些。

這一刻又像回到當年他對我知無不言的日子，可這些話，我真的能信嗎？

身後傳來聲輕咳，沈秋拿著方浸溼的白巾，輕擦著雙手。「夫人的身子，至少要靜養三月。」他彷彿沒有看到李隆基握著我的腕子，話語仍是一貫的雲淡風輕。「郡王若是要返京，恐怕這位夫人不大能受得住。」

李隆基倒不大在意，只鬆開我的手。「那一路就仰仗沈先生了。」

沈秋笑了笑。「盡力而為。」

李隆基沒再多說什麼，立刻吩咐人安排啟程。

我和沈秋被人請出正殿時，早有備好的馬車等候，我知已再無避開的法子，只苦笑看沈秋。「你這次來，是巧合？還是成器有意的安排？」

沈秋輕揚眉，笑道：「自然是郡王有意害我。」他指了指馬車。「先上車再說。」

沈秋話音未落，馬車中恍若有嗣恭的聲音，待簾子被掀開，嗣恭果真就探出頭來，笑著喚娘親。我正待應聲，李隆基已先笑著走過去，一把抱起嗣恭。「可想和叔父一起騎馬？」

嗣恭似是極歡喜，摟著李隆基的脖子頷首。「娘親若應允，嗣恭就隨叔父騎馬。」

我愣了下，正在猶豫時，李隆基已側頭看我，看出了我的擔憂。「在我馬上或在妳車裡都是隨著我，我若想要害妳孩兒，也不會親自動手。」

嗣恭似懂非懂，並未領會李隆基話中意思，卻看出我的憂心。他想了想，才試探保證說：「娘親，孩兒會很乖。」

我無奈一笑，頷首道：「去吧。」

待和沈秋上了馬車，念安已張開雙臂，撲到了我懷裡，軟著聲音說：「娘親。」平日這個時辰，念安早已熟睡，眼下也似堅持不住，滿面睏頓。

我柔聲道：「睡吧，娘親抱著妳睡。」

念安小小嗯了聲，閉上了眼。

見她睡得沉了，我才輕聲問沈秋：「成器已料到今日事？」

沈秋頷首，亦壓低聲音：「他自收到邊疆告急的消息，就已做了準備。」他頓了頓。「永安，妳該明白他，若是邊疆告急，他必會出兵，可妳對他而言又太過重要。」

我頷首，接著道：「這次他幾乎帶走了所有親信，即便留下一些親兵保護我們母子，仍是勢單力薄。而這天下除了成器，有能力護我們周全的只有太平和隆基。」

這兩人，既能護我們周全，也能輕易奪去我們的性命。

念安似乎夢到了什麼，忽然抓緊了我的袖口，我慢慢地拍著她的背，輕聲哄慰她。片刻後，才將她的手撫平。

嗣恭極像我，念安的眉目反倒似成器。

我看著念安的小臉，眼前浮出了那日他橫笛而吹的神情。

李隆基有私心，太平又何嘗沒有奪位的圖謀？

成器，在姑姑和親弟之中，你終究還是信了李隆基。

我看沈秋，忽而一笑道：「他信了誰，也就是將機會讓給了誰。沈秋，就你和他多年相交，可看出他自帶兵離開時，就已放棄了奪位？」

沈秋長嘆口氣，道：「今時今日，他若要爭，皇位早已唾手可得。李隆基肯護妳，卻絕不肯讓出機會，如今他最大的心結就是自己的親生兄弟，妳認為他當真能狠下心與三郎刀兵相向？」

我笑了笑，搖頭道：「自他在太液池救下我那夜，我就知道，他有太多的於心不忍。」當年對我一個不相識的少女，他都可犯險救下，又怎會真去殺那個他護了二十幾年的弟弟。

沈秋聽我如此說，倒是忽生了興趣。「接著說下去，我可是逼問了李成器數年，也問不出你們初相識的情景。」

這種話，讓我如何說出口？我瞥了沈秋一眼，笑道：「那你就待他回來，繼續問吧。」

沈秋氣得瞇眼，我卻佯裝未見，閉目休息。

沈秋雖語氣輕鬆，卻難掩擔憂之情。沒人知道李成器的選擇是對是錯，今日李隆基最大的敵人是宮中的皇帝，皇帝之後或許就是太平。

太平之後呢？

若李隆基有幸坐上皇位，他可會將矛頭轉向自己的哥哥？

沈秋對待病患歷來無私心，當真盡心竭力醫治。

到長安時，趙姬已能下地走動。她對我依舊是姊姊長，姊姊短的，卻已開始言語試探我與李隆基當年的事。有時冬陽聽到兩三句，立刻就起了怒氣，甚至有意打碎茶盞，打斷趙姬的話，或是直接以念安為由，直接送客。

「冬陽。」我無奈地看她。「我們終歸住在臨淄王府，萬事收斂些。」

冬陽輕哼了聲，剪去燭芯，道：「這府中上下，哪個不曉得這院子進不得？這趙姬真以為自己得了寵，就敢來問東問西的？」她氣得不行，竟一抖手，徹底剪滅了燭火……

我正是笑得不行時，夏至忽然匆匆跑入，面色蒼白地跪在了地上。

我不敢動，只緊瞅著她。

「王妃，小公子他……」夏至哽住喉嚨口。

我愣了下，猛地自塌上坐起。「是誰？李隆基？」如今在臨淄王府，重兵圍守，除了他還有誰能動嗣恭？夏至緊抿脣，再三搖頭，才哽咽著說：「奴婢醒來時，太平府上那個婢子就在房中，說是小公子已去了公主府。」

是太平。

我想要站起來，卻腿一軟又跌回塌上。冬陽想要伸手扶我，我下意識打開她的手，只覺滿耳都是心跳聲，重若擂鼓，似要破腔而出。

房內又陷入了沉寂，只剩下火盆中輕微的噗滋聲響。

我怔怔半晌，才終於找到自己的聲音：「太平還留了什麼話？」

「公主……太平說小公子年紀尚幼，怕照顧不周，還請王妃親去府上照料，方才妥當。」夏至顫抖著聲音，接著道：「還說如今宮中要換天，如此大事，還是不要驚擾到臨淄郡王了。」

如此輕巧的話語，卻遞出了一句話，要我親自去公主府，勿要驚動李隆基。

該來的終歸是來了。

她要見我，嗣恭就是平安的。

我強壓下腦中紛亂的猜測，對夏至道：「太平應該安排了內應送我出府，妳去給那婢子傳話，說我更衣後即可出府。」

夏至猶豫地看我，似是要勸，可又終是未發一言，退了出去。

既然她能從臨淄王府帶走嗣恭，這王府內不知已有多少人，盤根錯節地監視著所有角落。這些內應常年依附在臨淄王府，又從未被李隆基察覺……我不敢再深想，恐怕他的寵婢妾室亦有可能。

能安插入內不容易，能獲得信任更不容易。

如今一朝動用，定是到了最後一步。

哪怕是我身邊的人，又怎敢說真是一心不二的……

我低頭看跪在身前的冬陽，此時此刻，怕只有這個心有李隆基的人，才真能託付。

我壓低聲音，幾不可聞道：「冬陽，妳聽好我說的話，我走後一個時辰內妳要找機會見王寰，不要讓任何人知道，包括夏至。妳要親口告訴王寰，我在太平府上。」

冬陽身子一震，猛地跪下。

我又道：「書箱下壓了一疊書信，妳收好，倘若我不能再回來，要將這些尋常家書隔五日送出一封，讓他知道我還安好。」

她再說不出一句話，仰頭看我時，已淚流滿面。

我伸手，抹去她的眼淚。「不要哭，不要讓任何人懷疑。冬陽，邊關安危，郡王性命，我全部託付於妳了。」

王寰是李隆基的正室，太原王氏是真正站在李隆基這邊的，一損俱損，一榮俱榮。

倘若她聽了此話，定會想辦法告訴李隆基。

這道密令關係重大，萬一冬陽喪命就會落入旁人手中……這種險不能冒。太平既然在臨淄王府有勢力，那李隆基必然在太平身邊也有人，就是沒有冬陽傳出話去，一個時辰內他也會收到消息。

而李隆基……應該會不顧一切衝入太平府救我。

我看了眼窗外，心頭湧上一陣酸澀苦楚，沒想到我躲了一輩子他的情義，卻在今日盼著他對我仍有深情。甚至情深到可以放棄逼宮時機，親自來救我……

李隆基，你一定要親自來見我，哪怕只是見到屍首。

交代完這些，夏至已匆匆歸返。我起身更衣後，將冬陽留下，被夏至一路引著出了院子。仍舊是那個在三陽宮的老婢女，躬身問安，將我送上了一輛小巧的馬車。

當年在太平府上我早產生下念安，李成器遷怒於薛崇簡，讓太平最寵愛的兒子跪在門前，惹來無數非議。今日我卻為了嗣恭，親自來拜見太平，何嘗不是應了這因果循環。

依舊是盛夏荷塘，依舊是那個亭臺樓閣。

太平笑吟吟地坐在亭中，正夾起一塊糕點，細心餵著嗣恭。

我剛才走入，還沒等行禮，嗣恭就滿心歡喜地側頭，笑著喚我：「娘親。」

我笑著應了，伸手示意他過來，他立刻自塌上爬下，光著兩隻小腳就跑過來，撲到我懷裡。「娘親，祖母這園子真好看，方才我被人抱著走了很久，也看不到頭。」

他滿身的汗，卻笑得開心。

我摟住他，始終懸著的心終於落了下來，柔聲道：「這是先帝賜給祖母的，仿製大明宮所修建，自然好看。」我說完，替他擦了頰邊的汗。「平日這時辰也該睡了，讓人帶你下去睡一會兒，待醒了，日頭小了再來看園子，好不好？」

他笑著點頭，啪答在我臉上親了口。「好。」

我抬頭看向太平和薛崇簡，嗣恭還這麼小，我不希望他聽到稍後的話。

太平瞭然一笑，對身邊人吩咐了一句。豈料話音未落，薛崇簡就大步走上來，在我們母子面前蹲下，笑著道：「讓小叔叔帶你去睡，好不好？」

我心頭一跳，他已經不動聲色地遞來一個眼色，微乎其微的暗示後，主動接過我懷裡的嗣恭，起身緩步離開了亭子。

只有那一瞬的交流，我卻明白，他想要幫我。

或者不是幫我，而是幫李隆基。

我含笑起身，看向低頭喝茶的姑姑。「永安見過姑姑。」

薛崇簡當年能為李隆基得罪李成器，如今或許真的能為李隆基帶走嗣恭。他救不了我，卻能救出牽制我的人，那就夠了。

太平頷首，放下茶杯。「起來吧。」

我起身坐到她身前，笑著問：「姑姑今天看著起色極好，看來真的是要喜事臨門了。」

太平眯起眼睛，嘴邊帶著笑意。「永安，我看妳自幼在母親身旁長大，只覺是個伶俐討喜的武家貴女，沒想到這麼多年下來，武家人死的死走的走，最後妳竟然還站在皇權咫尺側，也算不簡單。」

我笑著搖頭，沒說話。

太平抬頭望了眼日頭。「這個時辰來看，我哥哥應該已經歸天了。」

我一時怔住，她又道：「我不懂成器為何將妳放在李隆基身側，難道我這個始終護著他的姑姑，還不如那個一直和他作對的弟弟？」

我笑。「都是骨肉至親，何來不如？」

太平輕嘆口氣。「如今不如和妳說句實話，我那個不成器的嫂子和姪女已經犯下弒君大罪，欲要仿效我母親登基稱帝，身為李家人，我怎麼能袖手不管？」

原來……

我恍若夢醒，始終不解李隆基口中所說的「大變故」是什麼，原來竟是所有人都要眼看著韋后弒君，再以此為名目，徹底剷除李顯這一脈，拿得天下。

腦中飛快地想著這一切，太平卻只是平淡地推過來一杯茶。「其實即便妳不來，我也早有七成把握，搶在李隆基之前殺掉韋氏，立此大功。如今李成器已經放棄奪權，以我多年在朝中的勢力，李隆基還不是對手。」

我看著那杯茶，像是預先早就準備好的，只為等我來，喝下它。

伸手碰了下杯口，果真沒有任何溫度。

我放下手，肅容道：「只可惜，姑姑是個女人。」

太平揚眉。「妳自幼跟在我母親左右，難道還有如此迂腐的念頭？」

我笑。「許是上天眷顧，我大唐有無數可令男子豔羨的女人，如皇上那般君王，有婉兒那般才女，有姑姑這般公主，甚至——」腦中晃過韋后的臉，不禁苦笑。「亦有如韋后一般野心滔天的女人。永安並非對女子當政有什麼疑慮，只是不願再見皇家如此骨肉相殘。」

太平不禁莞爾，示意我繼續說下去。

我又道：「如皇姑祖母那樣，政績斐然，可卻終究逃不過自己的心魔。她遠勝過自己的皇子皇孫，卻只是因為自己是女人，怕有朝一日子孫長大成人，以男子身分將她拉下帝位，所以她始終草木皆兵，隨便一人隨便一句話，就能毫不猶豫殺了嫡親的子孫。」我抬頭，平視太平。「若拿姑姑與皇姑祖母比較，姑姑稱帝後，必更難容李家，甚至對早已失勢的武家子孫也會趕盡殺絕。」

太平眼中閃過一些複雜的情緒，但很快就消融在冷笑中。

她不急著答話，我也不再說話。

此時忽然走入個侍衛，低聲耳語了數句。那侍衛尚未停住話語，太平已經臉色驟變，猛地扔掉手中茶盞，厲聲道：「好！好！我這個親生母親還不如一個異姓兄長！」

一聲碎響，眾婢女侍衛倉皇跪下，無一人再敢抬頭。

我卻心弦一鬆，不禁微微笑起來。

太平回頭看我，眸光沉冷，似是再不願與我多說什麼，直道：「永安，既然妳兒子已平安出府，我手中要脅的利器，只剩妳的命了。」她看著我面前那杯茶。「李成器的密令手書，還是妳自己的命，都在妳一念之間。」

來時早已做了準備，甚至抱著犧牲我們母子性命，也不可能將李成器的密令給她的念頭，何況如今嗣恭已平安，再不成威脅？

我看著她的眼睛，一瞬間竟有看到皇姑祖母的錯覺。

當年在大明宮中，我在皇上面前幾番與死亡擦肩，都不過是為了保住李成器，如今我要保的不只是他。「姑姑，我今日來，就沒想過會平安出府。來，不過是為了給嗣恭爭取一線生機，如今心願已成，已不再有所牽掛。」

熱浪一陣陣襲來，四周一地跪著的人，都靜得嚇人。

太平抿唇一笑。「永安，我說過，我有七成的機會，妳即便助我也不過是錦上添花。」

我也笑。「永安不是糊塗人，只要我不給出密令，李隆基還有機會搶在姑姑之前成事，一旦我給妳助力，不只李隆基敗了，他們幾兄弟，包括我的兩個孩子，還有我父王府上所有人，甚至是武家，都將成為姑姑登基後的獵物。恕永安不願，也不能助姑姑成就大業。」

她抬手，指著我面前的茶杯。「好，我成全妳。」

縱她眼中尚存半分僥倖，卻在我端起杯的一瞬，盡數消散。

腦中忽然閃現那日晨起，成器將我裹在錦被中，低聲說著那個斷臂的雪夜，他眼見醫師臉色慘白，明白自己已在生死關頭時，卻只是在想著我在做什麼，是在讀書，臨帖，還是已經睡了……此時此刻，我竟和他是一樣的感覺，只想知道他在做什麼。

多少凶險挨過，只要再過這一劫，便是他想要的太平盛世。

那金戈鐵馬的日子，你可曾杯酒臥沙場？

這偷天奪日的陰謀，我僅能盞茶取生機。

我閉上眼，仰頭喝下那杯茶，將茶杯放在了玉石檯面。「無論今日事如何，都不會左右到邊關戰局。」不知太平用的是何種毒藥，不過一念間，我的視線已模糊，似是有萬蟻鑽心，直達手足……

太平似乎起了身，聲音亦已模糊不堪：「永安，念妳為李家這麼多年，我會留給妳一個清淨之地。」

我緊握著拳頭，看太平的身影遠去，卻不敢鬆了那一口氣。不能動，不敢動，只能生生忍著劇痛。

直到眼前一陣陣泛白時，我已急得發慌。太平自皇姑祖母在時就受寵，至今時今日早已根基穩固，若非她是女子，李隆基早無任何翻身機會。可就因為她是女子，所以她才要趁今日韋后弒君時衝入大明宮，斬獲一眾罪臣，贏取聲望。

隆基，你若不來，便再無機會……

「永安？」忽然一個大力將我扯下石凳，始終壓下的血腥猛地湧上，一口腥甜猛地噴出來。

單這兩字，就已震得耳中嗡嗡作響。

巨大的眩暈感充斥著每一寸神經，我只知道被人抱住，卻再也說不出話。

「永安……」李隆基的聲音就在耳邊。「永安……永安……」

只要一句話，只要一句話。

可越是急，越心跳得極速。手腕被握得生疼，像是要生生掐斷一樣的疼。

他還是這麼不知輕重呵，當初我為他跪在王寰殿前，也是被他生生拽到膝蓋盡傷……很多很多念頭，斷斷續續地掠過，再也連不到一起，就在手腕上的力道盡去時，終是沒了知覺。

朦朧中，我彷彿看到了成器。

他上身衣物已被脫下，盡是縱橫的經年舊傷，還有不少很深的新傷。我只這麼掃了一眼，就不敢再繼續看下去，只將視線移到他臉上，太熟悉的臉，從微蹙的眉心，到鼻梁，再到泛白的唇……這個場景太過熟悉，可卻記不起是在那裡。

我只知道是他，就覺得渾身都不痛了，很快走過去，握住他在一側的手。

他微微顫了下手臂，並沒有睜眼，緩緩反手，輕握住我的手。

這麼個細微的動作，我已哽咽出聲，痛得發抖。

如果十年前我沒有擅自將手放在他手上，又哪來這麼多牽絆，這麼多的無能為力。

……

不對不對，我和成器已經成親了，絕非是現在這個景況。

我有嗣恭和念安，會甜甜喚我娘親的嗣恭和念安……

「永安。」很清淡的聲音在喚我，如同在證實我的念頭，眼前的一切早已過去……像是要掙脫那段苦不堪言的日子，我猛地用力伸手，終於看到了一絲光線。

朦朧中陽光刺目，這是大明宮？不對，是太平的公主府。

一雙含笑的眼睛望著我，竟是衣襟沾血的沈秋。「妳這口血，噴了我一身一臉，當年救下那個剖心的壯士都還沒這麼狼狽。」

我聽他的話語輕巧，可那眼底的哀傷卻難掩，他應該是用盡了法子才喚醒我，可太平賜毒，又豈會如此簡單？

我壓下心中紛雜，不敢再耽擱，只用眼睛到處找著李隆基。

到最後，才發現自己仍在他懷裡，那雙鳳眸已通紅，竟沒了往昔神采。

「陛下……」我啞著聲音開口。

他立刻接了話：「我知道，韋后和裹兒毒殺三叔，我早就知道，永安妳不要再說話了……」他哽住聲音，猛地扭過頭去。

我看他偷擦了眼角，不禁取笑他：「一個愛哭的男人，如何，能做皇帝。」

他回過頭來看我，眼中竟寸寸悲涼，說不出一句話。

我動了下手指，感覺他仍握著我的腕子，不禁心中亦是酸楚。「隆基，我的香囊。」

他怔怔看我，我蹙眉，又動了下手腕。

他這才恍然，忙從我腰上解下香囊，看我緊盯著他的手，馬上又心領神會地打開香囊，摸出一張折好的字箋，又回頭看我。

我頷首，示意他打開。

來之前早已提筆圈下的密令，就在這張字箋上，我早已做了準備，若是實在挨不住了，一定要緊握住這香囊，讓他在看到我屍首時也看到這個香囊。

以李隆基的才智，看到兄長的字跡，又看到我用朱筆圈下的字，怎會猜不到？

幸甚，他當真來了。

他慢慢打開那張字箋，看著那行字，竟猛地僵住。

「這是，你大哥親筆字跡。」我慢慢緩著胸口的氣息，努力讓自己說完這番話：「中間圈了一個『念』字，這就是兵符密令，宮中成器的心腹見令如見人。隆基……」

我反手握住他的手。「速去奪宮，你父王這一脈身家性命，武家人的性命，我都交給你了。」

韋后既敢弒君，又怎會在宮中沒有安排。

太平少年出嫁，勢力大多在大明宮外，她口中所說的三成變數，即是宮中內應。李隆基只要有這內應，就有機會搶在太平之前入宮，斬殺妖后！

而這之後，李隆基是否能放過我們，就不是我能左右的了……

李隆基呆呆看著那字條，過了許久才小心折好，將我放在一側太平的臥榻上，輕用手背碰了下我的臉，柔聲道：「大哥的字我認得，在來俊臣冤獄案的前後，他筆鋒細微處已有改變。永安……」他的神色出奇感傷。「我只知他愛妳至深，卻未料他在那時，就已給了妳如此承諾。我比他，差得太遠。」

聽他提起成器，我心中一軟，微微笑起來，沒有說話。

這麼多年，無論是在何處，我始終帶著這張字箋。那早已刻入骨中的字跡，觸筆的力道卻極重，只有短短十六個字：

不怕念起，唯恐覺遲，既已執手，此生不負。

中宗暴崩，韋后臨朝稱制。李隆基與太平公主子薛崇簡等人以萬騎兵攻玄武門，誅韋氏。二十四日，相王李旦即皇帝位，是為睿宗，改元景雲。

父皇登基後，三日內自宮中來了數道旨意，均要立成器為皇太子。卻因府中無人接旨而一再耽擱。

我始終在生死邊沿，時而清醒，時而又沉沉睡去。每每睜眼看到的都是沈秋捏著銀針，到最後都覺得好笑，輕聲道：「你如今並非御醫，這般衣不解帶侍奉左右，成器又遠在千里之外，當真不怕傳出什麼閒言碎語？」

沈秋哭笑不得，道：「當年我身為尚衣局的妙手神醫，卻每每深夜入妳寢房，若有閒言碎語早該有了，此時老了，皮糙肉厚，早已不怕了。」

我抿唇笑著，剛想說什麼，他又添了一句：「陛下登基後，李成器大軍連戰連捷，如今已班師回朝，似乎已不是千里之外了。」

我心頭一跳，欣喜地看他，卻因為這突如其來的喜訊被攪得又是一陣心悸，漸喘不上氣來。

他蹙眉，猛地刺向我幾個穴道，輕撚針道：「勿喜勿悲，否則就是我師父從墳裡出來，也救不下妳了。」

我順著他的話，閉了會兒眼，才悠悠一嘆。「告訴我，我是否還能等到他回來？」四下裡安靜地出奇，他竟沒有答我這句話。

連沈秋都不敢開口，怕真是無望了。

我暗嘆口氣，若非那日李隆基將沈秋帶去，我早已是黃泉路上一縷孤魂，何必如此貪心？我睜眼看他，道：「我可能下地走走？提筆寫幾個字？」

沈秋搖頭一笑。「妳要假冒李成器的字，去捨掉這個太子位？」

我也笑，輕點了下頭。

他立刻吩咐一側的夏至準備墨筆，親自和冬陽將我扶到書案邊。

雖然這是李成器的決定，可當筆觸到紙上時，心頭卻襲上了一陣酸楚。猶豫良久，方才用他的筆跡，寫下了他的意思：「儲副者，天下之公器也，時平則先嫡長，國難則歸有功。若失其時，海內失望，非社稷之福，臣今敢以死請。三郎誅韋氏，平禍亂，弘不世之功，當為儲副……」

二十七日，帝長子李成器固讓再三，睿宗終立李隆基為皇太子。

終章

半山上，古木參天。

有風吹過，捲起一座土墳上的灰燼，漸露出了半形紙，惟剩潦草的「夢佳期」三字。

張九齡還是來了。

我蹲下身子，撿起那僅剩的三字。「海上生明月，天涯共此時。情人怨遙夜，竟夕起相思。滅燭冷光滿，披衣覺露滋。不堪盈手贈，還寢夢佳期。」張九齡的這首詩一經流傳出，輕易斬獲長安城中無數貴女的芳心……

我回頭看李成器。「百年後這首詩還在，可又有誰能猜到他是為誰所作？」

李成器但笑不語，只是那麼看著我。

自那日他歸返便是如此，不悲不喜，只把我整個抱起來，靜看著我不說話。

我被他看得有些不好意思，回過頭看著婉兒的土墳，輕聲道：「當年我與隆基爭吵時，曾說過倘若有一日在家人性命和婉兒之間選，我一定會捨掉婉兒。沒想到不過是一句話，她真就因我而喪命。」

若是太平先誅韋后，必不會傷及婉兒性命。

可就是我和李成器，在成全李隆基的同時，也將婉兒推到了李隆基劍下。

「永安。」他將我攬入懷中，柔聲道：「妳忘了沈秋說的，勿喜勿悲了？」

我嗯了聲，無奈地道：「他還說過，我等不到你回來，就會……」

李成器的手忽然一緊，抓得我生疼。

我只好告饒：「疼……」

他立刻鬆了手，卻未再說一句話。

過了很久，我才敢仰頭去看他。那雙眼蒙了層很淡的水光，微微泛著紅，我伸手碰了下他的眼角，竟微微有些溼意。「十幾歲就已名揚天下的永平郡王，二十幾歲就已領兵大破突厥的壽春郡王，數月前方才讓出太子位的皇長子，我的夫君李成器，怎能如此不堪一擊？」

話音未落，他卻忽然低下頭，輕吻住我的脣和臉頰，像是對孩童一般的耐心和寵愛。

我閉上眼，努力迎上他，不去留意十步外的數百親兵。

過了許久，他才在我耳邊輕嘆了一聲，很輕地說了句話：「若稱帝，江山與共；若落敗，生死不棄。永安，妳還記得這句話嗎？」

我嗯了聲，睜開眼看他。「你總喜歡拿這種話誆我，我又怎會不記得？」

李成器嘴邊仍有著笑意。「所以，妳一定要好好活著。」

我不敢置信地看著他。「你敢，你若敢做什麼『生死不棄』的事，我來生一定改嫁。」

他訝然一笑。「若依本王看，來生妳仍會早早傾心於我，如同此生。」

我啞然看他，只覺得指尖都有些發燙了，卻還是說出了心中所願：「此生我是武家貴女，雖享盡富貴榮華，卻也歷經生死劫難，倘若真有來生，倒寧願生在和樂熱鬧的百姓之家。」

他笑著頷首。「那本王就挑擔販菜。」

我一時啼笑皆非。「罷了，你還是風流天下的好，如此才是李成器。」

他揚眉。「好。」

我越發笑得自得。「獨寵？」

他不置可否。「獨寵。」

細碎的低語，在這山間古木中飄散。

太長久的等待，我們都等待了太久。

從他尚是個廢太子時，我就已決心要保他、助他。那時的我僅是個有名無權的武家貴女，眼見他喪母、下獄，卻只能偷偷哭，不敢、不能做出任何事，唯恐牽連父王；就連與他之間的承諾也不敢堅守，唯恐被皇上發現引來殺身大禍，只能親自叩請與他的親弟成婚……多少次遙遙相望，以為此生無緣，卻終是走到他身邊。

可我想做的不只是相守。

只可惜我與他，都不是能狠下心的人。

到最後我才伸手摟住他，輕聲道：「當年在御花園中，你對我念出那句『一抔之土未乾，六尺之孤何托』，我就已明白了你心中的不甘不願。成器，我從未料到竟會親自替你請辭太子位，成器，抱歉，你的盛世永安，我難以成全。」

他笑著，望著豔陽下的長安城。「妳做到了，我一直想要的。」

我不解地看他，那雙眼睛在日光下，退散了所有的殺戮決絕之後的淡然，竟恍如當年初見，清澈如水。「我要的東西一直未變。」

他緩緩地低下頭，靜看著我。「盛世，永安。」

番外

宮中喋血千秋恨，何如人間作讓皇

延和元年，父皇漸萌生退位之意。

這日，我帶嗣恭和永惠入宮，父皇和我閒話了兩句，忽然問我，對天文曆法可有涉獵。我不解，輕輕搖頭，摸了摸永惠的手，示意她帶著嗣恭去殿外玩耍。永惠倒是聰慧，眼睛轉了轉，立刻抱起嗣恭，低聲哄著，走了出去。

「陛下說的，是前幾日的長星？」我輕聲反問。

父皇略頷首。

果不其然。長星亙天一旦出現，總會被有心人利用。如今天下初定，唯有太平和隆基勢同水火，那麼，父皇這句看似簡單的問話，也一定和隆基與太平的鬥法有關。

「長星現世，常被說是上天要人間經歷除舊布新的變革。」我說的這些，一定早就有人和父皇說過，都是些陳詞濫調。「中宗皇帝在位時，也屢有災異星象，臣媳聽郡王提起過，陛下那時也曾進言，要中宗皇帝——」

「禪位。」父皇說出了我不敢說的話。「的確，朕是如此做過。」

父皇說完，便不再繼續，站起身來，先一步走出了大殿。我不敢耽擱，也隨著父皇走了出去。目之所及，永惠和嗣恭正在不遠處玩鬧在一起，永惠全然不顧自己是個女兒身，像個男孩子一樣將嗣恭背起來，邊跑，邊笑。

「永安。」父皇看著這朗朗晴空，輕聲說：「朕有時很羨慕妳，妳和我母親在一起的時間，比我們這些兒子們都要久。」

我被這簡單的話觸動，一時失語。這是我初次聽到父皇用如此語氣提起她，提起那個隻手掌握這宮中所有人命運，為了穩固皇位，不惜捨棄親情的武皇。

「朕如今只剩了太平一個妹妹，也算是相依為命。可這幾年，朕越來越不能平衡她和隆基之間的關係了。」他深深地自喉嚨口嘆出了一口氣。

我想，他真的要有個決斷了。或許就在這幾日。

次日，天還沒亮，我卻再也睡不著，輕手輕腳地從被褥裡挪動著身子，想要偷偷爬出去。沒想到，手腳剛才動了一動，就被他的手臂直接摟了回去。

「妳一整夜輾轉反側，我也沒睡。」李成器的聲音有著輕微的倦意，氣息在耳根處拂過，輕輕地撩撥著這房裡旖旎的餘溫。「永安，妳整夜無眠是為了什麼？」

我聽得出他話語中的揶揄，哭笑不得地伸手，在他後腰上掐了下。「郡王，勿要耽於美色。」

「美色，嗯，美色，我的永安天下不換。」他笑，聲音再次輕喚我：「永安。」說著，手掌從我的腰滑下去，一路沿著腿，輕輕捏住了腳踝。

我被他弄得發癢，忍不住想躲。「成器，成器，我告訴你，為何整晚都沒睡的原因。」

他輕聲笑著，在我耳邊問：「重要嗎？」

我忙解釋：「重要，關係誰主江山。」

他倒不太在意。「江山與我何干？」

我氣得也笑。「昏庸。」這個詞這幾年不知道多少次被用在他身上，起初是玩笑，最後全成了他懲罰我的藉口。

此時脫口而出，無異於自尋死路。

在他欺身而上時，我忽然抵住他的胸口。「父皇想要禪位！」

果然，他還是聽進去了，明顯動作緩和下來，換而去親吻我的脖頸。「哦？他決定了？」

我仰著頭，渾身被他撩撥得微微躁熱，輕聲嗯著。「前幾日你和我說有長星星象，我就想，或許這是一個機會，太平一定會對父皇進言，說這是上天在警告他，有除舊布新的徵兆，也就是——太子有篡位的想法。」

他似乎並不顯得意外。「太平終歸不瞭解她這個哥哥，不是人人都和她一樣，對權力如此渴望。恐怕父皇聽到她這麼說，第一個想法就是，與其夾在他們中間難坐穩這個皇帝，還不如趁早順應朝臣們的心思，讓位給隆基。」

他洞若觀火，我倒是沒了躲避的藉口。

原本一件驚天大事，卻被他三言兩語帶過。他的眼底盡是暗潮湧動，終於俯身上來，成功打散我關於禪位的猜測。

延和元年，李隆基即皇帝位，改元先天。

隆基登基那日，沈秋在府中為我診病。天下百姓普天同慶，我和他兩個卻閒話家常，完全沒有任何新帝登基的感覺。

「這幾日啊，我都察覺出自己真是老了，想起當年我們第一次見，妳還是個什麼都不懂的小娃娃。」沈秋長嘆口氣，收回手。「卻喜歡胡思亂想，連出了疹子都能把自己嚇個半死。」

我噗哧一笑。「是啊，我當時想得可多呢，怕是天花，怕被整個圈禁起來，或者直接在宮裡被埋掉、賜死，總之怕得要死。」

沈秋笑笑，終究是被今天新帝登基的事所影響，忍不住長嘆了一聲。

這一聲喟嘆沒有任何掩飾，算是為過去多年如履薄冰的謀劃寫下了最終一筆。李成器多年的謀劃，從年幼開始結交朝臣、培育羽翼，到後來幾次三番虎口脫生，幾次帝位更替，再到最後，所有一切都付之東流，讓位與弟。

千百年後，恐怕再沒有知道這驚心動魄的一生，而只知，他是一個讓出太子位的皇長子。

沈秋知道今日宮中一定會大擺筵席，叮囑我不能飲酒、不能晚睡後，拱手而去。

可才沒走兩步，就頓住腳步，回頭，清了清喉嚨，有些不太自然地多添了一句：「郡王定是要喝酒的，男女房事也會將酒氣過給妳，今晚——」

我臉頓時熱了，低頭嗯嗯了兩聲，都沒太敢多看他的眼。

沈秋走後沒多久，李成器就遣人來接我入宮。

待進了宮，也已入夜。

宮中綿延不絕的燈火，讓我終於有了些新帝登基的感覺。論身分，我並不能真的和成器並肩而坐，在宮宴上露面，本沒有想到要來，沒想到隆基卻意外堅持。

更沒想到的是，馬車停下來的地方是我曾經在宮中住了多年的地方。

我慢慢從馬車上走下來，看著空空無人，只有守門人的雁塔，問迎來的宮女，究竟為何要帶我來這裡。

「奴婢不知，奴婢只知陛下口諭，讓縣主在此等候。」

縣主？

自嫁與成器，從未有人如此喚過我，她一個小小的宮女又怎敢有如此口氣？看來，真是隆基的意思了。

他如今是當朝皇帝，手握天下的人。

雖然宮中有太上皇，宮外有太平，腹背都有人在削弱他的皇權——他卻仍舊是皇帝。

我揮去身邊人，知道無處可去，只能獨自一人走上了樓。

這裡每一處轉角、每一層樓梯，我都深深地記在腦海裡，嫁給李隆基前，拿到李隆基休書後，我都曾住在這裡。

一塵不染，處處皆是。我推開三樓的門，走進去，有風從敞開的窗吹進來，將桌上的紙筆吹得凌亂。連擺放的物品都一模一樣嗎？隆基，你想說什麼？

不知道過了多久，身後終於有了腳步聲，走進來，還未近，就有濃重的酒氣。「永安。」他的聲音仍舊清麗，像是個少年。

我轉身，恭敬行禮。「陛下。」

「永安——」他盯著我，輕聲說：「永安，我是皇帝了。」這語氣太像他年少時，還沒表露出任何感情時的那種依賴和信任。

我抬頭，微微笑著說：「恭喜你。」

不是陛下，而是你。

那個我從十幾歲就護在身後，拚了性命去保全的小郡王，李隆基。

龍袍加身的人，雙目卻有著三分酒意七分傷感。他又往前走了一步，想要再進，似乎又猶豫了，就這麼尷尬地站在那裡，緊緊地盯著我。

「永安，如果沒有妳的執念，今日被封后的一定就是妳。」他眼睛有些發紅，不等我說什麼，馬上又笑起來。「說這些有何用，朕真是醉了。」

我輕輕點頭，微微笑著，恢復了對一位君王基本的尊敬。「陛下是醉了，臣妾告退。」

我低頭，想要離開，卻覺腕間一緊，被他扯了回去。

「永安……」他的眼睛越來越紅，聲音低下來：「我會讓大哥任刺史，你們離開這裡，越遠越好。」

心底沒來由地一抽，我沉默片刻，問他：「你……準備動手了嗎？」

朝中七位宰相，有五位出自太平公主門下。

而朝中百官，有半數依附於這位公主。

所以，當年成器明明知道是太平餵我喝下毒酒，卻什麼也不能做，因為還不是時候。這位當年深受皇祖母寵愛的公主，連如今在宮中的太上皇也要讓她三分，而隆基新帝初登……我沒敢再往下想。

這麼多年，不管李家、武家，已經死了太多人。

太平就是最後一道阻礙，除掉她，才能保李家天下的長治久安。

李隆基手握得很緊，也不答話，過了許久才終於慢慢鬆開手，兀自一笑。

「永安，倘若我身邊有妳，恐怕這天下早就太平了。」

我沒答話，再次躬身告退。

這次他沒再攔我。

我沿著樓梯，一路走下去，剛才到二樓就看到李成器有些微醺地站在窗邊，背對著樓梯處。我忍不住彎起嘴角，慢慢地走過去，伸出手，未料還沒觸到他身上的衣衫，就被他反手握住了手。「妳再不下來，我就要上去了。」他的聲音微微帶著笑意。

竟然，還有從未有過的醋意。

吃醋？李成器？

我心底忽地柔軟下來，輕輕貼上去，環住了他的腰。「你還會吃醋？」

他的笑聲難得有些放縱，或許是因為喝了酒，十分悅耳醉人：「那是當然，我將這天下江山讓給了他，他若再對妳有分毫非分之想，豈不是欺人太甚？」

今日這是怎麼了？我越發覺得可疑，從他身後繞過去，不解地看他的眼睛。

哪裡有醉，那漆黑的眸子分明有著一抹狡黠的笑。原來如此，全是說給樓上的那位新帝聽得，用我做幌子，提醒他要對家中幾位兄長忌憚幾分，免得日後又是一場場的手足相殘。

成器的意思我自然懂，也樂得就勢配合，索性將臉貼到他胸口，忍著笑，輕聲說：「走吧。」

他的手撫了撫我的後背，這次倒真有了些安撫的意味。

或許他也是怕，怕這位新登基的弟弟藉著酒醉，做出什麼出格的事。

所以他就站在這裡，等著我。

想到這裡，很多過去的事都慢慢從回憶裡湧出來，那些求而不得，所嫁非想，所娶非想的日子……他獨自一人在王府中是如何度過的？這一晃眼，竟這麼多年過去了。

「成器，我在想——」我輕著聲，告訴他：「好像已經過了一輩子那麼久。閉上眼睛，我還能想起皇祖母，想起婉兒，想起仙蕙……很多人好像都還活著。」

「每日晨起，宜平都會伺候尚未睡醒的我穿衣梳洗，然後上妝。」

「閒下來的時候，皇祖母總會讓我和婉兒一起，左右兩側陪著她，聽她隨口講講政事，或者說說詩詞歌賦。」

「那時候，在我眼中，天下也是太平的，皇族也是和睦的。那時候，在我眼中，每日惦記的就是能多看你一眼，盼著能和你多說上幾句，盼著……」

「盼著，能盡早賜婚，與我舉案齊眉，多生幾個孩子？」他的聲音溫柔地彷彿當年太液池的碧水，還有那倒影在碧水中的銀月。

「那時我才十二歲……」我不得不提醒他。

「十二歲？是有些小，不過文德皇后出嫁時也才十二歲。」

他說著，又笑了聲。

我恍惚覺得這句話如此耳熟，待想起是在何處聽到時，才猛地臉紅起來，推了推他的胸口。「走了。」

月下窗邊，他眸色清澈如水，靜靜地看著我。「走？去何處？」

我知他有意，卻也無可奈何。

只能抬起頭，隨著他的目光，輕聲玩笑：「天涯海角，只要不是這宮中，哪裡我都會陪郡王去。」

他愣了一愣，竟也有了一瞬的失神，旋即笑了。「倘若妳不是武家縣主，而我不是李家郡王，或許早就可以遠走他鄉了。」

遠走他鄉。

去哪裡？去那些歲歲年年向大唐進貢的附屬小國嗎？

我的思緒也隨著他的話變得有些浮動，過了會兒，聽到樓梯上有人輕輕咳嗽了聲。我抬頭，看到眼睛紅得像兔子一樣的今日新皇看了這裡一眼，勉強笑笑，繼續沿樓梯走了下去。很快，就聽見雁塔下傳來一陣請安的聲音。

新帝登基，人人賣力。

可這宮中，這短短十數年，已經換了多少皇帝？

誰又知道百年後，千年後，這困住多少李家、武家人的宮殿會是誰的？

「永安。」他低下頭，輕輕地，將他的下巴頦放在了我肩上，用我所聽到過最溫柔的聲音喚我。我嗯了聲，感覺他偏過頭，有些孩子把戲地貼在我耳垂上，輕輕地念出了一句話：「青青子佩，悠悠我思。縱我不往，子寧不來？挑兮達兮，在城闕兮。一日不見，如三月兮。」

我心頭一跳，竟恍若回到當年，輕著聲音，重複著當年回答他的話：「永安曾聽聞郡王自幼才氣過人，這種尋常的句子，怕是幾歲就已爛熟於心了。」

「哦？」他笑，用嘴唇輕吻住我的耳垂，有些玩世不恭地追問：「關於本王，縣主還聽聞過什麼？」

窗外，清風徐徐。

皇帝一行已經走遠了，這裡除了守門人，就只剩了我們兩個。

我閉上眼睛，真的像是回到了最初。

在狄仁傑拜相宴上，安靜笑著的他，和情竇初開的我。

—完—

延和元年，睿宗下詔正式傳位於太子，李隆基即皇帝位，改元先天。先天二年，太平公主謀反，被誅，改元開元。

自此，開啟了「開元盛世」。

開元四年，因避玄宗生母昭成竇皇后之諱，李成器改名為憲，晉封為寧王。

至開元二十九年，寧王李憲薨，玄宗哀痛特甚，「號叫失聲，左右皆掩涕」，次日下詔謚曰「讓皇帝」。

同年，玄宗李隆基任用安祿山，結束了長達二十九年的「開元盛世」。

……

「宮中喋血千秋恨，何如人間作讓皇。」

——《游惠陵》

永安調 下卷

作　　者／墨寶非寶
榮譽發行人／黃鎮隆
總 經 理／陳君平
協　　理／洪琇菁
總 編 輯／呂尚燁
執行編輯／陳昭燕
美術監製／沙雲佩
美術編輯／李政儀
國際版權／黃令歡、梁名儀
企劃宣傳／楊玉如、洪國瑋
內文排版／謝青秀

國家圖書館出版品預行編目資料

永安調（下）/ 墨寶非寶作．-- 初版．-
臺北市 尖端，2019.9
面；　公分

ISBN 978-957-10-8676-7（下冊：平裝）

857.7　　108009818

出版／城邦文化事業股份有限公司　尖端出版
台北市 104 中山區民生東路二段 141 號 10 樓
電話：（02）2500-7600　傳真：（02）2500-2683
讀者服務信箱：7novels@mail2.spp.com.tw
發行／英屬蓋曼群島商家庭傳媒股份有限公司城邦分公司　尖端出版
台北市 104 中山區民生東路二段 141 號 10 樓
電話：（02）2500-7600　傳真：（02）2500-1979
劃撥專線：（03）312-4212
戶名：英屬蓋曼群島商家庭傳媒（股）公司城邦分公司
劃撥帳號：50003021
※ 劃撥金額未滿 500 元，請加付掛號郵資 50 元
法律顧問／王子文律師　元禾法律事務所　台北市羅斯福路三段三十七號十五樓

台灣地區總經銷／中彰投以北（含宜花東）　楨彥有限公司
電話：（02）8919-3369　　傳真：（02）8914-5524
雲嘉以南　威信圖書有限公司
（嘉義公司）電話：0800-028-028　　傳真：（05）233-3863
（高雄公司）電話：0800-028-028　　傳真：（07）373-0087
馬新地區總經銷／城邦（馬新）出版集團 Cite（M）Sdn Bhd
電話：603-9057-8822　　傳真：603-9057-6622
E-mail：cite@cite.com.my
香港地區總經銷／城邦（香港）出版集團 Cite（H.K.）Publishing Group Limited
電話：852-2508-6231　　傳真：852-2578-9337
E-mail：hkcite@biznetvigator.com

版　次／2019 年 9 月 1 版 1 刷　Printed in Taiwan
2021 年 11 月 1 版 2 刷